Yes I do

Louise Philipp

Yes

I

do

Bibliografische Information der Deutschen Nationalbibliothek
Die Deutsche Nationalbibliothek verzeichnet diese Publikation in
der Deutschen Nationalbibliografie; detaillierte bibliografische Daten
sind im Internet über http://dnb.d-nb.de abrufbar.

Umschlagdesign, Satz, Herstellung und Verlag:
BoD - Books on Demand, Norderstedt
ISBN 9783754353196

Inhalt

Was mir geblieben ist? Nichts …

Keine Firma, kein Haus, kein Geld auf dem Konto.
 Bin ich deswegen so ruhig, so ausgeglichen, so glücklich? Das wäre ja nun wirklich absurd!
 Vielleicht hätte ich doch nicht mit Yoga anfangen sollen …

»… feel your breath … feel your body … stop thinking … only yourself are important …«

Ich konzentriere mich auf die Stimme des Yogalehrers. Das muss ich auch; sein Englisch ist nicht immer verständlich.
 Aus den Augenwinkeln heraus schiele ich zu den anderen Yogis, um zu sehen, ob ich die Übung richtig verstanden habe.
 Was will ich mir hier beweisen, wie bin ich hierhergekommen?
 Okay, meine Yogalehrerin in Lingen hat gesagt: »Wenn du mal in Singapur bist, Klara, dann musst du unbedingt zu ›PURE YOGA‹ gehen. Man hat einen traumhaften Blick vom 42. Stock über die gesamte Stadt.«
 Aber muss ich dies in die Tat umsetzen?
 Anscheinend schon …
 Aber wie bin ich hierhergekommen? Und wo geht meine Reise hin?

Meine Gedanken wandern zurück …

AUFBRECHEN

Ich bin auf meiner Lieblingsinsel Sylt – hier kann ich immer abschalten, meinen Akku aufladen, die Seele baumeln lassen. Egal wie es mir geht, dieses Eiland hat eine beruhigende Wirkung auf mich.

Und die benötige ich zurzeit ganz dringend.

Ich stehe am Strand, der Wind zerzaust mein kurzes Haar und die Tränen laufen mir übers Gesicht. Ich kann gar nichts dagegen tun, sie kommen einfach, ergreifen von mir Besitz und strömen nur so aus mir heraus.

Ich, die immer Beherrschte, stehe am Meer und heule.

Vor einiger Zeit noch undenkbar.

Weinen kann eine heilende Wirkung haben, wie ich später noch erfahren soll, aber im Moment bin ich einfach nur einsam und verzweifelt und eine innere Stimme sagt mir, dass ich noch an vielen Stränden stehen und weinen werde, bevor es mir wieder besser geht!

Esoterischer Krempel? Keine Ahnung, nur das komische Gefühl, dass es tatsächlich so sein wird.

Ich bin hier, um zu verarbeiten …

»… Krankenhaus St. Vincent, guten Tag. Bitte kommen Sie auf die Intensivstation, es ist dringend.«

Wie vom Teufel gejagt, fahre ich zum Krankenhaus, um kurz danach unserem lieben Freund und Chefkardiologen Manfred gegenüberzustehen. Mit ernster Miene erklärt er mir noch auf dem Flur der Intensivstation, dass mein Mann während der Bandscheiben-OP einen Herzinfarkt erlitten hat. Das gesamte OP-Team hat 45 Minuten gebraucht, um ihn zu reanimieren. Nun liegt er im künstlichen Koma.

»Wird er wieder aufwachen und wenn ja, wie?«, höre ich mich fragen. »Et kütt, wie et kütt«, dringt es wie durch einen Nebel zu mir.

»Das ist nicht die Antwort, die ich hören wollte, Manfred!«

»Aber die Einzige, die ich dir geben kann.«

Wie ein Kartenhaus bricht alles über mir zusammen. Binnen Sekunden läuft mein bisheriges Leben vor mir ab und ich kann nur noch eines denken.

Den ersten Herzinfarkt vor zwei Jahren hat er überlebt, aber seine Verhaltensweisen nicht verändert!

Wir haben ein Haus mit großem Garten, eine Firma und jede Menge Schulden.

Ich arbeite schon seit Jahren parallel in der Gastronomie und Hotellerie – wie soll ich das alles schaffen?!

Im Zimmer angekommen sehe ich meinen Mann Klaus an vielen Geräten angeschlossen liegen – ganz ruhig und bleich liegt er da.

Ich nehme seine Hand. Sie ist warm und dennoch kommt keine Reaktion – kann ja auch nicht, sagt mir mein Verstand. Hätte ich aber gern, sagt mein Gefühl.

»Es braucht Zeit.« Manfred ist ins Zimmer gekommen; ich habe es gar nicht bemerkt.

»Wird er mich erkennen, wenn er wach wird?«

»Das kann ich dir nicht sagen. Wir haben lange gebraucht, um ihn zu stabilisieren. Ob das Gehirn in Mitleidenschaft gezogen worden ist, wird sich zeigen.

Bleib noch eine Weile bei ihm, berühre ihn und erzähle ihm etwas. Wir wissen nicht, ob das Unterbewusstsein es wahrnimmt, aber es schadet auf keinen Fall.«

Stunden später verlasse ich die Klinik. Mein Freundeskreis ist informiert, alle sind für mich da. Ein beruhigendes Gefühl. Dennoch überkommt mich die Verzweiflung.

Ganz allein sitze ich später in unserer Küche, die leere Flasche Rotwein vor mir. So findet mich unsere Haushaltshilfe am nächsten Morgen.

»Sie müssen auf sich aufpassen«, höre ich sie sagen. Einen Satz, den ich in den nächsten Monaten noch des Öfteren hören werde.

»… Feel your breath … feel your body … stop thinking … only yourself are important …«

Stop thinking – leichter gesagt als getan.

Nachdem mein Mann bei klarem Verstand aus dem Koma erwacht ist, beginnt die eigentliche Odyssee.

Aus Liebe wird Kontrolle und aus Kontrolle wird Besitz.

Nach außen sind wir immer das Vorzeigepaar, aber in den eigenen Wänden wird es immer unerträglicher für mich.

Hinzu kommt, dass ich nach einigen Wochen merke, wie er sich hinter seiner Krankheit immer mehr versteckt.

»Ich bin herzkrank, ich kann nicht mehr im Garten arbeiten … Das ist zu schwer für mich …«

»Aber Tabletten mit Rotwein einnehmen, das geht?«

»Du bist ungerecht, du gönnst mir nichts mehr.«

»Doch, aber eine Partnerschaft bedeutet auch, sich einzubringen!«

»Du liebst mich nicht mehr …«

»… feel your breath … feel your body … stop thinking … only yourself is important …«

Only yourself is important – dies realisiere ich erst, als mein Hausarzt zu mir sagt: »Ich weiß, dass Sie ein sehr gläubiger Mensch sind, und dass sie einmal in der Kirche zu Ihrem Mann gesagt haben: ›Bis dass der Tod uns scheidet‹, aber das bedeutet nicht Ihren Tod!«

Ich bin nervlich und körperlich am Ende! Gerade einmal 50 Kilogramm bringe ich noch auf die Waage.

Mittlerweile ist unsere Firma verkauft (und mein Mann als Arbeitskraft halbe Tage gleich mit), unser Haus hat ebenfalls neue Besitzer gefunden und wir beide wohnen bei meiner Schwiegermutter! Eigentlich nur vorübergehend. Haben wir doch von einer Eigentumswohnung am Kanal geträumt. Leider hat der Grundstückbesitzer einen Rückzug gemacht – wir sitzen aber schon auf gepackten Umzugskisten.

Was für Klaus sich als glückliche Fügung erweist – heim zu Mutti –, wird für mich von Tag zu Tag unerträglicher.

Mein Mann hat sich total verändert. Aus einem witzigen, fröhlichen und humorvollen Menschen wird ein verbal aggressiver Mann.

Nach Wochen ziehe ich mit fünf Umzugskisten ins Hotel. Mittlerweile bin ich Hoteldirektorin desselbigen und in der Kleinstadt natürlich das Klatsch- und Tratschgespräch!

»… feel your breath … feel your body …«

Auf Sylt gelingt mir das. Durch die Seeluft kann ich immer sehr gut entspannen. Aber dieses Mal fällt mir das nicht leicht. Ich hadere mit mir und es fällt mir schwer, Entscheidungen zu treffen.

Was will ich, wo will ich hin? Gebetsmühlenartig habe ich diese Sätze im Kopf.

Selbst am Strand werde ich nur bedingt ruhiger. Immer wieder kommt es mir in den Sinn: »Du wirst noch an vielen Stränden dieser Welt stehen und weinen, bevor es dir besser geht!«

So ein Blödsinn! An welche Strände will ich denn?

Will ich weg? Wohin?

Gerade erst habe ich eine kleine Wohnung gefunden, unweit vom Hotel entfernt.

Der Klatsch hat sich gelegt, ich bin glücklich in meinem Job.

Die Einrichtung stammt nun von Ikea und nicht mehr vom Antiquitätenhändler.

Den gesamten Hausrat habe ich aufgeteilt, Klaus war leider keine große Unterstützung. Achtzig Umzugskisten habe ich allein umgepackt.

Eigentlich wäre es nun an der Zeit, meine Zukunft zu regeln. Möchte ich mich scheiden lassen?

Doch wozu? Der Besitz bzw. das, was davon übrig ist, ist aufgeteilt. An einen neuen Partner verschwende ich keinen Gedanken. Aktuell bin ich mit meinem Leben doch recht zufrieden.

Aber bin ich das wirklich? Immer wieder höre ich die kleine Stimme in meinem Hinterkopf. Es ist fast so, als hätte ich eine kleine Zecke in meiner Seele, die mich immer wieder zwickt und mir vor Augen hält, dass es Zeit ist, mit dem LEBEN anzufangen.

»… feel your breath … feel your body … stop thinking … only yourself is important …«

»Many thanks for visiting my lesson, enjoy your day. Namaste.« Mit diesen Worten entlässt uns der Yogalehrer in den Tag.

Ich packe meine Yogasachen zusammen und Minuten später stehe ich draußen vor Tür. 35 Grad empfangen mich, quirlige Asiaten laufen in hektischem Treiben um mich herum. Es geht geschäftig zu auf Singapurs Haupteinkaufsstraße. Ich kann es immer noch nicht glauben, dass ich tatsächlich hier stehe und es wahrgemacht habe.

Ich bin auf Reisen – für dreieinhalb Monate bin ich dann mal weg.

Alles habe ich hinter mir gelassen. Meinen Job als Hoteldirektorin habe ich gekündigt, meine Miete ist noch bis Ende August bezahlt. Danach werden wir sehen …

Nachdem ich von Sylt zurückgekehrt bin, hat ein Wunsch immer mehr Gestalt angenommen. Ich will mein Leben mehr genießen, etwas von der Welt sehen. Ich will weltoffener werden, mitreden können, mein Englisch verbessern.

Dazu beigetragen hat meine Yogalehrerin Saskia.

»Wenn du in deinem Leben NICHTS verändern willst, dann darfst du nicht mit Yoga anfangen …!«

Zu dumm, dass meine Yogastunden am Montagabend zu einem festen Ritual geworden sind. Alle im Hotel wissen, dass ich für diese anderthalb Stunden nicht zu erreichen bin.

Hier kann ich zur Ruhe kommen, hier schöpfe ich Kraft. Aber hier wird auch die Idee geboren, dass ich in die Welt hinauswill. Zugegeben nicht unbedingt der schlechteste Gedanke.

Mein Vetter ist vor zehn Jahren nach Neuseeland ausgewandert – ich finde es nun an der Zeit, ihn zu besuchen.

Nach einigen ruhigen Abenden auf meinem kleinen Balkon und mehreren Gin Tonic nimmt meine Reise immer mehr Gestalt an.

In Dubai will ich beginnen und mir den Hotelmarkt ansehen (immer noch getrieben von dem Gedanken, es sollte zumindest ein bisschen etwas mit Arbeit zu tun haben).

Danach will ich über Singapur nach Neuseeland. Meine beste Freundin Kerstin wollte schon immer mal mit mir nach Südamerika reisen, ich wollte gern nach New York und Boston. Kanada wäre auch nicht schlecht, Südafrika finde ich klasse.

Mit diesen Gedanken mache ich mich auf ins Reisebüro,

um zwei Stunden später mit gefühlten 40 Kilogramm an Katalogen wieder auf dem Heimweg zu sein.

Ich muss mir klar werden, welche Prioritäten ich setzen will. Alles geht nicht – da macht mein Bankkonto nicht mit.

Überhaupt – war es nicht eine verrückte Idee? So ein Haufen Geld für eine Reise auszugeben? Danach würde mir von meinem Ersparten bzw. von Haus- und Firmenverkauf nur noch ein kleiner Teil übrigbleiben. Gerade einmal so viel, dass ich eine Wohnung anzahlen könnte.

Ist es mir das wert? Bin ich so mutig?

»Der Mensch wächst mit seinen Aufgaben«, ist einer der Lieblingssprüche meiner Mutter. Übersetzt für mich bedeutet er so viel wie: »Du kannst alles schaffen.«

Also wovor habe ich Angst? Vor meiner eigenen Courage?

Mit dem Hotel habe ich verhandelt – ich habe so viele Überstunden, dass ich die kommenden fünf Monate noch auf der Gehaltsliste stehe – also auch alle Versicherungen abgedeckt waren.

Was oder wer soll mich aufhalten?

Nach endlosen Gesprächen mit guten Freunden und meiner Familie steht mein Plan und meine Reiseroute Anfang 2011 fest.

Start in Dubai, gefolgt von Singapur, dann Neuseeland. Dort will ich acht Wochen verbringen.

Mein Vetter Christoph lebt mit seiner Familie mitten auf der Nordinsel. Nach mehreren Skype-Terminen steht fest, ich werde nur an den Wochenenden bei ihnen im Country sein. Die restliche Woche werde ich in Auckland in einer WG mit zwei Südafrikanern leben!

»David und Ted sind tolle Kerle. Ich habe mit ihnen zusammengelebt, als ich nach Neuseeland gekommen bin«, war Christophs Kommentar. »Du passt gut zu ihnen und kannst mit ihnen deine Sprachkenntnisse verbessern.«

»Okay, wenn du meinst …« Ganz wohl ist mir bei dem Gedanken am Anfang nicht. Aber ich will ja mal anders leben.

Von Neuseeland aus mit einem Zwischenstopp in L. A. zur Südamerika-Rundreise mit Kerstin. Peru, Bolivien, Argentinien und Brasilien stehen auf dem Programm.

Danach Miami, New York und Boston.

Ich bin aufgeregt, spüre eine unglaubliche Energie in mir und Lust auf das Abenteuer.

Und was total cool ist, viele meiner Freunde wollen mich unterwegs treffen und einen Teil meiner Reise mit mir verbringen – ich bin überwältigt.

»Was möchtest du eigentlich nach deiner Reise machen?«, fragt mich meine Mutter bei einem Telefonat Ende Dezember 2010 so ganz nebenbei.

»So genau weiß ich das nicht. Ich könnte mir gut eine Stelle in der Assistenz vorstellen – oder ich bleibe einfach da auf der Welt, wo es mir gefällt …« Den zweiten Teil des Satzes sage ich aber nicht laut. Bin ich doch selbst ein wenig erschrocken über diesen Gedanken.

Wäre ich wirklich bereit, mein Leben derart radikal zu ändern? Gewiss würde ich in Neuseeland einen Job finden. Ich bin gelernte landwirtschaftlich-technische Assistentin, ausgebildete Zahntechnikerin und habe mir meine Berufsjahre in der Hotellerie und Gastronomie anrechnen lassen, habe sogar meinen Ausbilder gemacht, sodass ich bestimmt in einem der Aufgabengebiete Fuß fassen könnte.

Mal sehen, was die Zeit bringt.

Seit fünf Tagen bin ich nun auf Reisen.

In Dubai bin ich fasziniert davon, was man alles auf Sand und mit Sand bauen kann.

Vom Kopf her bin ich aber noch ganz in meinem Arbeitsrhythmus gefangen. Genießen kann ich nur wenige Augenblicke. Eigentlich habe ich die gesamte Zeit meinen Plan abgearbeitet, was ich mir alles ansehen möchte – aber von Genuss keine Spur. Ich erinnere mich noch genau.

Am ersten Morgen bin ich nach einer traumlosen Nacht aufgewacht, sitze auf meinem Bett – und habe keine Idee, was ich machen soll oder will! Alles um mich herum ist gigantisch, höher, größer, so viel konnte ich durch meinen Tränenschleier erkennen.

»Reiß dich zusammen, Klara. Du wolltest eine Fahrt auf dem Creek unternehmen und dir den Souk ansehen.«

Beeindruckt bin ich von der Jumeirah Moschee.

Die Shopping Malls sind gigantisch, faszinierend auch die Wasserspiele vor dem Burj Khalifa.

Imposant die künstlichen Inseln von »The Palm« mit dem Hotel Atlantis und dem spektakulären Meeresaquarium.

Ich lege einen Strandtag ein, gehe baden vor der traumhaften Kulisse des Burj Al Arab, liege auf meiner Liege – und weine.

Dies ist mein erster Strand auf der Reise und nichts als Tränen – das kann ja heiter werden!

Irgendwie bin ich froh, diesem künstlichen Ort Lebewohl sagen zu können.

Am Flughafen überkommen mich Zweifel. Schaffe ich alles, was ich mir vorgenommen habe? Wie ein Häufchen Elend sitze ich in meinem Stuhl und warte auf mein Boarding.

Es dauert lange, bis ich mich einigermaßen beruhigt habe. Der sehr turbulente Flug trägt auch nicht gerade zur Entspannung bei.

… only yourself is important …«

Alles ist neu für mich in Singapur. Ich wohne bei einer guten Bekannten. Unsere Mütter sind Freundinnen und ich habe den Kontakt vor meiner Reise gesucht. Ich will mit und bei anderen Menschen wohnen und Lisa und Tom sind weltoffen und nehmen mich mit offenen Armen auf.

Ich habe ein Zimmer und Bad für mich allein, die Wohnung ist traumhaft im 10. Stock. Der Pool ist im zweiten Stock – so kann man leben.

Lisa kommt aus dem gleichen kleinen Dorf wie ich, Tom kommt aus Neuseeland. Beide sind beruflich hier in Singapur und so schließt sich der Kreis.

Irgendwie wirkt hier in Singapur alles schon viel leichter. Vielleicht macht es die schwüle Luft oder die unglaubliche Freundlichkeit der Singapurer? Ich kann es nicht so recht greifen, merke nur, dass ich etwas ruhiger werde.

Mit dem Taxi fahre ich nach Chinatown. Ich tauche ein in diese kleinen Gässchen und lasse die Atmosphäre auf mich wirken. Ich schließe die Augen, rieche und höre diese fremde Kultur und lasse mich darauf ein.

Ein paar Meter weiter höre ich eine sympathische Stimme um einen »Stein« feilschen.

Ich biege um die Ecke und sehe vor einem Stand mit unterschiedlichen Jadesteinen eine Italienerin mittleren Alters stehen, die sich mit einer Einheimischen über die Kraft und Magie dieser Steine unterhält. Ganz untypisch für mich und mit noch holprigem Englisch mische ich mich in die Unterhaltung ein. Marinella (sie ist wirklich Italienerin) sucht einen Jadestein, der ihr Kraft und Zuversicht gibt. Gemeinsam suchen wir ein wunderschönes Exemplar aus, und sie ermutigt mich, auch eins für mich zu kaufen.

»Du trägst so eine schöne Kette um deinen Hals, daran kannst du den Stein hängen.«

Ich habe noch gar nicht daran gedacht, die Kette zu erweitern, doch genau in diesem Augenblick wird die Idee geboren.

»Was ist denn in dem Amulett, das du um den Hals trägst?«

»Ein Haar von jeder meiner Freundinnen! Es ist ihr Abschiedsgeschenk gewesen, bevor ich auf Reisen gegangen bin. Etwas von ihnen sollte mich begleiten!«

»Und von wem ist das silberne Herz?«

»Von einer großen Liebe«, höre ich mich leise, aber voller Inbrunst antworten.

Wir schauen uns an, wissend, dass jede von uns eine Geschichte hat, und beschließen spontan, gemeinsam Kaffee trinken zu gehen.

Marinella lebt schon seit sieben Jahren mit ihrem Mann in Singapur. Sie ist glücklich hier, hat aber heute einen entsetzlichen Tag. Ihr Mann hat Krebs und heute wurde es zur Gewissheit, dass es für ihn keine Heilung geben wird! Ich bin wie vor den Kopf geschlagen, als sie mir dies erzählt.

Wir kennen uns nicht, trotzdem erzählen wir uns unser Leben. Für mich eine der ersten beeindruckenden Situationen auf meiner Reise.

Wir verabreden uns auf Facebook, wollen auf diese Weise in Kontakt bleiben.

Kurz bevor wir uns verabschieden, fragt sie mich nach meinem Sternzeichen.

»Zwilling« antworte ich.

»Und von deiner großen Liebe?«

»Schütze.«
»Passt!«

Irgendwie bin ich benommen von dieser Begegnung. Im Nachhinein fühlt sie sich total surreal an. Aber der Stein an meiner Kette ist Beweis genug.

Ich habe Hunger und esse in einer Garküche, die ich in Deutschland nie im Leben betreten hätte.

Gegenüber ist ein Tempel. Ich ziehe meine Schuhe aus und zünde für all meine Lieben zu Hause Räucherstäbchen an. Ist dies der Weg zur Entspannung?

PURE YOGA, Orchard Road, 42. Stock.

Nur ich bin wichtig …

Klingt egoistisch und doch irgendwie richtig. Lange Zeit habe ich das ICH vernachlässigt. Habe mich immer mehr darum gekümmert, was andere von mir wollen und denken. Habe funktioniert, irgendwie.

Und nun? Bin ich auf dem »Ich-finde-mich-Weg«? Das klingt mir zu banal, außerdem liest man das in jeder Frauenzeitschrift beim Friseur oder beim Arzt.

Aber immerhin lasse ich solche Gedanken zu, beschäftige mich damit.

Auf dem Heimweg komme ich an einem Supermarkt vorbei. Spontan gehe ich hinein und lasse mich von Regal zu Regal treiben. Viele Lebensmittel kenne ich nicht, aber ich bin neugierig und so wandert das ein oder andere in meinen Einkaufswagen – egal, Lisa und Tom werden schon etwas damit anfangen können.

Es ist schon eigenartig. Eine Straße weiter reiht sich ein

Shopping-Tempel am anderen, doch ich ziehe es vor, durch einen Supermarkt zu laufen.

Lange habe ich dies nicht mehr gemacht. In Deutschland habe ich die vergangenen Monate im Hotel gelebt, musste mich nicht um die alltäglichen Dinge des Lebens kümmern.

Selbst als ich meine kleine Wohnung hatte, fand doch mein gesamter Tag im Hotel statt. In meinem eigenen Kühlschrank war außer Prosecco wenig zu finden!

»Bleib nicht zu lange in Little India. Wir treffen uns heute Abend noch mit meinen Arbeitskollegen auf einen Drink und veranstalten anschließend ein Barbecue bei Freunden«, ruft Lisa mir nach.

»Keine Angst, ich bin pünktlich zurück!« Fröhlich mache ich mich auf den Weg, um erneut in eine andere Welt einzutauchen. Mit allen Sinnen nehme ich die Gerüche auf und staune über die Farbenpracht der Gewänder, die in diesem Viertel angeboten werden.

Völlig verschwitzt – und auch dreckig – komme ich in die Wohnung zurück und habe gerade noch Zeit für eine schnelle Dusche.

Schon geht es mit Lisa zu ihren Kollegen. Wir treffen uns in einer Bar und ich bin umringt von ihren Kollegen aus Norwegen, China und den Philippinen. Es ist ein bunter Mix. Zugegeben, ich verstehe nicht mal die Hälfte, aber es sind genau die Begegnungen, die ich mir vorgestellt habe. Raus aus dem Trott, mitten ins Leben.

Anschließend noch Barbecue bei Deborah and Dean. Er ist Südafrikaner und ein Arbeitskollege von Tom. Noch nie habe ich am Tisch solch eine Lebhaftigkeit gespürt. Ihre vier Kinder sind im Alter von sieben bis sechzehn, jeder hat etwas zu berichten, aber jeder hat auch seine Aufgabe.

Ich werde sehr nett aufgenommen und ich erlebe einen Multi-Kulti-Familienabend mit viel Gelächter.

Als ich später im Bett liege, spüre ich eine Sehnsucht nach dieser Art von Geselligkeit. Gern möchte ich solche Erlebnisse in Zukunft genießen – mit meiner Familie.

Doch wer und was macht meine Familie aus?

Ein Teil meiner Familie lebt in Neuseeland – diesen werde ich schon in den nächsten 36 Stunden sehen.

Ein anderer Teil lebt am Tegernsee.

Meine Eltern leben getrennt. Meine Mutter ist im Elternhaus geblieben, was für mich auch Heimat bedeutet. Mein Vater lebt bei seiner Lebensgefährtin in der Nähe von Aschaffenburg.

Keine guten Voraussetzungen für die Umsetzung eines solchen gemütlichen Abends.

Doch da gibt es ja noch Paul – meine große Liebe, die so unverhofft, plötzlich und mit Wucht in mein Leben getreten ist …

Köln, E-Werk, 29. Januar 2011, Stunksitzung
… Soll ich mitfahren zu dieser Karnevalsveranstaltung? Mein gesamter Freundeskreis ist bei diesem Event vertreten. Alles Jecken! Wir sind eine Truppe von 32 Personen, alle karnevalistisch verkleidet. Ich bin mir sicher, dass wir jede Menge Spaß haben werden.

Aber eigentlich ist im Hotel so viel zu tun. Ich bin ja auch nicht mehr lange hier. Am 1. April (kein Scherz) startet meine dreieinhalb-monatige Reise.

Aber ich muss auch mal aus dem Trott heraus, wieder

mehr mit meinen Freunden unternehmen. Außerdem ist die Karte schon längst bezahlt.

Mit diesen Gedanken mache ich mich auf nach Köln. Ansgar und Bernadette nehmen mich mit und versprechen mir, am anderen Tag recht früh zurückzufahren.

»Bitte seid alle pünktlich um 17:00 Uhr in der Lobby. Wir haben mehrere Taxis geordert, damit wir alle gemeinsam starten können.« Tina und Fritz, unsere Organisatoren, haben alles perfekt im Griff. Es ist schön, wenn ich mich mal um gar nichts kümmern muss.

Ich teile mein Zimmer mit Babette, der Schwester meiner guten Freundin Maria.

Nach gemeinsamem Schminken im Bad geht's los und wir treffen uns im Foyer. Es ist schon ein witziges Bild, alle im Kostüm. Aber in Köln zu dieser Jahreszeit nichts Ungewöhnliches.

»Wir können nicht alle nebeneinander sitzen. Wir haben Karten in mehreren Blöcken. Klara, du kennst doch Saskia und ihre Freundinnen mit am besten. Hier sind vier Karten für euch. Ihr sitzt ganz weit vorne, wir anderen im hinteren Teil verteilt. Ich denke, das ist so okay, oder?«, fragt mich Tina, die wirklich große Mühe hat, uns alle unter einen Hut zu bringen!

»Klar, kein Problem. Wir sehen uns dann in der Pause an der Bar!«

Zu viert bahnen wir uns den Weg durchs Gedränge. Vorbei an Pferden, Clowns, Piraten, Cowboys, aber auch an Personen, die nicht verkleidet sind. Immerhin ist die »Stunksitzung« als Anti-Karnevalsveranstaltung gestartet!

Das Programm ist fantastisch. Satire und Bissigkeit pur gepaart mit rheinischem Frohsinn.

Wir haben jede Menge Spaß und unser Gelächter erfüllt den Saal.

Das Kölsch fließt, die Band »Köbis Underground« spielt einen klasse Sound.

Zu späterer Stunde stehe ich neben Saskia auf der Bank. Wir singen die Kölsche Lieder, und Saskia fragt mich, wie es mir so geht und ob es wieder einen Partner in meinem Leben gibt.

»Ach, weißt du, Saskia. Ich bin so in meinem Trott eingefahren, dass ich es gar nicht merken würde, wenn ›der Richtige‹ vor mir stehen würde! Aber der Gitarrist da vorne, so jemand könnte mir schon gefallen!«

»Ach der! Schau doch mal da drüben …« Saskia zeigt in die andere Richtung. »Der mit dem blauen Hemd da. Der sieht doch nett aus. Der wäre doch was, oder?«

»Wo, wen meinst du?«

»Na, den da in der Vierertruppe, die nicht verkleidet ist.«

Mein Blick folgt Saskias Zeigefinger, der wild fuchtelnd vor meinem Gesicht auf und nieder schwebt.

Vierertruppe, nicht verkleidet – sehe ich. Blaues Hemd – sehe ich auch.

Und dann blicke ich in zwei Augen – im Nachhinein kann ich nicht mehr sagen, wie lange. Auch nicht, ob aus dem Sehen ein Starren wurde.

Saskia stupst mich an; »Und?«

»Ja, ganz nett …«

»Ganz nett? Der ist doch klasse!«

Ich schaue wieder hin, immer noch schunkelnderweise auf der Bank stehend mit ungefähr zwölf Kölsch intus.

Mein Blick wird erwidert und ich freue mich über dieses sympathische Gesicht in der Menge.

Wir setzen uns wieder und für kurze Zeit widme ich meine Aufmerksamkeit wieder völlig dem Geschehen an unserem Tisch.

Aber diese Augen lassen mich nicht los. Ich wage einen Blick über meine Schulter, aber leider ist mir die Sicht versperrt. Das Einzige, was ich sehe, ist die Hutfeder von Kapitän Jack Sparrow!

»Hat er dir gefallen?« Saskia lässt nicht locker.

»Ja, schon irgendwie.«

»Dann gib ihm ein Zeichen.«

»Ich bin doch keine zwölf!«

»Ist doch egal …«

Tosender Applaus, die Stunksitzung ist zu Ende; der Elferrat zieht aus. Aufbruchstimmung. Unsere Truppe hat beschlossen, nebenan noch tanzen zu gehen.

Wir schieben uns durchs Gedränge und erneut finden sich unsere Augen. Mit einigen Gesten deute ich an, dass ich nebenan zum Tanzen gehe.

Bin ich verrückt? Ich habe viel zu viel Bier getrunken (zumindest Kölsch).

Na, was soll's, es ist Karneval.

»Und, wo ist er?« Saskia kann echt eine Nervensäge sein.

»Keine Ahnung.«

»Wie keine Ahnung! Soll ich ihn suchen gehen?«

»Kommt nicht infrage. Ich habe ihm angedeutet, dass ich tanzen gehen werde. Wenn er nicht kommt, seine Schuld.«

Wir stehen mit allen anderen in dem zur Disco umfunktionierten Tanzsaal und lassen die Sitzung Revue passieren. Viel gelacht haben wir alle und uns an den Pointen erfreut.

»Ich gehe jetzt mal nachsehen, wo der bleibt.« Saskia ist hartnäckig.

»Meinetwegen …«

Mittlerweile sind Maria und Babette von Saskia infiziert worden.

Na super, jetzt kann ich mir von dreien die Ratschläge anhören!

»Er steht da vorne an der Tür. Die drei anderen sind auch dabei.« Saskia schreit es förmlich in mein Ohr.

»Ja und nun?«

»Und nun, und nun. Dann geh halt zur Toilette …«

»Da war ich doch gerade!«

»Das weiß er doch nicht.«

Ein wenig entnervt mache ich mich auf den Weg.

Was mache ich hier eigentlich? Bin ich noch bei Trost? Da vorne steht er, ins Gespräch vertieft.

Ich biege ab in einen kleinen Gang, halte inne.

Okay, es ist Karneval! Aber in drei Monaten bin ich auf Reisen! Ich habe keine Zeit für irgendetwas »Zwischenmenschliches«! Ich bin 43 Jahre alt, lebe mein Leben und werde jetzt zu den anderen zurückgehen und einen netten Abend verbringen!

Als ich wieder in den Saal komme, blickt er mich geradewegs an und deutet an, dass er sich in meine Richtung in Bewegung setzen wird.

Auch gut, komm du nur!

Und dann kam er!

»Hallo.«

»Hallo.«

»Ich bin Paul.«

»Klara.«

»Wollen wir tanzen?«

»Gern.«

So fing alles an …

Lisa und Tom sind heute Morgen extra noch mal nach Hause gekommen, um mich zu verabschieden.

Zwei Stationen meiner Reise liegen nun schon hinter mir. Heute starte ich für acht Wochen nach Neuseeland. Ich verspreche mir sehr viel von dieser Zeit. Ich habe die große Hoffnung und Sehnsucht, dass ich endlich zur Ruhe komme.

Und ich sehe meinen Vetter wieder. Eigentlich ist Christoph mehr mein Bruder als mein Cousin.

Er ist nur ein halbes Jahr älter als ich. Wir sind zusammen eingeschult worden, hatten gemeinsam Konfirmation. Sind durchs Abi gegangen und dann haben wir auch noch die gleiche Ausbildung. Auch er ist Zahntechniker, hat sogar ein Jahr lang für mich und meinen Mann in unserer Firma gearbeitet. Während dieser Zeit hat er auch bei uns gewohnt.

So entstand schon eine große Vertrautheit.

Als er damals mit 63 Kilogramm Gepäck für zwei Jahre nach Neuseeland geflogen ist, habe ich am Frankfurter Flughafen schon gespürt, dass er nicht wiederkommt.

Und als er dann Charlotte kennengelernt hat, war es auch dem Rest der Familie klar!

Die beiden haben zwei gemeinsame Kinder – Ben und Laura – Tom und Joanna hat Charlotte mit in die Ehe gebracht.

Charlotte kommt gebürtig von den Kapverdischen Inseln, ihre Familie lebt aber nun in Rotterdam.

Mulitkulti und Patchwork ist angesagt. Ich freue mich darauf.

Der Flug ist lang und nicht gerade entspannt. Ein Klein-kind schreit fast die gesamte Zeit und ich komme sehr ge-rädert an.

Von Weitem kann ich Christoph sehen. Er hat es sich nicht nehmen lassen, mich abzuholen.

Es ist 22:00 Uhr. Er hat einen Arbeitstag hinter sich und ist nun die anderthalb Stunden von Wellsford nach Auck-land gefahren, um mich am Flughafen in Empfang zu neh-men.

Ich bin glücklich und gerührt.

Irgendwie hatte ich ein bisschen Respekt vor dieser Begeg-nung, kann ich doch in solchen Situationen recht nah am Wasser gebaut sein.

Doch nachdem wir uns entdeckt haben, fallen wir uns einfach für Minuten in die Arme, lachen uns an – und können dann vor lauter Emotionen nur noch schweigen!

»Welcome to New Zealand – your home for the next eight weeks.«

»Many thanks.«

UNTERWEGS Teil 1

Durch das nächtliche Auckland fahren wir zu dem Zuhause von David und Ted.

243 East Coast Bay Road, Mairangi Bay, Auckland 0640.

Dies wird nun auch meine Adresse für die nächsten zwei Monate sein.

Das Haus ist dunkel. Die beiden schlafen schon. Kein Wunder, ist es doch mittlerweile 23:45 Uhr.

Christoph schließt auf und übergibt mir den Schlüssel. Meinen Schlüssel! Ich kann gar nicht beschreiben, was für ein Gefühl das ist.

In einem schnellen Rundgang zeigt er mir das Haus, mein Zimmer – und die Küche.

Eine Küche, in die ich mich sogleich verliebe. Bin gespannt, wie sie bei Tageslicht aussieht.

Christoph muss zurück. Er ist sowieso nicht vor 2:00 Uhr zu Hause!

Und auch ich bin k. o. Er wird mich übermorgen abholen, morgen soll ich erst mal hier ankommen!

Mein Bett ist gemacht, einige Handtücher liegen parat – ein netter Empfang.

Auspacken, duschen, Mails und SMS checken. Ab ins Bett. Doch ich kann nicht schlafen. In meiner Segeltasche befindet sich der Brief meines Chefs. Handgeschrieben. Erst in Neuseeland zu öffnen.

Trotz Neugier habe ich es geschafft: Er ist noch zu.

Soll ich ihn jetzt öffnen, oder doch lieber erst morgen?

Ich halte ihn in der Hand, drehe ihn hin und her – und mache ihn auf.

Ach, du meine Güte. Er ist komplett mit der Hand geschrieben – acht DIN-A4-Seiten – und ich habe Mühe, alles zu entziffern. Wo ist meine Brille?

Ich lese langsam. Fast bedächtig. Vieles, was er mir mit auf den Weg gibt, ist sehr persönlich, eigentlich *zu* persönlich für einen Chef!

Ich liege im Bett und weine!

Ich ärgere mich über mich selbst. Warum musste ich den Brief jetzt öffnen? Es ist mitten in der Nacht. Ich bin in Neuseeland, am anderen Ende der Welt! Ich bin k. o., alles ist neu, ich werde für die nächsten acht Wochen mit zwei Südafrikanern in einer WG leben, die ich bis dato noch nicht kenne – und nun Tränen und auch Wut – Wut darüber, dass mir jemand, der mir persönlich nicht nahesteht, mich so gut analysiert und damit auch verletzen kann!

Irgendwann schlafe ich ein und wache auf um 8:30 Uhr! Mist, ich hatte mir den Wecker auf 6:00 Uhr gestellt, damit ich David und Ted Hallo sagen konnte!

Toller Einstieg, Klara!

Ich gehe in die Küche und bin gefangen von dem Ausblick!

Die Sonne scheint, ich stehe an der Spüle und schaue auf das Meer!

Es ist eine Wohnküche mit Gasherd, riesigem Kühlschrank, Sitz- und Fernsehecke mit Klavier und einem großen Tisch für mindestens acht Personen.

»Hier werde ich mich wohlfühlen. Hier kann ich zur Ruhe kommen.« Das sind meine ersten Gedanken.

Auf der Anrichte stehen Obst und Müsli für mich. Daneben liegt ein Zettel von Ted:

Hi Klara! Welcome!
Hope you had a good sleep. Please help yourself to anything, I have taken breakfast out for you. Ted

Außerdem hat er mir für den Notfall auch noch seine Telefonnummern dagelassen.

Ich bin gerührt. Damit habe ich nicht gerechnet. Nun habe ich erst recht ein schlechtes Gewissen, dass ich nicht aufgestanden bin.

Ich brauche ewig, den Gasherd in Gang zu kriegen. Aber irgendwie schaffe ich es, der Espresso blubbert in die kleine, silberne Kanne, Kaffeeduft erfüllt die Küche.

Ich setze mich auf den Balkon und genieße die Aussicht.

Gestärkt von Müsli und frischem Obst bin ich mutig genug, den Brief meines ehemaligen Chefs noch einmal zu lesen – und wieder kullern mir die Tränen.

Vieles bringt er sehr gut auf den Punkt. Ich merke, dass er mich in den drei Jahren unserer Zusammenarbeit sehr genau beobachtet hat. Mit seiner sehr guten Wahrnehmung und mit seinem analytischen Verstand, aber auch mit seiner Offenheit spricht er in dem Brief Wesenszüge und Charaktereigenschaften von mir an, die nicht unbedingt immer angenehm sind.

Auf der einen Seite bin ich erschüttert, andererseits sagt mir eine innere Stimme, dass ich den Inhalt des Briefes als Chance sehen soll.

Ich habe doch letztendlich diese Reise auch angestoßen, um etwas zu verändern, um mich zu verändern.

Spätestens nun weiß ich, dass meine Reise auch ein »trip to the bottom of my soul« werden wird!

Ein Satz brennt sich in mein Gedächtnis ein: »… und wenn Sie bei all Ihrem Engagement, Ihrem Einsatz und Ihren Fähigkeiten nun auch noch Ihre Weiblichkeit in Ihr tägliches Tun und Handeln einfließen lassen, dann können Sie auf Dauer nur erfolgreich sein!«

So ein A…, denke ich, was fällt dem eigentlich ein! Jahrelang habe ich immer nur gekämpft, gearbeitet und Entscheidungen getroffen. Ich weiß auch, dass ich viel zu dünn bin und meine sehr kurzen Haare nur bedingt zu einer weiblichen Erscheinung beitragen!

Meine Mutter liegt mir diesbezüglich auch ständig in den Ohren.

Und was soll ich nun tun? Mir Rundungen anfuttern?

Immerhin trägt meine Wut dazu bei, dass ich nicht mehr weinen muss. Auch ein Vorteil.

Mein Blick fällt durch die offene Tür ins Wohnzimmer. Ganz weit kann man hier die Flügeltüren öffnen, die Sonne scheint bis in die Hälfte des Raumes.

Ein perfekter Ort für meine Yoga-Übungen.

Ohne lange zu überlegen, ziehe ich mir meine Sportsachen an, lege zwei Decken übereinander und beginne mit den Sonnengrüßen.

… feel your body … feel your breath …

Es geht wie von selbst. Der Blick ist fantastisch, in der Ferne glitzert das Meer, die Palmen im Garten wiegen sich im leichten Wind.

Mit jedem Atemzug genieße ich mein neues Zuhause, meine Heimat für die nächsten acht Wochen.

Deutlich ruhiger und entspannt packe ich nach einer guten halben Stunde meine Sachen zusammen und beschließe, die Umgebung zu erkunden. Außerdem brauche ich Bargeld. Vielleicht sollte ich mal den Kühlschrank etwas auffüllen. Mit David und Ted muss ich heute Abend besprechen, wie die Aufgaben in unserer WG verteilt werden.

Immer den Berg hinunter Richtung Beach. Ich orientiere mich an Kreuzungen und Straßennamen. Es ist keine große Entfernung. Schon nach ca. zehn Minuten stehe ich am Strand.

Ich staune und lasse die neuen Eindrücke auf mich wirken.

Wasser hatte schon immer eine beruhigende Wirkung auf mich – oder sagen wir mal, eine befreiende.

Hier stehe ich nun, am anderen Ende der Welt. In Deutschland ist es Mitternacht und mir scheint hier um 12:00 Uhr mittags die Sonne ins Gesicht.

Ich setze mich auf einen großen Stein und schließe die Augen.

Was fühle ich? Stolz, dass ich es bis hierher geschafft habe. Glück, dass bis hierher alles gut funktioniert hat. Angst, was die Zukunft bringen wird …

Dieses Gefühl ist einfach da. Ich schaffe es nicht, den Schalter umzulegen, positiv zu denken.

Die Tränen laufen – wieder an einem Strand!

Wenn ich wieder zu Hause bin, brauche ich einen Job. Ich muss Geld verdienen.

Zurück in die Hotellerie möchte ich nur bedingt. Es macht riesigen Spaß, aber der Verdienst ist lausig und die Arbeitszeiten mörderisch – ein Beziehungskiller.

Und eine Beziehung möchte ich nicht noch einmal aufs Spiel setzen.

Nachdem wir die halbe Nacht unter Beobachtung von 32 Augenpaaren getanzt haben – gute Freunde wollten mich sogar vor diesem aufdringlichen Kerl »retten« – warten Paul und ich gemeinsam mit Maria und Saskia vor dem E-Werk auf ein Taxi.

Ich habe meinen grauen Wollmantel mit dem großen Kragen an. Paul steht hinter mir und vergräbt seine Hände in meinen Manteltaschen.

Es ist ein sehr angenehmes Gefühl, wenn er mit seinen 1,94 Metern hinter mir steht – es hat etwas Beschützendes an sich.

Ich spüre eine Berührung, eigentlich ist es mehr ein Hauch, als er mir einen ganz zarten Kuss hinter mein linkes Ohr gibt. Ich drehe mich um und strahle ihn an. Ich sehe in zwei Augen, die das gleiche Staunen in sich tragen wie meine.

Was ist geschehen in den letzten Stunden? Wir können es beide nicht fassen.

Maria und Saskia erklären im Taxi, dass sie todmüde sind und beim besten Willen nicht mehr mit uns in eine Bar gehen wollen.

Paul und ich dagegen möchten den Abend noch nicht beenden und landen im »Breugel«. Eine Bar auf den Ringen in Köln. Livemusik, Karneval!

Wir erzählen und tanzen.

Er lebt getrennt, aktuell in seinem Haus in Langenfeld. Sein Tim ist 22 und seine Tochter Julia 18 Jahre alt. Paul selbst ist 48, selbständig und in der Logistik tätig.

Auch ich berichte von mir. Auch dass ich ab April für dreieinhalb Monate auf Reisen gehe! Keine Ahnung, ob ich ihn damit überfordere, aber irgendwie wollte ich gleich klarstellen – ich bin dann mal weg!

Wir sind ausgelassen, trinken Kölsch, singen Kölsche Lieder, halten uns an den Händen – und küssen uns zum ersten Mal. Vorsichtig, bedächtig – aber intensiv!

Ich bin glücklich, fühle mich leicht und unbeschwert.

Aber auch der schönste Abend geht einmal zu Ende. Es ist 3:00 Uhr, die Bar macht zu.

Paul bringt mich im Taxi zum Hotel. Wir sitzen beide hinten – und knutschen! Man kann es nicht anders nennen! Der Taxifahrer grinst – wetten er denkt: »Typisch Karneval!«

Vor dem Hotel angekommen bekomme ich noch einen intensiven Abschiedskuss und dann wartet Paul – ganz Gentleman –, bis ich im Aufzug verschwunden bin.

Ich bin wie benommen. Ich stehe im Lift und kann nicht klar denken. Wir haben Telefonnummern ausgetauscht, wollen in Kontakt bleiben.

Am nächsten Morgen bin ich DAS Gesprächsthema beim Frühstück. Alle meine Freunde freuen sich für mich, aber natürlich habe ich das Klischee schlechthin erfüllt! Jemanden beim Karneval kennenzulernen, wird nur noch von einer Bekanntschaft beim Aprés-Ski übertroffen!

Aber damit kann ich umgehen. Wer weiß, was sich daraus überhaupt entwickelt …

Doch schon auf der Heimfahrt ertönt der vertraute Klingelton, der den Eingang einer SMS ankündigt. Es ist Paul, der wissen will, ob ich gut zu Hause angekommen bin. Wir verabreden, am Abend zu telefonieren.

Ich bin glücklich und gehe beschwingt in meinen Arbeitstag.

Aus dem abendlichen Telefonat wird ein dreistündiges Gespräch. Wir erzählen uns viel aus unseren Leben und stellen dabei eine große Harmonie fest …

… Nachdem ich Geld gezogen und im Supermarkt die nötigsten Dinge eingekauft habe, trage ich alles den Berg hoch und warte nun auf David und Ted. Ich bin total aufgeregt und neugierig, wie die beiden so sind.

David kommt als Erster nach Hause. Er ist total relaxt, begrüßt mich gleich mit Umarmung und zeigt mir noch mal das ganze Haus.

Später sitzen wir in der Küche und trinken Kaffee. Ted kommt auch dazu – er ist etwas älter und wirkt gestresster, doch auch er ist total locker und freut sich auf die nächsten acht Wochen.

Wir besprechen Organisatorisches – einkaufen, kochen, Miete bezahlen. Aber irgendwie habe ich das Gefühl, hier läuft alles easy ab. Es wird kein Stress gemacht, wer wann was zu erledigen hat, Hauptsache es wird gemacht. Okay – Entschleunigung ist also angesagt.

Die beiden finden mich typisch Deutsch. Anhand der Fragen, die ich stelle, merken sie gleich, wie durchorganisiert ich bin.

»You should relax more«, ist ein häufiger Satz von David an mich.

Am nächsten Tag mache ich eine Entdeckung, die mich während meines gesamten Aufenthaltes in Neuseeland begleiten soll.

»Paper Moon Bar« heißt das Lokal direkt am Beach. Es ist eine Mischung aus Bar und Speiselokal, modern gestaltet mit freundlichem Personal.

Ich sitze an einem kleinen Tisch am Fenster, bestelle ein Glas Sauvignon Blanc aus dem Marlborough District und packe mein kleines schwarzes Moleskin-Buch aus.

Ach ja, das Buch …

… Paul und ich haben eine intensive und turbulente Zeit miteinander erlebt. Er hat mich in Lingen besucht, wir haben Karneval in Velen miteinander gefeiert und zu »Halleluja« von Brings im Hotelzimmer getanzt.

Auf unserer Tour nach Frankfurt sind wir mit dem Auto auf der A3 liegen geblieben und mussten anderthalb Stunden hinter der Leitplanke auf den Abschleppdienst warten. Es gab ein wildes Hupkonzert für ein küssendes Paar am Straßenrand!

Nach einem romantischen Wochenende im Rheingau, mit viel Gefühl und Sentimentalität, wurde uns der Abschied immer bewusster.

Ich hatte mich mittlerweile von meinen Freunden und meiner Familie verabschiedet, meine Abschiedsfete im Hotel hatte stattgefunden und der große Tag rückte näher.

Paul wollte mich zum Flughafen bringen, mein TT Roadster sollte bei ihm in der Firma stehen bleiben – und als mein Abschiedsgeschenk sollte er den Schlüssel bekommen, um Spritztouren unternehmen zu können.

Am 31. März sind wir in Frankfurt angekommen und haben netterweise als Upgrade eine Suite bekommen.

Wir waren beide sehr nervös, haben viel geredet, aber auch geweint. Dreieinhalb Monate können lang sein. Aber wir wollen beide die Zeit nutzen, um private Dinge zu regeln.

Paul will sein Haus verkaufen und mit seiner Tochter nach Düsseldorf ziehen. Wenn die Zeit gekommen ist, will er seinen Kindern von uns erzählen – ich bin gespannt auf die Reaktionen.

Nach dem Abendessen stellen wir fest, dass jeder für den anderen ein großes Paket gepackt hat!

Unter anderem bekommt Paul von mir 109 kleine Gummibärchen-Tüten. Für jeden Tag meiner Reise eine zum Öffnen.

Ein Teil seines Geschenks ist das schwarze Buch, welches ich als Tagebuch nutze.

Vom ersten Tag an habe ich mit Bleistift meine Erlebnisse und Empfindungen aufgeschrieben. Es ist zu einem Ritual geworden …

… Einige Seiten sind schon gefüllt. Es tut mir gut, meine Gedanken und meine Gefühle aufzuschreiben. Wenn ich den Bleistift in der Hand halte, das Glas Weißwein vor mir steht, dann kann ich herrlich entspannen.

Mittlerweile kennt man die Deutsche, die immer gegen Abend kommt und ihr Buch auspackt.

An meinen Notizen erkenne ich, dass ich langsam anfange, ruhiger zu werden. Der Alltag mit David und Ted tut mir gut. Wir kochen viel gemeinsam, meistens südafrikanisch angehaucht. Generell esse ich viel mehr, vor allem regelmäßig. Wenn ich »zu Hause« bin und diese herrliche Küche genieße, kann ich die Seele baumeln lassen und mittlerweile auch wieder Radio hören und zur Musik tanzen.

Die Besuche bei Christoph und seiner Familie sind immer speziell. Bei unserem ersten Treffen hat er mich mitgenommen auf seine Tour zu den Zahnärzten. Es hat irre Spaß gemacht und ich bin mega stolz auf ihn, wie er das alles meistert. Er hat die Meisterprüfung noch mal machen müssen, da kein Abschluss in Neuseeland anerkannt wird. Er hat sich selbständig gemacht und ernährt eine sechsköpfige Familie! Hier am anderen Ende der Welt muss man vieles privat bezahlen. Schulen, Krankenkassen, generell ist das Leben nicht günstig, wenn man gute Lebensmittel kaufen möchte.

Als ich das erste Mal zu ihm in den Country gefahren bin, habe ich einen Bus gebucht.

Ich wollte ja anders leben und so bin ich zwei Stunden durch die Gegend geschaukelt.

Mit ein Grund dafür ist aber auch, dass ich immer noch kein Auto gemietet habe.

Ich kann es mir selbst nicht erklären. In Deutschland fahre ich 1.000 Kilometer am Stück, liebe es, am Steuer zu sitzen. Also was hindert mich?

Auch habe ich noch nicht meinen Trip zur Südinsel gebucht. Es gibt Tage, an denen ich einfach nur auf dem Balkon oder am Strand sitze und aufs Meer schaue. Häufig laufen mir die Tränen übers Gesicht, zum Glück verdeckt die Sonnenbrille so einiges.

Bis dato war ich immer gut durchgetimt. Eigentlich war alles in meinem Leben geregelt. Selbst nach der Trennung hatte ich mich schnell wieder im Griff und hatte mein neues Leben organisiert.

Also was ist los? Gestern Morgen bin ich aufgewacht und konnte nicht aufstehen. Ich war wie gelähmt und hatte Panik, dass ich keinen Job bekomme, wenn ich wieder zurück bin. Es war eigenartig, fast so, als ob ich ferngesteuert wäre. Es hat lange gedauert, bis ich den Weg ins Bad gefunden habe ...

Doch zurück zu meinen Besuchen bei Christoph und seiner liebenswerten Familie. Sie nennen ihr Haus »Villa Kunterbunt« – und das ist es auch. Klein, gemütlich, zugig, voller Katzenhaare, Kinderspielsachen, Musikinstrumente, Bücher, offener Küche und einem in die Jahre gekommenen Badezimmer und einer Toilette, wie man sie bei uns höchstens auf einer Alm vorfindet!

Aber wie war das – ich wollte einmal anders leben. Mein Bett wird nachts im Wohnzimmer aufgebaut und am Morgen hat mich die Katze geweckt, indem sie sich auf mein

Gesicht gesetzt hat! Ich habe so laut geschrien, dass selbst die nächsten Nachbarn (ca. zwei Kilometer entfernt) wach geworden sind.

Aber es ist schon cool – wenn du eine Kiwi oder Avocado möchtest, gehst du raus und pflückst dir eine vom Baum. Auch Pfirsiche gibt es in Hülle und Fülle. Wir machen Ausflüge ans Meer, schauen den Kindern beim Soccer Training zu und Charlotte und ich helfen bei einer Hochzeit von Freunden. Wir sind von morgens 11:00 Uhr bis nachts auf den Beinen und verteilen Punsch, Canapés und spülen, spülen, spülen. Aber es macht Spaß und ich fühle eine Unbeschwertheit, die ich schon lange vermisst habe.

Christoph sagt, mein Ausdruck der Augen wird wieder klarer, ich hätte nicht mehr diesen starren, angestrengten Blick.

Es ist Ostern.

Christoph holt mich in meinem Zuhause ab und wir genießen auf der Fahrt die herrliche Landschaft. Neuseeland ist ein faszinierendes Land. Ich kann gut verstehen, dass er hier seine neue Heimat gefunden hat. Könnte ich hier auch leben? Wenn ich ehrlich zu mir selbst bin: Nein.

Auf Dauer würde ich kulturelle Angebote vermissen und es wäre mir im Landesinneren auch zu einsam. Auckland wäre die Lösung, doch auch teuer und für mich nicht erschwinglich. Christoph sagt, ich wäre zu »deutsch«.

Das mag stimmen, auch wenn ich schon die eine oder andere Gelassenheit spüre, so kann ich doch nicht aus meiner Haut.

Die Tage sind entspannt und wie immer angefüllt mit Unternehmungen und Aktivitäten. Ich genieße meine Familie und das fröhliche Geplapper auf Deutsch, Englisch und Niederländisch. Den ganzen Tag läuft Musik und man merkt Charlotte und den Kindern das Temperament der Kapverdischen Inseln an!

Bruno Mars ist der angesagte Sänger und Ben und Laura trällern die Lieder den ganzen Tag.

Es geht mir gut, ich bin fröhlich – und dann kommt der Zusammenbruch beim Osterfrühstück.

Die gesamte Zeit über hat mein Ostergeschenk schwer wie Blei in meiner Tasche gelegen. Ich habe es von zu Hause mitgenommen, extra einige Umzugskisten durchwühlt.

Als ich damals mit meinem Mann in unser Haus gezogen bin, haben wir von meinen Eltern einen wunderschönen Haussegen geschenkt bekommen.

Ich höre meine Mutter heute noch sagen: »Ich wünsche euch beiden alles erdenklich Gute in den eigenen vier Wänden. Möge immer Freude und Zufriedenheit in eurem Haus herrschen und eure Liebe hier mit jedem Tag wachsen!«

Nach den unglücklichen Jahren und der unschönen Trennung hat das Schriftstück in einem der Kartons geschlummert und ich bin überzeugt davon gewesen, dass es bei Christoph und Familie sehr viel besser aufgehoben ist.

Dennoch überkommt mich eine gewisse Wehmut. Es ist wie ein letzter Abschied an ein Heim, dass es einfach nicht mehr gibt, schon lange nicht mehr gegeben hat!

Ganz vorsichtig lege ich das wunderschön verpackte Päckchen auf den Ostertisch, den Charlotte so liebevoll gedeckt hat.

Die Kinder sind schon ganz neugierig. Es ist immer ein besonderes Ereignis, wenn ein Päckchen oder Paket ankommt.

»Was ist da drin?«, fragt Ben.

»Ist das für uns?«, höre ich Joanna.

»Ist da was Süßes drin?«, ertönt Laura.

»Nun lasst Klara doch mal etwas dazu sagen«, ermahnt Christoph seine Rasselband.

»Nun, es ist ein Haussegen, welchen ich einmal von meinen Eltern bekommen habe. Er soll in einem glücklichen und fröhlichen Heim zu Hause sein. Und dabei habe ich an euch gedacht!«

»Das ist aber lieb von dir«, höre ich Charlotte aus der Küche rufen und schon kommt sie herbeigeeilt, um mich zu drücken.

»Wie wundervoll, dass du dabei an uns denkst. Lasst uns erst einmal in Ruhe frühstücken und danach das Geschenk auspacken, Kinder.

Sag mal, Klara, wie kam es eigentlich zu deiner Trennung – und was willst du machen, wenn du wieder zurück bist?«, höre ich Charlotte fragen.

Ich sehe sie an, möchte auch antworten – doch was?

Plötzlich sehe ich vor mir ein riesig großes NICHTS – ein schwarzes Loch.

Ich kann nur noch hinausrennen, komme bis zur halben Einfahrt. Dann kann ich nicht mehr. Ich weine hemmungslos.

Christoph ist mir gefolgt und nimmt mich wortlos in die Arme.

Es ist wie ein Damm, der bricht. Ich kann mich gar nicht beruhigen.

Lange stehen wir beide in der Einfahrt, Christoph gibt mir die Zeit, die ich brauche, um mich wieder zu beruhigen.

»Ist wohl alles ein bisschen viel für dich, Cousinchen?«

»Ja, irgendwie schon«, schluchze ich.

»Lass dir Zeit. Bleib noch eine Weile hier draußen in der Natur. Komm rein, wenn du dich besser fühlst.«

Nach einer gefühlten Ewigkeit bin ich in der Lage, mich wieder an den wunderschön gedeckten Ostertisch zu setzen.

Alle sind unglaublich lieb zu mir. Ich denke, Charlotte und Christoph haben den Kindern in der Zwischenzeit meine Situation erklärt, sodass ich keine Fragen beantworten muss.

Doch Charlottes Frage hat noch etwas anderes ausgelöst. Es ist ja nicht so, dass Menschen, die mir nahestehen, mir nicht schon ähnliche oder die gleiche Frage gestellt haben.

Jedoch hier, am anderen Ende der Welt, klingt sie irgendwie anders. Offener.

Ich merke, wie sich ein anderer Denkprozess in Gang setzt.

Mit diesem Gefühl begebe ich mich auf die Busreise zurück nach Auckland.

Wenn dann der Bus kommt! Es gießt in Strömen.

Eigentlich sollte die Abfahrt um 16:00 Uhr sein. 17:00 Uhr, 18:00 Uhr, kein Bus. Christoph nicht erreichbar.

Ich bin total durchnässt. Das Wasser läuft mir oben am Kragen rein und sammelt sich unten in meinen Stiefeln.

Was zum Teufel mache ich hier eigentlich? Okay, ich wollte anders leben. Aber ich habe zwei Kreditkarten, eine Bankkarte, besitze einen gültigen Führerschein und warte im strömenden Regen über zwei Stunden auf den Bus!

Gegenüber ist McDonald's – ich gehe rein, suche das Damen-WC und trockne mir unter dem Handtuchtrockner meine nasse Hose!

Da niemand weiß, wann der Bus kommt, wartet auch keiner im Restaurant – man könnte ihn ja verpassen!

Endlich nach fast drei Stunden sehen wir die Busscheinwerfer. Doch es ist nicht mein Bus, erklärt mir der nette Schaffner. Den Bus, auf den ich gebucht bin, steckt in einer Straßensperre fest. Er könne mir nicht sagen, wann er kommt.

Ich bin so durchgefroren, dass ich nicht mehr diskutieren kann. Ich muss so unglücklich geschaut haben, dass er Mitleid mit mir hat – und er nimmt mich mit.

Doch von Entspannung keine Spur. Im Bus ist es stickig, überall hängen durchnässte Klamotten rum. Mein Sitz fühlt sich nach zwei Minuten an, als ob ich in einer Wasserschüssel sitze. Auf Grund der verlangsamten Fahrweise (zu viel Regen), verpasse ich in Auckland meinen Anschlussbus und warte wieder 45 Minuten.

Völlig entnervt komme ich nach 6 Stunden spätabends bei David und Ted an – und höre mir eine Schimpftirade nach der anderen an.

Warum ich nicht angerufen habe, warum ich mich nicht gemeldet habe, sie hätten mich doch abgeholt! Ja, das ist die große Frage. Warum habe ich nicht angerufen? Warum habe ich nicht um Hilfe gebeten?

So bekomme ich eine heiße Dusche und Tee, Tee, Tee.

»Na, wie geht es dir heute Morgen?«, fragt David mich mit leichtem Grinsen im Gesicht am Frühstückstisch.

Ich bin früh aufgestanden, habe ich mir doch für heute einiges vorgenommen.

»Danke, es geht mir gut.« Und das geht es mir tatsächlich.

»Ich buche noch heute einen Leihwagen und plane meinen Trip. Zunächst den mit dem Auto über die Nordinsel.«

»Gute Entscheidung, Du solltest noch die restlichen wärmeren Tage ausnutzen.«

Gesagt, getan. »Lucy, Rent-a-Car«, soll es werden. Also mit dem Bus nach Auckland, Leihwagenfirma suchen und los geht's.

»Kennen Sie sich mit Rechtsverkehr aus?«, fragt mich das junge Mädel bei Lucy.

»Nein, nicht wirklich. Vor Jahren bin ich mal auf Gozo gefahren, aber dort ist nicht viel Verkehr.«

»Gut, dann empfehle ich Ihnen einen Automatikwagen, sonst müssen sie sich auch noch mit der Schaltung umgewöhnen.«

Na herzlichen Glückwunsch, Automatik bin ich vor Jahrzehnten das letzte Mal gefahren. Aber ich beschließe, diese Information für mich zu behalten. Schließlich will ich ja einen Wagen bekommen.

Allzu viel Geld will ich auch nicht ausgeben und so entschließe ich mich für einen kleinen, roten Hyundai. Mein »Feuermobil«!

Ich starte zögerlich und rede mir ein, es kann doch gar nicht so schwer sein. Ich muss doch nur bis zur Harbour Bridge!

Und tatsächlich sehe ich sie irgendwann vor mir. Ich bin so fasziniert, dass ich gleich die verkehrte Ausfahrt nehme und wieder nach Auckland zurückkomme! Na was soll's, so kann ich üben und ich habe schließlich alle Zeit der Welt!

Ich fühle mich beschwingt, die Sonne scheint und so düse ich mit 45 PS die Küste entlang.

Es ist Mittwoch.

Ich treffe mich mit Christoph in Takapuna. Er ist auf dem wöchentlichen Weg zu seinen Zahnärzten und ich brauch dringend einen Friseur!

Es ist der erste Friseurbesuch, seit ich unterwegs bin, und ich bin gespannt, was mich erwartet.

Christoph hat mir den Termin vereinbart – er meint, ich würde gut zu Philippe passen! Was auch immer er damit gemeint hat! Philippe ist Ire und vor Jahren hier in Neuseeland gestrandet.

Ich bin zur verabredeten Zeit auf dem Parkplatz, mittlerweile habe ich überhaupt keine Probleme mit dem Autofahren mehr.

Ich kurve durch die kleinen Gässchen und freue mich, dass ich unterwegs bin.

Und dann stehe ich vor Philippe. Er sieht aus wie D'Artagnan aus dem Film »Die drei Musketiere!« Und was dem einen sein Säbel ist dem anderen seine Schere. Mir wird ganz schwindelig bei der Geschwindigkeit, mit der er mir die Haare schneidet.

Aber mit dem Ergebnis bin ich total zufrieden! Es ist nicht so einfach, meine sehr kurzen Haare zu schneiden, aber er hat es wirklich toll hinbekommen. Wir quatschen die ganze Zeit über dieses und jenes, und erst im Nachhinein wird mir bewusst, dass ich eigentlich kein einziges Mal ins Stocken geraten bin.

Zum Abschluss gibt es noch eine Kaffeestunde mit Christoph. Wir treffen uns etwas außerhalb in einem kleinen Café, genießen die Zeit und führen intensive Gespräche. So etwas haben wir seit Urzeiten nicht mehr gemacht.

Aber dann muss er los und ich fahre nach Hause.

Einkaufen, Essen vorbereiten, Tagebuch schreiben – und Skypen mit Paul!

Ganz unverhofft ist er online. Es ist spät am Abend, fast mitten in der Nacht. Aber er ist noch wach und berichtet mir, dass er heute 25 Minuten mit meiner Mutter telefoniert hat!

Das ist so unglaublich. Die beiden kennen sich nicht persönlich. Mama weiß nur die Dinge von Paul, die ich ihr erzählt habe. Dennoch plaudern die beiden vertraut und haben gute Gespräche!

Es ist wirklich vieles andersherum in meinem Leben!

David kommt früher nach Hause. Er ist noch mit Freunden zu einem Lauf am Strand verabredet.

»Hast du deine Tour nach Norden schon geplant?«, fragt er mich.

»Noch nicht ganz …«

»Warum nicht? Worauf wartest du?«

»Muss ich sie denn total durchplanen? Meinst du, ich bekomme Schwierigkeiten mit den Hotels?«

»Willst du denn einiges dem Zufall überlassen?«

»Warum nicht?«

»Wirst du ein Kiwi?!«

»Nö, ich beginne zu relaxen …«

Wenn der wüsste, wie verplant mein Leben bisher war! Nichts – na ja, fast nichts wurde dem Zufall überlassen.

Meine Freunde haben schon gespottet, dass bei mir Weihnachten für die nächsten drei Jahre schon verplant wäre!

Mittlerweile ist gut eine Woche vergangen und ich bin auf meiner Fahrt Richtung Norden zu der Bay of Islands. Wenn ich denn dort ankomme!

Gleich als ich losgefahren bin, habe ich die verkehrte Richtung gewählt und mich kurz vor Auckland gewundert, wo ich gelandet bin! Mensch, Klara, wie kann man so verpeilt sein!

Russel heißt mein Ziel.

Es ist ein wunderschön verträumter Ort, direkt am Meer und wenn das Wetter es zulässt, möchte ich gern mit einem Segelboot aufs Wasser.

Allein die Fahrt dorthin ist ein Traum. Ich bleibe hinter jeder Biegung stehen und mache Fotos. Dieses ganze Land ist eine einzige Filmkulisse.

Ich genieße die Zeit und lasse mich treiben. Auf meinem Beifahrersitz habe ich immer eine Landkarte dabei, einen

Apfel, Wasser und einen Müsliriegel. Mit dieser Grundausstattung bin ich immer unterwegs.

Das Fenster offen, Radio an, so tuckere ich durch die Landschaft.

Und dann bin ich am Ziel, Bay of Islands. Verträumt liegt dieser kleine Ort vor mir, ganz friedlich. Ich finde mein Hotel – unvernünftig, wie ich war, habe ich mich für das exklusivere entschieden.

Doch nachdem ich mein Zimmer bezogen habe, weiß ich warum.

Sehnsüchte werden wach, als ich die Einrichtung sehe. Alles in Grau- und Weißtönen gehalten, ein großes Bett mit vielen Kissen.

So möchte ich gern mit Paul leben …

… Mit Paul verbindet mich eine intensive Skype-Liebe. Was in Dubai und Singapur noch schwieriger war, ist hier dank des 12-Stunden-Zeitunterschieds ideal.

Wir skypen morgens oder abends, am Strand, zu Hause oder unterwegs. Meist ist er im Büro. So hat sich eine intensive Beziehung entwickelt, die in Deutschland schon auf dem »Ich-liebe-dich«-Level war.

Der Abschied in Frankfurt war tränenreich und fiel mir wirklich schwer. Noch auf dem Weg zum Flieger habe ich meine Freundin Kerstin angerufen.

»Es tut so weh«, habe ich ins Telefon geschluchzt.

»Aber du hast es so gewollt«, kam als Erwiderung.

Aus den anfänglichen Reiseberichten und täglichen Updates per Skype entwickelte sich eine hoch erotische Konversation via E-Mail! Anfangs noch zögerlich, wurde bis dato unsere Fernbeziehung dank dieser elektronischen Post immer intensiver.

Mein Herz hüpft immer vor Freude, wenn ich den Laptop aufklappe und sehe: »Sie haben Post.«

»Good morning, Auckland
Good morning, my lovely angel, my sunshine … Darling …
Mein Schatz, ich gewinne unserer »körperlichen« Trennung seit dieser Woche durchaus auch positive Seiten ab …
Wir haben unsere Liebe begonnen mit sehr intensiven und tollen Telefonaten, die bis in die Nacht und sehr lange dauerten, dabei immer positiv, witzig, mit Charme und Interesse füreinander verliefen – eine Er-

*fahrung, die wir beide als sehr angenehm empfunden
haben.*

*Die Emotionalität, Spontanität und Harmonie in den
ersten zwei Monaten haben wir sehr intensiv kennen-,
schätzen und lieben gelernt …und dabei mit viel Ein-
fühlungsvermögen, Leidenschaft und Sinnlichkeit
unsere Körper und Seelen berührt …«*

Ich bin immer hin und weg, wenn ich solche Zeilen lese …

Eigentlich wollte ich nur kurz duschen, aber das Badezimmer hat eine Eckbadewanne und so beschließe ich, zuerst
essen zu gehen.

Das Restaurant im Hotel sieht nett aus, doch ich möchte
noch mal raus und die Gegend genießen. Direkt am Wasser
finde ich ein kleines Restaurant mit Holztischen und einer
aktuellen Tageskarte auf einer Tafel aufgemalt – ja, wirklich
mit Kreide aufgemalt.

»Was ist das für ein Fisch?«, frage ich die Bedienung.
»Ein Blue Nose Fisch, heute Nachmittag gefangen. Wir
servieren ihn mit Süßkartoffeln und Salat.«
»Dann bitte eine Portion und ein Glas Sauvignon Blanc.«

Ich nehme Platz, schaue aufs Meer und fühle mich unbeschreiblich glücklich.

Der Fisch schmeckt fantastisch, das Fleisch ist ganz fest.
In Kombination mit den Süßkartoffeln entsteht eine Ge-
schmacksrichtung, die ich immer mit Neuseeland in Verbindung bringen werde.

Das Schwappen der Wellen an das Ufer, die leichte Brise,

all das trägt dazu bei, dass ich beschwingt ins Hotel zurückgehe, ein entspanntes Bad nehme und wohlig ins Bett falle.

Paul ist unterwegs, sodass Skypen heute ausfällt, aber ich mache ein Bild vom Bett und schicke es ihm.

Ganz verwegen schreibe ich dazu: »Solch ein Bett möchte ich gern einmal mit dir gemeinsam zerwühlen …!«

Am nächsten Morgen werde ich durch das Prasseln des Regens geweckt! Ich schaue aus dem Fenster, alles verhangen. Okay, dann erst mal Frühstück.

Danach sitze ich in der Lobby und kann mich nicht entscheiden. Laut Rezeptionistin laufen die Segelboote trotzdem aus. Die Tour wird kleiner, es ist auf jeden Fall ein Erlebnis, aber es regnet.

»Hier ändert sich das Wetter schnell. Es kann sein, dass es in ein oder zwei Stunden wieder aufreißt«, versucht sie, mich zu ermuntern.

Aber ich sitze wie ein Kaninchen in der Falle an meinem Tisch und kann mich nicht entscheiden.

Ja, nein, ja, nein …So geht es in meinem Kopf hin und her. Von der Leichtigkeit des gestrigen Abends ist nichts mehr zu spüren.

Irgendwann wird mir die Entscheidung abgenommen, denn nun ist es zu spät. Die Boote sind weg. Zeitgleich reißt der Himmel auf. Ich bin wütend auf mich selbst. Wo ist meine Energie geblieben? Jetzt bin ich extra hierhergefahren, um aufs Wasser zu gehen und nun diese Reaktion!

Enttäuscht über mich selbst packe ich meine Sachen und checke aus.

Aber gleich ins Auto möchte ich nicht. Also steht Ortserkundung auf dem Programm. Nur dass es nicht viel zu erkunden gibt.

Eine kleine alte Kirche mit einem winzigen Friedhof drum herum zieht mich in ihren Bann.

Vorsichtig drücke ich die Klinke herunter – sie ist offen.

Ganz leise trete ich ein und bin sofort von diesem Ort fasziniert.

Es fühlt sich an wie ein Wohnzimmer. Es gibt keine Empore, die Orgel steht in der rechten hinteren Ecke. Davor nehme ich Platz.

Und plötzlich ist alles ganz anders. Ich sitze auf der Kirchenbank und werde wütend. Wütend auf Gott! Wütend darauf, dass ich in dieser Situation bin. Nicht die gegenwärtige in Russel, nein, ich bin wütend auf meine Lebenssituation.

Vor lauter Wut laufen mir die Tränen übers Gesicht und ich schreie die Gestalt am Kreuz an, welches über dem kleinen schlichten Altar hängt.

»Du hast irgendwann einmal zu mir gesagt, du passt auf mich auf! Wo bist du denn gewesen in den letzten drei Jahren!«

»Immer hinter dir«, vernehme ich eine Stimme in meinem Kopf.

»Das kann gar nicht sein.«

»Doch.«

»Warum hast du es dann so weit kommen lassen? Nichts ist mir geblieben!«

»Nichts?«

»Nichts. Die Firma ist verkauft, das Haus auch. Meine

Ehe ist gescheitert, ich habe meinen Job aufgegeben. Und nun sitze ich hier, am Ende der Welt, allein und fühle mich echt beschissen.«

»Du musst an dich glauben.«

»Arschloch.«

Ich bin über mich selbst erschrocken. Das letzte Wort habe ich so laut gebrüllt, dass man es bestimmt in ganz Russel gehört hat.

Doch es war auch wie ein Befreiungsschlag. Es strömen mir zwar nach wie vor die Tränen über die Wangen, doch ich merke, wie ich innerlich langsam ruhiger werde.

Ich bleibe noch eine Weile sitzen – und wieder vernehme ich die Stimme in meinem Kopf.

»Du musst an dich und deine Fähigkeiten glauben. Wenn *Du* es willst, wird dir alles gelingen. Und ich passe auf dich auf.«

Werde ich nun verrückt? Bin ich übergeschnappt? Bilde ich mir alles nur ein?

Egal, ich stehe auf und gehe.

Zurück am Auto entdecke ich eine Anhöhe und beschließe, spontan hinaufzufahren. Ein fantastischer Blick eröffnet sich mir.

Ganz allein stehe ich hier oben und meine Hand ertastet das Perlenarmband, welches mir meine Mutter für diese Reise geschenkt hat.

Es ist ein spirituelles Armband und zugegeben, als meine Mutter es mir geschenkt hat, dachte ich nur: »Toll, typisch

Mama mit ihren christlichen Anwandlungen. Was soll ich denn damit anfangen?«

Dennoch habe ich es vom ersten Tag meiner Reise an getragen.

Jede Perle hat eine andere Bedeutung. Sie steht für eine Lebensfrage, einen Gedanken, ein Gebet.

Zu einem Band zusammengefügt, können die Perlen ein Sinnbild des Lebenswegs sein.

Seit Beginn der Reise drehe ich die Perlen jeden Tag hin und her. Doch erst hier, auf diesem kleinen Fleckchen Erde, beschäftige ich mich zum ersten Mal intensiv mit diesem Armband.

Anfang und Ende wird durch die große, goldene Gottesperle markiert. Danach folgt eine Perle (von insgesamt sechs) als Zeichen von Stille.

Klein folgt die Ich-Perle. Danach die Perle für die Taufe, die Wüstenperle ist eingebettet in Perlen der Stille.

Blau steht für Gelassenheit. Zwei rote Perlen symbolisieren die Liebe.

Drei kleine, weiße Perlen deuten auf Geheimnisse hin.

Schwarz steht für die Nacht und Weiß für Auferstehung.

Bisher habe ich die blaue Perle am meisten gedreht und berührt. Die beiden roten mochte ich sowieso.

Merkwürdigerweise konnte ich bis heute nicht die schwarze Perle berühren.

Doch auf einmal ist das ganz leicht.

Innerlich vollkommen ruhig, streiche ich mit langsamen Bewegungen über die Perlen und mache mir bewusst, wofür sie in meinem Leben stehen.

Ja, Gott spielt eine Rolle in meinem Leben. Ich bin getaufte Christin und glaube auch fest daran, dass es jemanden gibt, der alles lenkt und auch irgendwie auf mich aufpasst.

Die Stille habe ich lange Zeit gemieden. Immer war etwas los in meinem Leben. Erst hier auf Reisen bin ich in Ruhe zu mir gekommen, beziehungsweise bin ich gerade mitten dabei.

ICH bin mir wichtig geworden, auch wenn es egoistisch klingt. Aber im Moment bin ich am Wichtigsten. Außerdem beinhaltet jeder Tag eine neue Form der Frage, was ich mir zutraue.

Die Wüstenperle hat mich die letzten Jahre sehr extrem begleitet, wie ich für mich erkennen kann. Wüst und öd empfand ich zum Teil mein Dasein. Dies hört sich vielleicht sehr hart an, aber im Nachhinein empfinde ich es so.

Gelassenheit lerne ich gerade. Der New Zealand Way of Life hilft mir ungemein dabei. Ob beim Joggen, Kochen oder in der Paper Moon Bar, überall lasse ich meine Gedanken schweifen und frage mich auch, von was ich mich befreien möchte.

Die beiden Perlen der Liebe stehen eindeutig für Paul und mich und die tiefe Liebe, die uns verbindet. Aber auch für die Liebe zu meiner Familie, die mir immer wichtiger erscheint.

Jeder Mensch trägt Geheimnisse in sich, so auch ich. Es gibt

Dinge, über die man nicht spricht – und das ist in meinen Augen auch gut so. Ich habe gelernt, dies zu akzeptieren und es geht mir gut dabei.

Tja, und nun zur schwarzen Perle.

Bis gerade eben konnte ich sie nicht berühren.

Sie steht für all meine Ängste.

Angefangen mit der Angst um meinen Mann, die Sorgen, die der Haus- und Firmenverkauf mit sich brachte. Meine Zukunftsängste, was werden wird, wenn ich zurückkomme.

Ganz behutsam berühre ich sie – und bin überwältigt, dass ich es kann.

Ich schließe die Augen, spüre die Sonne auf meinem Gesicht und rieche das Meer.

Irgendetwas ist anders. Irgendetwas hat sich in der letzten Stunde verändert. Ich kann es selbst noch nicht richtig begreifen oder deuten. Aber ich kann es spüren – in mir, ganz tief drinnen …

Glücklich betrachte ich die weiße Perle der Auferstehung und ahne, dass mein Gefühl mit ihr zu tun hat. Ich spüre Kraft und Hoffnung und blicke auf die endlose Weite des Ozeans.

Innerlich gestärkt setze ich meine Route fort. Ich habe ein Hotel auf der anderen Seite der Nordinsel gebucht, mit Blick auf die Tasmanische See.

Wieder einmal bin ich überwältigt von der Vielfalt der Natur. Es hat den Anschein, als ob ich durch Mangrovensümpfe fahren würde.

Das Hotel liegt direkt am Meer, ein Ort, an dem man gut die Seele baumeln lassen kann. Um mich herum sind nur Paare. Gern würde ich meine Zeit hier mit Paul verbringen – und die Sehnsucht nach ihm wird riesig groß.

Aber auch die kleinen Zweifel. Er ist erfolgreicher Unternehmer - ich habe keinen Job, wenn ich nach Hause komme.

Mögen mich seine Kinder? Ich selbst habe keine, bin es auch nicht gewöhnt, welche um mich zu haben.

Wie komme ich mit der Situation klar? Bin ich zu egoistisch?

Fragen über Fragen an diesem schönen Ort.

Am nächsten Morgen geht es weiter. Ich fahre an der Küste entlang und höre Musik.

Vor mir taucht ein See auf; ich muss mit der Fähre übersetzen.

Kosten: 11 Dollar. Ich habe noch 7 Dollar in bar – und dann sehe ich das Schild, »no credit cards accepted.«

»Auch keine EC-Karte?«, frage ich die nette Lady an Deck.

»Only cash«, ist die Antwort.

Also umdrehen und einen Geldautomaten suchen. Aber wo inmitten der Natur? Zurück zum Hotel? Na toll, dann verliere ich zwei Stunden!

Und dann sehe ich die Kassiererin mit den Armen fuchteln.

»Du kannst an Bord kommen.«

»Aber ich habe doch nicht genügend Geld.«

»Das macht nichts. Umdrehen ist viel zu weit für dich. Setze über und kaufe drüben am Kiosk irgendwas und zahle mit Kreditkarte. Setze einen höheren Betrag an und lass dir die Differenz in bar auszahlen!«

Gesagt, getan.

Ich bin als Erste von der Fähre runtergefahren, voller Panik in den Kiosk gerannt, habe eine Flasche Wasser für 2,90 Dollar gekauft, mit Gebühr 53 Dollar gezahlt und dann ewig darauf gewartet, dass das Kartenlesegerät funktioniert!

Mittlerweile war die Fähre schon wieder bestückt und zum Ablegen bereit. Und ich stand immer noch im Kiosk und wartete darauf, dass sich endlich die Elektronik in Gang setzte!

»Du bist aus Deutschland, oder?«, fragt mich die Kassiererin.

»Merkt man das?«, frage ich zurück.

»Oh ja«, ist die Antwort, »relax, die warten auf dich. Das ist der easy way of New Zealand.«

Unglaublich! In Deutschland hätte man mich erst gar nicht mitgenommen und hier wartet sogar noch eine gesamte Fähre auf 11 Dollar!

Mit beschwingtem Gefühl geht es weiter. Eigentlich wollte ich bei Christoph und Charlotte einen Kaffee trinken, doch meine SMS scheint nicht angekommen zu sein. Niemand ist zu Hause.

Also weiter nach Hause zu David und Ted.

Der Himmel hat sich mittlerweile zugezogen. Es beginnt zu regnen.

Ich fahre die Hauptstraße zurück. Hier muss ich zwar Maut bezahlen, aber sie ist breiter ausgebaut. Mittlerweile ist es dunkel und hier fühle ich mich sicherer als auf den winzigen Straßen am Meer entlang. Außerdem kann ich sowieso nichts mehr von der schönen Landschaft sehen.

Am Ende der gebührenpflichtigen Straße steht der Bezahlautomat. Dieses Mal bin ich bestens ausgerüstet und habe sowohl Kleingeld als auch Geldscheine dabei.

Inzwischen gießt es in Strömen. Also schnell raus aus dem Auto, zum Automaten spurten, bezahlen und nichts wie heim.

Doch was ist das? Kartenzahlung heute nicht möglich, Barzahlung nur mit Münzen und nicht mit Scheinen! Na toll!

Wie eine Wilde krame ich in meiner Tasche nach Dollar-Münzen. Es regnet mir oben in den Kragen; ich merke, wie ich ganz schnell durchnässe. Und dann bleibt auch noch eine Münze im Automaten stecken. Ich hämmere wie wild auf das Gerät ein.

Es ist 22:00 Uhr, stockdunkel, es schüttet aus Eimern, ich stehe allein an diesem Automaten, weit und breit kein anderes Auto – und ich bekomme Angst.

Auf einmal fühle ich etwas Warmes auf meiner linken Schulter. Ich werde ganz starr vor Schreck und nehme aus den Augenwinkeln eine dunkelbraune Hand wahr.

Ich bin wie gelähmt, bin aber nach einer gefühlten Ewigkeit in der Lage, mich umzudrehen.

Und dann stockt mir der Atem. Ich blicke in das Gesicht eines uralten Maori, das über und über mit *Tā moko* verziert ist. Eine Tätowierung, typisch für die Maoris und Ausdruck ihres Standes.

Ich kann keinen Laut von mir geben – tausend Gedanken schießen mir durch den Kopf.

Ich habe ihn nicht kommen hören. War hier ein anderes Auto? Wo kommt er her? Einige Maoris sollen auf Touristen nicht gut zu sprechen sein …

Nach endlosen Minuten, oder waren es Sekunden, lächelt der Alte mich freundlich an, zeigt auf den Automaten und sagt nur einen Satz: »Give him time!«

Ich weiß nicht, ob ich lachen oder weinen soll.

Inzwischen ist noch ein junges, japanisches Pärchen hinzugekommen – auch sie wollen bezahlen. Und so entspannt sich die Situation von einer Minute auf die andere.

Der Automat rattert, ich bekomme mein Ticket.

Doch als ich wieder im Auto sitze, merke ich, wie angespannt und voller Angst ich war. Ich zittere am ganzen Körper und fahre ganz vorsichtig.

Und dennoch bin ich nicht aufmerksam und nehme die falsche Ausfahrt. Wieder ein Umweg. Ich bin müde und will nur noch nach Hause.

Ted hat gekocht, doch ich brauche Nervennahrung – ein Burger muss her. David freut sich und so fahren wir zu »Burger Fuel«, einem Restaurant, von jungen Leuten eröffnet, die die Burger von Hand selbst machen. Wir ordern »außer Haus« und machen es uns im Wohnzimmer mit Musik und Weißwein gemütlich.

Ich bin todmüde und falle nur noch ins Bett. Zu viele Erfahrungen für heute.

Am nächsten Morgen werde ich durch Lizzie, Teds neunjährige Tochter, geweckt.

»Wake up, Klara, let's have a run!«

David, Ted und Wayne, ein gemeinsamer Freund, stehen schon fertig im Laufdress in der Küche.

Auf die Schnelle noch ein Müsli und los geht's.

Lizzie mit dem Fahrrad und wir im Laufdress.

Auf was habe ich mich da eingelassen? Alle drei laufen Marathon, David ist total durchtrainiert und ist im vergangenen Jahr den New York Marathon gelaufen. Und ich hechte hinterher!

Aber es macht Spaß. Den Berg runter durch ein kleines Wäldchen und dann immer am Beach entlang Richtung Skyline Auckland. Welch ein traumhafter Anblick. Ich habe Musik auf den Ohren – Phil Collins.

Musik, die mich an Paul erinnert. »Going Back« … Ein Lied, das mich an unseren Abschiedsabend erinnert. Ja, ich komme zurück!

Dies ist eine Erkenntnis, die sich immer mehr gefestigt hat. Ich werde nach Deutschland zurückkehren (hätte ich sowieso gemusst, aber zu Beginn der Planungen hätte ich mir gut vorstellen können, dorthin zurückzukehren, wo es mir am besten gefallen hat).

Doch nun möchte ich mehr Zeit mit Paul verbringen.

Unsere »Fernbeziehung« wird immer inniger und ich vermisse ihn mit jedem Tag mehr.

Einen Job im Rheinland, Ruhrgebiet oder auch Raum Aachen, Frankfurt geht auch noch. Insgesamt ein Umkreis rund um Düsseldorf, den man mit einer Wochenendbeziehung gut erreichen kann.

Ab und zu schaue ich schon mal auf StepStone die Stellenangebote durch.

Es gibt einige Angebote im Bereich Assistenz, die interessant klingen. Aktuell bastele ich gerade an meinem Lebenslauf und meinem Anschreiben.

Gestern war ich zum zweiten Mal in Devenport. Dieser kleine Ort hat es mir angetan. Das erste Mal bin ich mit dem Bus hingefahren und habe in einem kleinen Laden eine handgetöpferte Schale gesehen. Es hat mich wie ein Blitz getroffen – diese sollte einmal in einem Altbau in einer Diele auf einer alten Kommode stehen. Schlüssel oder kleine Notizen sollten darin Platz finden!

Aber damals war ich noch zu unsicher. Gestern bin ich mit dem Auto hingefahren und habe sie gekauft! Für Paul und mich.

Keine Ahnung, ob es zu früh ist für solche Gedanken und Aktionen, aber ich hatte so ein inneres Gefühl, dass uns diese Schale sehr lange begleiten wird.

Zurück vom Laufen bekomme ich eine SMS von Paul, ich soll meinen Mail-Account checken. Gesagt, getan. Ich öffne den Laptop und sehe das vertraute Zeichen: »Sie haben Post.«

Ich lese die Nachricht einmal, zweimal und sogar noch ein drittes Mal und kann es nicht fassen.

Paul hatte sich gestern Nachmittag eine Wohnung in Düsseldorf/Pempelfort angesehen. 120 qm für sich und seine Tochter. Es gab etliche Bewerber für die Wohnung –

und er hat heute schon die Zusage bekommen! Ich kann es nicht fassen. Das ist irre – und ich habe die Schale gekauft! Kann es so viele Zufälle geben? Ist es tatsächlich so, dass alles gut wird.

… feel my body … feel my soul …

Das Wetter ist so klasse, dass ich entschlossen habe, noch eine Runde Yoga im Wohnzimmer vor geöffneter Tür einzulegen.

Ich bin ganz ruhig und entspannt, genieße meine »Sonnengrüße« und schaue bei den ruhigen Atemübungen auf das Meer hinaus …

Ja, ich fühle meinen Körper und meine Seele.

Spontan beschließe ich, einkaufen zu fahren und für uns alle vier zu kochen. In Albany ist ein großes Einkaufscenter, in dem man wirklich alles bekommt.

Die Sonne scheint und ich freue mich des Lebens. Doch was ist das denn? Als ich aus dem Supermarkt herauskomme, hat sich der Himmel enorm verdunkelt. Die Wolken sehen ganz eigenartig aus, so eine Farbe habe ich am Himmel noch nie gesehen.

Voller Panik renne ich zum Auto, verstaue den Einkauf in Windeseile und düse wie gehetzt nach Hause.

Mit Vollgas fahre ich in die Hofeinfahrt und schmeiße förmlich die Einkaufstüten in den Flur – und dann macht der Himmel seine Schleusen auf.

Noch nie im Leben habe ich einen derartigen Sturm erlebt. Das Wasser kommt in Sturzbächen, das ganze Haus wackelt, klappert und bebt.

Ich stehe wie gelähmt in der Küche und habe Angst.

Das Geräusch von draußen kann ich nicht deuten. Es ist eine Art Donnern und Heulen …

Ich kann gar nicht sagen, wie lange das Szenario gedauert hat, aber irgendwann war der Spuk vorbei.

Vorsichtig spähe ich nach draußen. Viele Äste liegen am Boden, aber auf dem Grundstück ist nichts zerstört.

Auch Strom haben wir und so mache ich den Fernseher an und wenig später ist zu hören:

»Ein Tornado hat heute in Neuseeland mindestens einen Menschen in den Tod gerissen. Zudem wurden nach Polizeiangaben mehr als 20 Menschen verletzt, als der Sturm die größte neuseeländische Stadt Auckland traf. Der Tornado riss demnach ein Dach von einem Einkaufszentrum in einem Vorort von Auckland. Bilder zeigen, wie der Sturm in der Vorstadt Albany große Trümmerteile umherwirbelte. Augenzeugen berichteten, der Tornado habe ›wie ein riesiger Staubsauger‹ geklungen, als er durch das Viertel raste, Autos umwarf und Bäume entwurzelte.«

Ich zittere am ganzen Leib. So findet mich David und kocht mir erst mal einen Tee.

Ich bin wieder mit meinem roten Mobil unterwegs. Diesmal in Richtung Rotorua. Ich bin gespannt auf diesen Ort, an dem es jede Menge Geysire gibt und man spürt, dass sich in dieser Gegend zwei Erdplatten begegnen.

Es regnet in Strömen, als ich ankomme. Dennoch erkunde ich den Ort und gehe ins Museum. Ich habe eine neue Leidenschaft für mich entdeckt – Museumsshops!

Hier kann man wunderschöne Mitbringsel kaufen für die Lieben zu Hause. Und meine Liste ist lang.

Nach ausgiebigem Stöbern komme ich wieder nach draußen – der Regen hat sich mittlerweile zu einem Wolkenbruch ausgedehnt. Alles ist überflutet und es stinkt nach Schwefel.

Ich flüchte ins Hotel und nehme erst mal ein heißes Bad. Zurück im Zimmer lenkt ein komisches Geräusch meinen Blick zur Zimmerdecke. Ach du Schreck, ich sehe einen riesigen, nassen Fleck, von dem es direkt auf mein Bett tropft.

Also zurück zur Rezeption – umziehen. Mit meinen Habseligkeiten laufe ich Slalom um Eimer und Wannen, die mitten im Foyer und in den Gängen aufgestellt sind, um dem Wasser Herr zu werden! Na, das kann ja ein heiterer Abend werden.

Das Restaurant im Hotel spricht mich nicht an und so beschließe ich, trotz der Warnung der Rezeptionistin, mit dem Auto in die Ortsmitte zu fahren.

Ich finde auch gleich einen Parkplatz (viel los ist bei dem Wetter nicht) und direkt gegenüber ist ein nettes Lokal »Fat Dog.« Hier gibt es alles rund um den Burger – auch vegetarisch.

Ich bestelle mir solch ein Exemplar, packe meinen Laptop aus und schreibe Mails – auch mein Tagebuch liegt vor mir. Ich fühle mich glücklich und befreit.

Eine ältere Dame kommt an meinen Tisch, um mir mitzuteilen, dass sie meinen Haarschnitt mag und die Art, wie ich ihn trage. Diese Reaktionen erfreuen mich, zeigt es mir doch, dass sich auch meine Ausstrahlung verändert hat.

Heute Morgen habe ich mit Greta, meiner Cousine, geskypt. Sie meinte, der Ausdruck meiner Augen hätte sich verändert.

»Du schaust gar net mehr so an'gstrengt«, verkündete sie in ihrem bayerischen Dialekt.

Es geht mir auch gut. Ich esse wieder regelmäßig dreimal am Tag, habe Hunger und fühle mich wohl in meinem Körper. Selbst ein paar Rundungen sind wieder zu erkennen!

Am nächsten Tag ist das Wetter etwas besser, zumindest hat es aufgehört zu regnen. Ich wandere durch die Geysirelandschaft und kaufe mir – wieder mal in einem Museumsshop – ein hinreißendes, brombeerfarbenes Plaid aus Mohairwolle. Es sollte mir noch gute Dienste erweisen!

Vorbei am Lake Taupo – die Landschaft ist wie am Lago Maggiore – komme ich auf meiner Route in den Nationalpark Tongariro. Eigenartig, ich hatte mich so auf die Landschaft gefreut, aber irgendwie kommt sie mir unwirklich vor.

Es ist nichts los, ich bin mit meinem Auto ganz allein auf der Straße. Neugierig, wie ich bin, suche ich den Weg zum Skigebiet und die Straße, die zum Gipfel führt. Aus heutiger Sicht denke ich, man hätte hier auch James Bond »Skyfall« drehen können!

Es geht immer steiler Richtung Gipfel, vorbei an großen Felsen und auf einmal wird es neblig! Vor lauter Konzentration auf die Fahrbahn habe ich gar nicht auf meine Tankanzeige geachtet. Und plötzlich blinkt dieses kleine, rote Lämpchen und meine Tanknadel rast in irrer Geschwindigkeit in Richtung Reserve und noch schneller in den roten Bereich der Reserve.

Mist, das hat mir gerade noch gefehlt. Am A… der Welt im Nationalpark ohne Benzin liegen bleiben. Und weit und breit keine Menschenseele. Umkehren geht auch nicht auf der Straße, also langsam weiterzuckeln bis nach oben.

Meine Stimmung ist auf dem Nullpunkt, aber mein Verstand setzt wieder ein, der mir sagt, so schnell kann ich den Tank gar nicht leer gefahren haben. Wahrscheinlich ist der Schwimmer darin nur festgehakt.

Oben angekommen eröffnet sich mir ein grandioses Skigebiet, welches mit Schnee garantiert traumhaft aussieht. Aktuell ist alles grau in grau. Aber wenigstens treffe ich auf andere Nationalparkbesucher und ich fühle mich gleich etwas wohler.

Wieder auf dem Rückweg bewegt sich der Zeiger meiner Tanknadel aus der Gefahrenzone und wenn ich nicht rase, so soll ich doch bis zur nächsten Ortschaft kommen.

Whakapapa heißt mein Ziel. Ich kurve in dem kleinen Ort herum und bin unschlüssig, wo ich übernachten soll. Nach einigem Hin und Her entscheide ich mich für eine Lodge der etwas gehobenen Klasse, sprich, ich kann auch ein Einzelzimmer mit eigenem Bad buchen!

Ansonsten gibt es Gemeinschaftsräume – gut so, ich wollte ja anders reisen und leben.

Mein Zimmer ist klein und sauber – und eiskalt! So mache

ich mich gleich auf den Weg in den großen Raum mit dem Kamin. Viele Biker sind hier abgestiegen und trocknen ihre Sachen am Feuer. Mhmmm, so einen Geruch hatte ich das letzte Mal bei einer Skifreizeit in der Nase, da war ich 17!

Aber es ist eine gemütliche Atmosphäre. Ich esse zu Abend und gehe früh schlafen.

Am nächsten Morgen sitze ich mit vielen anderen beim Frühstück; das Wetter zeigt sich von seiner besseren Seite. Die dunklen Wolken sind verschwunden, die Sonne lacht verhalten.

An der Rezeption habe ich erfahren, dass ich für andert-halb Stunden freien Internetzugang habe, und so versuche ich, mit Paul zu skypen.

Bei dieser Gelegenheit kann ich ja auch gleich meine Mails abrufen. Ich hatte mich gestern noch mit einer Rund-mail bei meiner Familie und meinen Mädels gemeldet und bin gespannt, ob schon jemand geantwortet hat.

Eine freudige Überraschung – meine »Noch-Schwägerin« hat sich gemeldet. Das freut mich sehr.

Doch irgendwie komme ich mit der Mail nicht klar. Ich lese sie wieder und wieder und gefühlt nach dem fünften Mal re-gistriere ich, dass nur die Mail-Adresse von meiner Schwäge-rin stammt, der Inhalt aber von meinem »Noch-Ehemann«!

Nüchtern teilt er mir mit, dass das Gerichtsurteil bezüglich unseres Hauskaufes vorliegt und der Richter nur zum Teil zu unseren Gunsten entschieden hat.

(Zur Info: Unseren Hausverkauf hat mein Mann selbst abgewickelt. Ich hatte mit zwei Jobs – Zahntechnik und Gastronomie – genug um die Ohren. Leider muss er sich in widersprüchliche Aussagen verstrickt haben, was das Baujahr des Hauses anbelangt. Dies wurde von den neuen Eigentümern angefochten. Es kam zu einem Gerichtsprozess, den mein Mann aufgrund seiner gesundheitlichen Verfassung nicht durchstehen konnte, und wir uns auf einen Vergleich eingelassen haben.)

Lange Rede kurzer Sinn: Mein Mann teilte mir sehr förmlich mit, dass ich bitte in den nächsten 48 Stunden den angegebenen Betrag überweisen soll!

Mir wird schwarz vor Augen und ich bekomme keine Luft mehr. Der ganze Raum fängt an zu schwanken. Tränen laufen mir übers Gesicht, ich bin unfähig, mich zu bewegen, geschweige denn, einen klaren Gedanken zu fassen.

Der Kellner kommt und fragt, ob ich Hilfe brauche, doch ich schüttel nur den Kopf.

Auf einmal höre ich den vertrauten Klingelton. Paul meldet sich über Skype. Er hat gesehen, dass ich online bin, und will meine Stimme hören.

Eigentlich nur aus Reflex nehme ich das Gespräch an.

»Hallo Schatz, wie geht es dir? Maus, du sagst ja gar nichts. Was ist denn los? Weinst du?«

»Ja«, bringe ich unter Schluchzen hervor.

»Was ist denn passiert? Hattest du einen Unfall?«

»Nein, körperlich geht es mir gut – aber mein ganzes Geld ist weg!«

»Bist du bestohlen worden?«

»Nein, nein, es ist viel schlimmer …«

Paul hat auf mich eingeredet wie auf einen kranken Gaul und so nach und nach habe ich ihm die Geschichte erzählt.

Er ist erbost, dass mein Mann mir einfach so eine Mail schreibt. Nicht die Tatsache, dass er mich über den Sachverhalt informiert, sondern einzig und allein über das WIE!

Über eine Stunde haben wir zusammen geredet, mittlerweile bin ich allein in dem großen Raum. Selbst der Kellner hat sich diskret zurückgezogen.

Immer noch strömen unaufhörlich die Tränen über mein Gesicht und ich habe keinen anderen Gedanken als: »Ich bin pleite!«

Wenn ich auch nur annähernd geahnt hätte, dass das Urteil so ausfällt, hätte ich meine Reise nicht gemacht.

Aber nun ist es zu spät. Ich sitze am anderen Ende der Welt und bin am Ende!

Ich habe keinen Job, wenn ich zurückkomme, Paul ist ein erfolgreicher Unternehmer – wie soll das bitte schön zu vereinbaren sein!

Nach und nach werde ich dennoch ruhiger, irgendwann habe ich keine Tränen mehr. Paul muss zu einem Termin, ich habe sowieso ein schlechtes Gewissen, ihn mit all diesen Geschichten zu belasten. Schließlich ist es ja mein Leben, das schiefläuft.

Ich bleibe noch am Kamin sitzen. In der Verfassung, in der ich gerade bin, kann ich sowie so nicht fahren.

Ich bin verzweifelt und traurig. Gerade war ich so gut zufrieden und habe geglaubt, ich bin auf dem besten Weg zurück in ein normales Leben. Und nun dieser Rückschlag.

»Warum gerade jetzt?«

»Weil du nun stark genug dafür bist!« Wieder höre ich diese Stimme.

»Aber das ist ungerecht. Es ging mir so gut.«

»Genau, und nun ist es an der Zeit, mit all dem abzuschließen.«

Irgendwann schaffe ich den Weg zur Rezeption und checke aus. Am Auto angekommen, fällt mein Blick auf den Kreditkartenabschnitt und somit auch auf das Datum. 13. Mai, Freitag!

Schlechter kann es nicht mehr kommen.

Ich beschließe, meine Tour abzubrechen.

Vorsichtig, fast zögerlich setze ich mich ins Auto.

Jetzt reiß dich bloß zusammen, Klara, und bau keinen Unfall. Das würde mir heute auch noch fehlen.

Durch meinen Tränenschleier kann ich fast nichts erkennen. Ich versuche, mich zu konzentrieren, und verpasse trotzdem die Ausfahrt zu Highway 39 und muss nun im Verkehr auch noch durch Hamilton fahren.

Nach gefühlten 100 Stunden erreiche ich die Stadtgrenze von Auckland. Die Sonne hat sich ihren Weg durch die Wolkendecke gebahnt. Nach kurzem Check stelle ich fest, dass ich nur noch 5 Dollar Bargeld bei mir habe.

Kurz entschlossen parke ich in der Nähe des Hafens. An der Waterfront ist ein tolles Restaurant. Davor steht ein Schild: Happy Hour, ein Glas Sauvignon Blanc, 5 Dollar! So wird mein letztes Bargeld sinnvoll eingesetzt.

Ich blicke aufs Wasser und ganz langsam werde ich ruhiger.

Zu Hause angekommen, sind David und Ted verwundert, dass ich schon da bin. Eigentlich wollte ich erst Sonntag zurück sein.

Doch ein Blick in mein Gesicht genügt und sie wissen, es muss etwas Schlimmes passiert sein.

Ich bekomme einen starken Kaffee gekocht und ich schildere ihnen meine Lage.

Es tut mir gut, die Geschichte noch einmal zu erzählen. Es ist wie Verarbeitung.

Eigentlich haben die beiden für heute Abend schon was vor. Doch kurzerhand wird beschlossen: »We will cheer you up, Klara!«

Und so fahren wir zu einem Liquor Shop und kaufen Wodka 42 Below. Er kommt aus Neuseeland und hat seinen Namen von dem 42. Breitengrad, der durch dieses Land verläuft.

Danach fahren wir nach Auckland zum Hafen. Die Jungs suchen einen Belgium Pub aus, in dem man sehr gut Whisky trinken kann, in dem es aber auch fantastische Burger gibt. Zuerst will ich mir nur einen Salat bestellen, doch David und Ted sind der Ansicht, ich brauche eine gute Grundlage.

Okay, dann also Burger.

Die beiden sind wirklich bemüht um mich, heitern mich mit Anekdoten aus ihrer gemeinsamen Zeit mit Christoph auf.

Als mein Vetter damals nach Neuseeland kam, hat er

unter anderem mit David und Ted in einer WG gewohnt, daher die Verbindung.

Die beiden haben auch mitbekommen, wie er Charlotte kennengelernt hat und wie dann mehr daraus wurde.

Gebürtig stammen David und Ted aus Südafrika, sind aber wegen der Jobs nach Neuseeland gekommen – unter anderem.

In den Gesprächen wird deutlich, dass sie zwar aus gut situierten Familien kommen, aber das Leben in Südafrika dennoch nicht ganz ungefährlich ist.

Neuseeland kommt ihnen von der Natur her sehr entgegen und beide wollen auch nicht mehr zurück.

Zum Burger gibt es Bier, anschließend Whisky und nach einer Ewigkeit zu Hause Wodka. Wir drehen die Stereoanlage voll auf, tanzen zu Rockmusik im Wohnzimmer, sind heiter und ausgelassen – und betrunken!

Am nächsten Morgen werde ich von einer SMS und einer Mail von Paul geweckt. Er macht sich unglaubliche Sorgen um mich – und ich bin gerührt.

Unsere junge Liebe muss schon so einiges aushalten. Und das auf eine Entfernung von 18.000 Kilometer.

Wir skypen anderthalb Stunden. Es tut gut, seine Stimme zu hören und ihn zu sehen.

Es gefällt mir, wie er so lässig in der Küche am Herdblock steht. In Jeans, das hellblau-weiß karierte Hemd lässig über der Hose.

Mich überkommt eine große Sehnsucht, ich könnte ihn auf der Stelle knutschen!

Mit diesem Gefühl jogge ich am Meer entlang und spüre die Sonne in meinem Gesicht. So langsam kann ich wieder lachen und mich an der Natur erfreuen.

Wieder zu Hause kommt Wayne zu Besuch. Wir kochen alle zusammen, die Küche und Terrasse ist wie immer der Mittelpunkt. Es ist diese Normalität, die mir guttut und mir hilft.

Vorbereiten, Kochen, Essen, Abwasch … Klingt banal, gibt mir aber eine ungeheure Sicherheit.

Ted hat Geburtstag – ich backe ihm einen Kuchen und gehe mit dem Rezept in der Hand einkaufen. Wieder eine neue Erfahrung für mich. Warum muss ich mir auch einen Kuchen aussuchen, in den gefühlte zwanzig Zutaten hineinkommen?

Aber ich habe es geschafft – mit Hilfe einer netten Verkäuferin!

Nun ist er im Ofen und Ted und ich kochen für uns drei ein Curry. Eigentlich kocht mehr Ted und ich arbeite ihm zu, aber auch das macht mir großen Spaß.

Dazu passt ein Rotwein und schon haben wir drei wieder eine gemütliche Runde.

Morgen möchte Ted shoppen gehen und würde mich gern als Einkaufsberaterin mitnehmen.

Und so finde ich mich am nächsten Tag zwischen Hemden, Pullovern und Schals wieder.

Es ist ein guter Herrenausstatter und Ted tätigt einen Großeinkauf!

Er kennt den Ladenbesitzer schon länger, plaudert mit ihm und ich hänge zwischen all diesen schönen Dingen meinen Gedanken nach.

Gern möchte ich mit Paul einkaufen gehen. Ich ertappe mich dabei, wie ich mir einen Einkaufsbummel mit ihm vorstelle und wie viel Freude es mir bereiten würde.

Ich habe Sehnsucht nach ihm – große Sehnsucht – riesig große Sehnsucht!

Und dann kaufe ich ihm einen Schal! Ganz spontan. Es ist das erste Mal, dass ich ihm etwas zum Anziehen kaufe …

Für den Abend hat Ted in das Restaurant »Euro« im Hafen von Auckland eingeladen. Es freut mich sehr, dass ich dabei sein kann.

Vor zwei Tagen habe ich ihm (nach Absprache und Beratung mit David) eine Flasche Whiskey gekauft, die ich ihm nun feierlich überreiche.

Er freut sich riesig und ich bekomme eine innige Umarmung als Dank.

Es ist eine gemischte Runde, die Gespräche sind sehr angeregt und es macht Freude, in dieser Runde über interessante Themen zu plaudern.

Zu späterer Stunde gehen wir noch in zwei Bars, stellen aber schnell fest, dass wir es zu Hause viel schöner haben.

Also nichts wie ins Taxi und geradewegs auf unseren Balkon. Wir probieren mein Geschenk und genießen, wie der Whiskey unsere Kehlen hinabrinnt …

Sonntag.

Ich beschließe spontan, zu Christoph zu fahren (eigentlich wäre ich heute sowieso auf der Rückreise von meinem Trip bei ihm vorbeigefahren).

Ich fahre die längere Strecke am Beach entlang und genieße die Fahrt. Die Sonne lacht, das Meer glitzert, ich

sitze in meinem »Feuermobil« und habe das Radio auf-
gedreht.

In der Nähe von Wellsford angekommen, werde ich von
den Kindern herzlich begrüßt. Charlotte liegt in der Badewanne, Christoph ist noch auf dem Soccer-Feld und trai-
niert die Jugendmannschaft.

Ich gehe mit allen vieren (Tom, Joanna, Ben und Laura)
in den Garten zu dem großen Trampolin.

Am Anfang hüpfen nur die Kinder, aber warum sollte
ich dafür zu alt sein?

Also Schuhe aus und rauf aufs Gerät.

Das habe ich seit meiner Jugendzeit nicht mehr gemacht.
Es macht irre Spaß und befreit auch irgendwie. So findet
uns Christoph und kommt sogleich auch noch mit drauf
zum Hüpfen.

Unser Gekreische ist bestimmt kilometerweit zu hören.

Die Kids sind am Nachmittag mit Freunden verabredet und
Charlotte möchte gern einen freien Tag genießen.

So kommt es, dass Christoph und ich allein nach Whan-
garei fahren und das Marktgeschehen dort genießen.

Eigentlich ist nur Samstag Markttag, doch heute ist ir-
gendeine Ausnahme und wir sind happy, können wir doch
so die einheimischen Produkte ganz frisch kaufen.

Ein kleines Café lockt mit selbst gemachter Limonade.

»Na, Cousinchen, was hast du auf dem Herzen?« Christoph schaut mich mit durchdringendem Blick an.

»Ach, weißt du, eigentlich nichts Besonderes«, höre ich
mich sagen, »bis auf die Tatsache, dass ich jede Menge Geld
verloren habe!«

Christoph schaut mich ungläubig an und so erzähle ich meine Geschichte zum dritten Mal.

Dabei fällt mir auf, dass sie gar nicht mehr so schlimm klingt.

Ich bin nicht unheilbar krank, meiner Familie geht es gut, meine Liebe zu Paul wächst von Tag zu Tag!

Christoph hört mir aufmerksam zu und sagt dann nur einen Satz:

»It's only money!«

Ja, das stimmt. Es ist nur Geld. Geld, das ich dringend brauche, aber eben auch nur Geld!

Eine tiefgreifende Erkenntnis bei einem Glas Zitronenlimonade zwischen Hammelrücken und Zucchini-Chutney!

Am nächsten Tag sitze ich vor meinem Laptop und mache Homebanking. Die Zahlung an meinen Mann geht erst beim dritten Versuch raus. Fast so, als wollte das Geld bei mir bleiben!

Beim Blick auf meinen Kontostand bleibt mir fast das Herz stehen …

Ich habe lange gebraucht, bis ich meinen Trip zur Südinsel gebucht habe. Ständig habe ich die Route geändert, war mir nicht sicher, ob ich Christchurch besuchen soll.

David und Ted waren schon ganz verrückt von meiner Zauderei.

Eines Abends ist David der Kragen geplatzt.

»Jetzt stell dich nicht so an und buch deine Flüge endlich«, fuhr er mich energisch an. »Du lebst doch sonst auch dein Leben und machst dein Ding!«

»Ich bin aber unsicher. Und ich weiß nicht, ob ich Christchurch besuchen soll nach dem schweren Erdbeben.«

»Natürlich besuchst du die Stadt. Du kannst doch nicht acht Wochen hier gewesen sein und hast nur die angenehmen Dinge des Lebens gesehen!«

Wow, das hat gesessen. Und so befinde ich mich nun mit meinem Auto auf dem Weg zum Flughafen. Ich will es dort abgeben und nach Wellington fliegen. Der ersten Station auf meiner Tour auf der Südinsel.

Das Auto soll mit vollem Tank zurückgegeben werden. Laut Zapfsäule passt auch kein Tropfen mehr rein.

Aber die Tankanzeige sagt mir etwas anderes und so schickt man mich bei »Lucy Rent A Car« auch wieder zur Tankstelle zurück.

Also wieder an die Zapfsäule, doch nichts passt mehr in den Tank. Das Einzige, was läuft, ist meine Zeit!

Ein Tankwart ist Zeuge und so mache ich mich erneut auf den Weg zur Vermietungsfirma.

Nach endlosem Hin und Her kann ich den Wagen endlich abgeben und spurte mit dem Shuttle zum Flughafen.

Da ich vorher schon online eingecheckt habe, bleibt mir

noch genügend Zeit, um Paul eine kurze Mail zu schreiben. Am WiFi-Counter hat man fünf Minuten freies WLAN und so lasse ich ihn wissen, wie sehr ich ihn vermisse.

Der Flug nach Wellington ist kurz, die Landung spektakulär. Ich habe das Gefühl, wir setzen schon im Wasser auf!

Aber alles geht gut (macht der Pilot bestimmt auch nicht zum ersten Mal). Der Flughafen ist so klein, dass wir aus der Maschine kommend mit unserem leichten Gepäck wie auf Zebrastreifen übers Rollfeld zum Terminal laufen.

Mit dem Taxi geht es zum Hotel. Der Fahrer ist nett; zum Abschied sagt er, ich sei eine toughe Person!

Ich habe mir ein kleines Stadthotel ausgesucht und erkunde zu Fuß die Umgebung.

Wellington ist ein Traum. Viel kleiner als Auckland, irgendwie künstlerisch angehaucht. Nette, kleine Geschäfte.

Ich lasse mich treiben.

Am Pier hat man freies Internet. Viele Besucher sitzen hier und schreiben Mails oder skypen. Wie selbstverständlich und wie fortschrittlich! In Deutschland muss man für alles bezahlen.

Nach dem zweiten Anlauf klappt die Verbindung mit Paul.

Er sieht müde aus. Berichtet von einer hitzigen Diskussion mit seiner Tochter.

Ich komme ins Grübeln. Wie wird es werden, wenn ich zurück bin? Wie wird sie auf mich reagieren?

Sie möchte nach dem Abitur in diesem Jahr gern für ein Jahr ins Ausland gehen. Aber zunächst ist sie zu Hause, wenn ich wiederkomme.

Pauls Sohn wohnt bei seiner Freundin in Köln. Ist weiter weg und somit nicht direkt im Geschehen.

Ich habe heute Nachmittag im Te Papa Museum einen Magneten für einen Kühlschrank gekauft. Pauls Kühlschrank.

Bin ich zu schnell und voreilig mit solchen Käufen? Will ich zu viel?

Die Wohnung gehört Paul und seiner Tochter – ich werde dort, zumindest am Anfang, nur zu Gast sein.

Solche Gedanken tun mir nicht gut. Mein Kopfkino setzt sich dann allzu schnell in Gang.

Ich beschließe, mit dem Cable Car in den Botanischen Garten zu fahren. Die Fahrt mit dieser historischen Bahn ist wirklich ein Erlebnis. Der Garten liegt auf einem Berg und die gesamte Fahrt über hat man einen fantastischen Blick auf Wellington und das Meer. Es ist irre schön.

Am Abend skype ich noch einmal mit Paul. Er hat gespürt, dass mich etwas beschäftigt. Manchmal ist es direkt unheimlich, wie gut er mich schon kennt.

Das Gespräch dauert lange und wird getragen von einem innigen Gefühl und großer Sehnsucht. »I'm coming back.« Ich habe es versprochen.

Der Abschied hier fällt mir nicht leicht. Wellington ist charmant, und das mag ich. Irgendwann einmal möchte ich Paul dieses Fleckchen Erde zeigen.

Ich bin um 10:00 Uhr noch im Hotel, um 11:00 Uhr geht der Flieger. So langsam nehme ich den *easy way of life* an.

Gleiches Prozedere. Mit dem Gepäck übers Rollfeld in den Flieger. Christchurch, ich komme.

Nach wie vor weiß ich nicht, ob die Entscheidung klug war, so kurz nach dem verheerenden Erdbeben in diese einst so wunderschöne Stadt zu fliegen.

Dennoch weiß ich auch, dass es gerade jetzt wichtig ist, dorthin zu fliegen.

Die Stadt braucht den Tourismus.

In den Reiseführern liest man, es ist die britischste Stadt außerhalb Großbritanniens!

Doch davon ist aktuell nichts mehr zu sehen. Aber der Reihe nach.

Mit dem Shuttle-Taxi ins Hotel. Zimmer 13! Will ich nicht haben. Zum Glück kein Internetempfang und so habe ich einen Grund, das Zimmer zu wechseln.

Nummer 11 ist auch viel schöner.

Mit dem Stadtplan in der Hand begebe ich mich auf Erkundungstour.

Es ist entsetzlich. Die ganze Stadt riecht nach Staub – und ist es auch. Überall höre ich Sirenen. Es sieht aus wie im Krieg.

Die komplette historische Innenstadt ist eingestürzt, hermetisch abgeriegelt. Streifenwagen fahren Patrouille. 1.000 historische Gebäude sind einsturzgefährdet.

Von den Häusern, von denen noch ein paar Mauern stehen, hängen Schilder: »Betreten verboten, Einsturzgefahr.«

Ich mache ein paar Bilder, doch schon nach wenigen Minuten höre ich damit auf.

Ich komme mir vor wie ein Kriegsberichterstatter und die wenigen Menschen, die mir begegnen, haben leere Augen, verstörte Gesichter.

Es gibt Absperrgitter, zu denen die Bevölkerung hin pilgert. Hier hängen Blumensträuße und Bilder, Menschen stehen davor, beten und weinen.

Darauf war ich nicht vorbereitet, habe so etwas auch noch nie in meinem Leben gesehen und gespürt.

Zweieinhalb Monate ist das Erdbeben jetzt her, aber man hat den Eindruck, als wäre es gestern passiert.

Immerhin finde ich einen Supermarkt. Auf dem Stadtplan zeige ich der Kassiererin mein Motel.

»Na, dann kaufen sie hier mal ein. Auf der Seite der Stadt, auf der ihr Motel liegt, gibt es gar nichts mehr!«, rät sie mir mit freundlichem Lächeln.

Also kaufe ich ein. Wasser, Weißwein, Brot, Käse und Butter. Voll bepackt trete ich den Rückweg an. Es ist später Nachmittag, es wird schon dämmrig. Gefühlt packe ich den Einkauf 100 mal von rechts nach links. Warum musste ich auch noch eine Flasche Wein kaufen?

Immer wieder muss ich im Zickzack laufen, weil Straßen plötzlich gesperrt sind. Und wieder rast die Feuerwehr mit Blaulicht an mir vorbei. Wieder ist ein Haus eingestürzt.

Endlich komme ich im Hotel an. Es ist dunkel. Und auch alle anderen Zimmer sind dunkel. So langsam beschleicht mich das Gefühl, ich bin hier der einzige Gast!

Zur Vorsicht kontrolliere ich noch einmal meine Zimmertür. Zweifach verschlossen!

Ich dusche schnell und mache mir ein Brot. Mit einem Glas Weißwein sitze ich auf dem Bett und fühle mich allein und einsam.

Am nächsten Morgen scheint die Sonne. Ich habe Glück, die Rezeption ist besetzt. Ich bezahle schon mal mein Zimmer und ordere für morgen früh ein Taxi zum Bahnhof.

Dieses Mal schlage ich die andere Richtung ein. Und siehe da, nach ca. einer halben Stunde Fußweg entdecke ich tatsächlich ein Café. Voller Freude und Dankbarkeit, andere Menschen zu treffen, setze ich mich und bestelle einen Kaffee.

Die Bedienung ist ganz jung und erzählt, dass niemand so genau weiß, wie es weitergehen soll. Die Touristen bleiben aus, Einheimische sind selten anzutreffen. Viele sind gar nicht mehr in der Stadt, sind zu Verwandten oder Bekannten aufs Land gezogen.

Ich schreibe Tagebuch und setze meinen Weg Richtung Botanischem Garten fort.

Viel ist nicht davon übrig geblieben. Die meisten Bäume sind entwurzelt. Der See ist komplett versickert. Man kann die großen Gräben sehen, wo die Erde aufgebrochen ist.

Ich finde eine Bank und stecke mein Gesicht der Sonne entgegen. So entdeckt mich James.

»Darf ich mich zu dir setzen?«, höre ich eine melodische Stimme.

»Gern, die Bank ist groß genug für zwei.«

»Wo kommst du her?«

»Aus Deutschland.«

»Wie so einige. Willst du bleiben?«

»Nein, ich bin auf Reisen und für acht Wochen hier in Neuseeland. Und du, kommst du aus Christchurch?«

»Ja, ich habe ganz in der Nähe hier gewohnt. Aber leider ist mein Elternhaus einsturzgefährdet. Ich darf es aktuell nicht mehr betreten. Es hängt ein gelbes Schild an der Tür.«

»Ein gelbes Schild?«

»Es gibt unterschiedliche Farben für den Zerstörungsgrad«, klärt James mich auf.

Blau für beschädigte Häuser, die aber wieder instandgesetzt werden können.

Gelb für Häuser, die noch mal von einem Gutachter inspiziert werden müssen. Und rot für Häuser, die abgerissen werden müssen.

Ob ich Lust hätte, mit ihm auf Entdeckungsreise zu gehen. Er würde mir gern seine Stadt zeigen, oder was davon übrig geblieben ist.

»Herzlich gern«, höre ich mich antworten.

Und so wandere ich mit James durch die zerstörte Stadt. Er erklärt mir, dass die Einwohner für sechs Wochen eine Art Übergangsgeld von der Regierung erhalten. Danach muss jeder sehen, wo er bleibt bzw. was er macht.

Er selbst ist unschlüssig. Fürs Erste will er Freunde auf der Nordinsel besuchen.

Wir finden sein Elternhaus und obwohl das besagte gelbe Schild an der Tür hängt, zwängt er sich durch ein Loch im Zaun und holt persönliche Gegenstände heraus.

Ich bin tief bewegt, bedanke mich für den Rundgang und verabschiede mich von ihm.

Wir wollen über Facebook in Kontakt bleiben.

Für meinen Rückweg hat James mir einen Weg empfohlen und so gelange ich in eine weitere Kaffeebar, die geöffnet hat. Gestärkt mit einem Cappuccino trete ich den Weg zum Hotel an.

»Hey, du aus Deutschland! Lust auf eine Wurst aus Thüringen?«

Ich bin total verdutzt und drehe mich um.

Hinter mir steht ein historischer Würstchenwagen und der Typ hinter dem Grill grinst mich an.

»Woher weißt du, dass ich aus Deutschland bin?«

»Das sieht man dir an!«

Aha, also immer noch typisch Deutsch.

»Was machst du in unserer einst so schönen Stadt?«

»Ich bin auf Reisen und war neugierig. Aber so ein großes Ausmaß der Zerstörungen habe ich mir nicht vorgestellt. Was machst du hier, oder wie lange bist du schon hier?«

»Mein Name ist Stefan. Eigentlich bin ich Konditormeister. Vor zehn Jahren hat es mich hierher verschlagen. Auch ich habe zunächst die Nord- und Südinsel bereist, bin aber dann hier hängen geblieben. Ich habe einen Metzgermeister kennengelernt, habe bei ihm gearbeitet und seit vier Jahren habe ich diese Würstchenbude.«

»Und, geht es dir gut?«

»Ich habe kein Heimweh, wenn du das meinst. In Erfurt vermisst mich keiner und hier kannst du einfach dein Ding machen, wenn du fleißig bist!«

Die Bratwurst schmeckt himmlisch. Als gebürtige Hessin liebe ich den Geschmack der groben Würste.

Sie erinnern mich immer an die Heimat.

Der TranzAlpine Express bringt mich über die Alpen nach Greymouth.

Entspannt sitze ich im Abteil, gegenüber hat ein Ehepaar aus Australien Platz genommen.

Wir kommen ins Gespräch, plaudern.

Englisch sprechen ist gar nicht so schwer.

Ich genieße die Landschaft und hänge meinen Gedanken nach …

… Dafür, dass ich nach meiner Rückkehr einen Job brauche, bin ich verdammt unproduktiv.

Ich trödele herum. Nicht jetzt auf der Tour, sondern allgemein, zu Hause in Auckland.

Ich komme nicht in die Spur. Sitze in der Küche und blicke aufs Meer hinaus!

So kann das nichts werden.

Wenn ich zurück bin, dann muss ich das ändern. Stellenanzeigen checken, Bewerbungen versenden.

Gestern Abend habe ich noch intensiv mit Paul geskypt.

An seinem Gesicht kann ich erkennen, dass er momentan viel um die Ohren hat. Er sieht abgekämpft aus.

Es ist nicht einfach mit einer volljährigen Tochter!

Aber das Haus ist verkauft und die neue Wohnung wartet. Ein Schritt nach dem anderen.

Ich weiß, wie es ist, wenn einem alles nicht schnell genug geht, man Dinge gern intensiver vorantreiben möchte.

Aber alles braucht seine Zeit.

Es ist gut, dass ich auf Reisen bin und er diese wichtigen Dinge allein und in Ruhe regeln kann.

Wir sprechen über uns und die Zukunft – unsere Zukunft. Eine gemeinsame?!

Wir können es uns vorstellen – irgendwann. Auf keinen Fall wollen wir etwas überstürzen.

Wir kennen uns nun vier Monate, wovon ich zwei unterwegs bin!

Ich merke, wie sich unsere Gespräche verändern. Sie werden intensiver. Trotz der Entfernung besprechen wir Sorgen und Probleme. Nicht nur meine, auch seine Nöte in der Firma.

Zum Abschied sprechen wir es zum ersten Mal aus, was wir uns vorstellen können, uns wünschen:

»… bis wir alt sind …«

»… till the end …«

… In Greymouth ist der Aufenthalt nur kurz, es reicht gerade für eine Tasse Kaffee. Von hier aus geht es weiter nach Nelson – mit dem Bus.

Unser Fahrer sieht aus wie in einem Film aus den 50ern oder wie ein Anführer bei den Pfadfindern.

Blaue Shorts, hellblaues Hemd, blauer Pullunder und ein dunkelblaues Käppi.

Dazu Kniestrümpfe und Schnürschuhe – klasse. Eine richtige Type.

Wir fahren pünktlich ab, die Fahrt dauert insgesamt vier Stunden. Ich habe mich extra für den Bus entschieden. Man sitzt sehr hoch, die Strecke am Meer entlang soll traumhaft sein und ich muss mich nicht selbst auf den Verkehr konzentrieren.

Es war Christophs Idee und ich bin ihm dankbar. Hinter jeder Kurve lauert ein neues Postkartenmotiv. Unser Fahrer ist sehr aufmerksam, fährt langsam, sodass wir Fotos machen können, und hält an besonders schönen Stellen an.

Selten war ich so entspannt.

In Nelson liegt mein Hotel etwas außerhalb, doch der Busfahrer ist so nett und bringt mich hin. Es ist ein kleines Hotel, vom Zimmer aus kann ich in die Weinberge blicken. Wieder eine vollkommen andere Landschaft.

Ich laufe nach Nelson hinein, doch die Stadt gefällt mir gar nicht. Mittlerweile ist es dunkel geworden, ich suche ein Taxi, das mich zurückbringen kann. Doch weit und breit ist keins zu finden. In einer Bar frage ich nach und erfahre, dass man ein Taxi immer im Voraus buchen muss! Die Lady ist hilfsbereit und ordert mir ein Taxi für sofort.

Andere Länder, andere Sitten.

Am nächsten Morgen steht die Tour durch vier Weingüter an. Die Landschaft ist sanft und hügelig. Wir sind eine Gruppe von acht Personen, kunterbunt zusammengewürfelt. Wir verstehen uns auf Anhieb, haben viel Spaß miteinander. Der Wein tut sein Übriges.

Es ist ein Tag voller Unbeschwertheit, Small Talk an jeder Ecke.

Sauvignon Blanc war schon lange mein Lieblingswein; ihn hier zu verkosten wird mir immer in Erinnerung bleiben.

Von der Anhöhe des letzten Weingutes können wir bis zum Meer sehen. Die Sonne steht schon tiefer und scheint mir direkt ins Gesicht.

Ich schließe die Augen, spüre den leichten Wind, schmecke den Wein auf meiner Zunge, vernehme das leise Stimmengewirr. Glücksgefühle pur.

Kurz vor dem Schlafengehen skype ich mit meinen Mädels – und deren Männern.

In Lingen wird eine Bombe entschärft, alle haben sich bei Christina und Norbert versammelt und kochen zusammen. Eine gute Gelegenheit, einmal alle wieder zu sehen.

Es sind Minuten voller Emotionen. Zwei Monate haben wir uns nicht gesehen oder gesprochen, waren nur per Mail in Kontakt. Es tut so gut, mit den Mädels zu lachen.

Alle bescheinigen mir, dass ich wunderbar erholt aussehe und generell, ich hätte mich verändert.

Ich merke es an mir selbst.

Am nächsten Morgen Taxi zum Flughafen, übers Rollfeld laufen, Ankunft in Auckland, Taxisharing mit einer Familie aus Tahiti! Nette Konversation, alles läuft entspannt und easy!

Ich sitze wieder in der Küche und werde gleich von David zu einem vereinbarten Treffpunkt gefahren. Es ist dunkel draußen, kalt und gießt in Strömen.

Eigentlich wollte ich den kurzen Weg laufen, doch ich habe hinzugelernt und David gefragt, ob er mich fahren kann.

Ich treffe mich mit zwei betagten Ladys von Soroptimist. Heute ist wieder mal Clubabend, diesmal bei einer Clubschwester privat.

Wir wollen Handtaschen zusammenstellen?! Ein Geschäft hat 100 Taschen gespendet und die Clubschwerstern haben noch in Drogerien und Parfümerien Kosmetika und Hygieneartikel zusammen erbettelt, sodass wir nun jede Handtasche mit Lippenstift, Puder, Kleenex, Kamm … etc. ausstatten können.

Ziel ist es, den Patenclub in Christchurch zu unterstützen. Diese wollen die Taschen an Frauen verteilen, die Hals über Kopf bei dem Erdbeben ihr Haus verlassen mussten und nichts mitnehmen konnten.

Ich finde die Idee klasse; außerdem wollte ich mich bei den liebenswerten Damen verabschieden.

Und so kommt es, dass ich nach einer katastrophalen Fahrt (ohne Navi, im Dauerregen mit zwei über 70-Jährigen in einem alten Ford) irgendwo in Auckland in einem Wohnzimmer sitze, eine Tasse Tee und Ingwerkekse vor mir stehen habe, und mit weiteren 17 Clubschwestern besagte Handtaschen bestücke!

Nachdem sie hören, ich sei in Christchurch gewesen, bin ich die Nachrichtenquelle für sie und ich berichte. Total flüssig erzähle ich von meinen Eindrücken und Erfahrungen.

Gegen Ende des Clubabends fühle ich mich aufgenommen in ihre Gemeinschaft und wir versprechen, untereinander in Kontakt zu bleiben.

Vielleicht treffe ich einige von ihnen in Miami. Vier Clubschwestern reisen zum Kongress nach Vancouver und machen in Miami Zwischenstation!

Es ist schon unglaublich! Hier in Neuseeland finden sie
kaum den Weg, aber durch die Weltgeschichte fliegen sie
ohne Scheu!

Soroptimist International hat mir schon immer gut getan. Es ist ein Service-Club wie zum Beispiel Rotarier oder
Lions für Männer. 1997 war ich in Lingen Gründungsmit-
glied, war lange Zeit Schriftführerin.

Soroptimistinnen gibt es überall auf der Welt, so auch in
Auckland.

Gleich an meinem zweiten Abend habe ich zum ersten
Mal einen Clubabend hier in Neuseeland besucht. Schon
im Vorfeld hatte ich Kontakt zu den Ladys aufgenommen
und es war selbstverständlich, dass ich eingeladen und auch
abgeholt werde!

Schon diese erste Fahrt war eine mittlere Katastrophe und
ich frage mich, wie diese beiden entzückenden älteren Damen denn so durchs Leben gehen! Den Weg zum Clubhaus
(den sie jeden Monat fahren) haben wir zumindest erst im
dritten Anlauf gefunden ...

Alle sind unbeschreiblich nett und hilfsbereit. Dass ich
mit zwei Südafrikanern in einer WG lebe, finden sie spannend, geben mir jedoch gleich drei Adressen von Freundin-

nen, die mir bestimmt ein Zimmer zur Verfügung stellen würden!

Vielen Dank, ihr Süßen – ich komme gut klar mit meinen Jungs!

Auf jeden Fall sind diese Begegnungen sehr wichtig für mich und meine Entwicklung.

Einfach so jemanden anschreiben und sagen: »Hallo, hier bin ich«, hatte ich vorher noch nie gemacht. Es ist toll, auf diese Art zu netzwerken und Kontakte zu knüpfen.

Meine Zeit in Neuseeland neigt sich dem Ende zu.

Eine Woche bin ich noch hier, dann starte ich in Richtung L. A. und Südamerika.

Ich werde richtig wehmütig, bin ich doch hier so richtig angekommen und fühle mich zu Hause.

Irgendwie ist es meine Küche geworden! Ich koche für David Spaghetti Bolognese, wenn er vom Zahnarzt kommt und nur weiche Kost essen kann!

Für uns alle (David, Ted und Lizzie) kreiere ich mein italienisches Gemüsehühnchen, wobei David die schwierige Aufgabe übernimmt, einen Metzger aufzutreiben, der vernünftiges Geflügel verkauft!

Auch sitze ich mit Lizzie am langen Tisch und überwache ihre Hausaufgaben, wenn sie bei uns ist. Irgendwie sind wir alle in den letzten sieben Wochen zu einer Patchworkfamilie zusammengewachsen. Es ist ein Gefühl für mich, das ich schon lange nicht mehr gespürt habe. Vertrautheit, Respekt, Behaglichkeit. Gepaart mit einer großen Portion Lässigkeit und Spaß am Leben gibt es mir Zuversicht und ein Gefühl innerer Sicherheit.

Spätestens seit Ted mich gefragt hat, ob er all meine Dessous aus der Waschmaschine mit in den Trockner packen darf oder sie aufhängen soll, weiß ich, ich bin voll in das Leben der beiden mit integriert!

Gestern Abend war ich mit David im Kino. »Hangover 2« stand auf dem Programm.

Vorher haben wir eine Kleinigkeit zusammen gegessen und David hat eine ganze Flasche Weißwein dazu bestellt! Es wurde ein vergnüglicher Abend!

Während des Essens erklärt mir David Teil 1, der vor

zwei Jahren lief. Nur, damit ich im Bilde sei, was mich so erwarte!

Ich bin gespannt und tatsächlich haben wir jede Menge Spaß und lachen viel.

Ich verstehe zwar nicht alles, aber den größten Teil schon und ich bin mächtig stolz auf mich.

Nun steht mein Geburtstag an – und ich bin nicht fit! Ich habe mir eine dicke Erkältung eingefangen und nehme meine Globuli.

»That's bullshit – you need drugs!«

»Spinnst du, Peter? Was meinst du damit?«

»Du brauchst stärkere Medikamente, wenn du nächste Woche fit sein willst. Komm, wir fahren in den Drogeriemarkt.«

Dort angekommen staune ich nicht schlecht – hier kann man wirklich fast alles kaufen! Viele Dinge, die in Deutschland nur über Rezept in der Apotheke erhältlich sind, liegen hier einfach im Regal rum!

Also decke ich mich ein, damit ich ganz schnell gesund werde.

Doch warum geht es mir körperlich so schlecht? Ich bin nicht einfach nur angeschlagen. Es ist gerade so, als ob mein Körper noch nicht mit meinem Kopf im Einklang ist.

Denn eigentlich war ich »brav«.

Letztes Wochenende bin ich mit dem Bus zu Christoph gefahren und habe auf dem Rückweg David angerufen, dass er mich in Takapuna abholen soll, als wieder mal eine ellenlange Verspätung drohte.

Gut, okay, bei meiner Familie im Country habe ich erbärmlich gefroren. Es ist ja mittlerweile tiefer Herbst hier und das Holzhaus ist mehr als zugig. Morgens im Bad waren für mich gefühlte Minustemperaturen.

Auch bei uns in Auckland sind die Zimmer kalt. David und Ted haben einen Heater für mich organisiert. Und was ist das Ende vom Lied? Jeden Morgen wache ich auf und habe eine Heerschar von Ungeziefer auf meiner Bettdecke sitzen!

Weta nennt man diese Biester – der Name stammt von *Wetapunga* ab und bedeutet in der Sprache der Maori so viel wie »Gott der hässlichen Dinge«!

Das erst Mal habe ich beim Aufwachen so laut geschrien, dass die beiden in mein Zimmer gestürzt kamen.

Ich konnte nur auf meine Bettdecke zeigen und habe kein Wort hervorgebracht.

David und Ted sind in lautes Gelächter ausgebrochen.

»Das sind nur Freunde – they are only friends! In Neuseeland gibt es keine giftigen Tiere, Klara.«

»Das ist mir doch egal! Was soll ich machen? So kann ich nicht aufstehen. Überhaupt, wie viele habe ich nachts davon verspeist?«

Das Gelächter der beiden wurde immer lauter.

»Hier hast du deinen Flip Flop – damit kannst du die meisten erst mal von deinem Bett verjagen«, meinte Ted.

Aber nach einer Woche Jagd jeden Morgen haben beide eingesehen, dass der Zustand nicht normal ist und der Kammerjäger kommen muss.

Doch was ist los? Was beschäftigt mich so sehr, dass mein Körper streikt?

Paul und ich haben »Bergfest«. Die Hälfte meiner Reisezeit ist schon vorbei. Ich habe einen Piccolo gekauft, zwei Gläser bereitgestellt und will mit ihm anstoßen via Skype. Doch dazu kommt es nicht.

Am Abend zuvor hatten wir uns auch per Skype verabredet. Wir wollen die Zeit hier in Neuseeland noch nutzen, um so viel wie möglich von uns zu hören und zu sehen.

Wenn ich auf der Rundreise Südamerika bin, wird dies schwierig werden. Die Zeitverschiebung ist ungünstig und ich habe ein straffes Programm.

Zunächst beginnt unsere Skype-Termin harmonisch wie immer, doch dann kommt Julia unverhofft ins Zimmer und Paul bricht die Verbindung ganz schnell ab!

Es kommt noch eine Mail hinterher, dass er ja Julia nicht sagen kann, mit wem er skypt!

Das hat wehgetan und nagt an meiner Seele.

Warum kann er mit seinen Kindern nicht über unsere Liebe sprechen? Sie ist doch nichts Verbotenes.

Heute nun sitzt er im Büro und als ein Mitarbeiter klopft, ruft er: »Bin in einer Besprechung.«

Eigentlich eine normale Reaktion. Schließlich kann er nicht sagen, ich skype mit meiner Freundin!

Oder kann er doch? Sollte er? Steht er zu uns?

Fragen, die mich sehr beschäftigen.

In zwei Tagen ist mein Geburtstag und eigentlich hat Paul vorgehabt, mich zu besuchen!

Ein irrer Gedanke und es wäre auch ein sensationelles Geschenk gewesen.

Doch nach reiflicher Überlegung hat er sich dagegen entschieden.

Für mich zählt allein der Gedanke oder die Idee. Einfach süß.

Für meine Entwicklung wäre es nicht gut gewesen. Mitten im Findungsprozess hätte dieser Besuch mich aus der Bahn geworfen! Klingt irre, wäre aber so gewesen.

Allerdings hat mich der Grund der Absage getroffen.

»Was hätte ich Julia sagen sollen? Eine Geschäftsreise nach Neuseeland kann ich ja schlecht rechtfertigen!«

Julia, Julia, Julia … ich kann es nicht mehr hören oder lesen!

Ich bin enttäuscht, wütend – und ungerecht! Ich weiß das, kann aber nicht aus meiner Haut.

Als ich mich wieder etwas beruhigt habe, schreibe ich Paul eine lange Mail und sende diese mit Herzklopfen ab!

Am anderen Morgen sehe ich, dass er versucht hat, mich noch zu erreichen, aber ich habe so tief und fest geschlafen, dass ich nichts gehört habe.

Ich bitte ihn, zuerst die Mail zu lesen – und danach skypen wir.

Das Gespräch ist sehr emotional. Paul kann mich gut verstehen. Es ist gut und wichtig, dass wir uns unsere Gefühle und auch unsere Ängste mitteilen. Ich habe das Gefühl, unsere Liebe wird stärker und es ist auch nur normal, wenn man mal zweifelt.

Unsere Liebe ist mit Wucht in unser Leben getreten, wir waren beide nicht darauf vorbereitet. Im Gegenteil, wir haben noch genügend »Baustellen«, die jeder für sich und auf seine Art meistern muss, dass wir jedem seinen Freiraum dafür lassen müssen.

Es tut gut zu wissen, dass wir über alles sprechen können und versuchen, den anderen zu verstehen.

Gegen Ende des Telefonats wird Paul auf einmal ganz leise.

»Weißt du, Schatz«, höre ich ihn sagen, »wir haben unterschiedliche Phasen in unserer Beziehung bereits hinter uns gebracht. Phase eins war unser Kennenlernen, Phase zwei die aktuelle Trennung, deine Reise. Nun dauert es nicht mehr lange und wir gelangen in die dritte Phase ... till the end, bis zum Ende!«

Wow, ich bin so gerührt, dass ich zunächst gar nichts sagen kann. Aber das muss ich auch gar nicht, Paul sieht es in meinen strahlenden Augen!

4. Juni, mein Geburtstag.

Es gießt in Strömen und ist kalt – Geburtstag im Winter, das erste Mal.

Wir stehen in der Küche, trinken Sekt und genießen den Kuchen, den Ted und Lizzie für mich gebacken haben!

Absolut genial, mit Kerzen darauf zum Auspusten.

Wir warten noch auf Christoph und Charlotte, sie kommen allein, die Kinder bleiben zu Hause. Christoph meint, er und Charlotte wollen einen schönen, aber ruhigeren Abend mit uns verbringen, die Kinder sehe ich am Wochenende noch einmal.

Mit großem Hallo kommen sie an und haben ein Paket dabei, welches ich zunächst nicht registriere. Zu groß ist meine Freude, hier mit diesen lieben Menschen zu stehen und die Gewissheit zu haben, wie viele schon an mich gedacht haben.

Es ist irre. Ich habe unglaubliche viele SMS und E-Mails erhalten. Mit meiner Mutter und meiner Cousine habe ich schon telefoniert. Von meiner Freundin Ursula ist eine tolle Karte (!) angekommen und mit Paul habe ich schon um 0:00 Uhr neuseeländischer Zeit geskypt!

Vielleicht liegt es auch an den »Drugs«, die ich eingenommen habe, aber es geht mir fantastisch und ich bin heiter und gelöst. Kann natürlich auch noch zusätzlich an der Kombination mit Alkohol liegen!

Aber egal – wir stehen mit viel Gelächter in der Küche und alle sind ganz erpicht darauf, mir ihr Geschenk zu geben.

Lizzie darf anfangen – mit einer kleinen Erklärung von Ted.

Sie haben sich alle so ihre Gedanken um meine Kette gemacht.

Diese ist nach Singapur noch nicht weiter gewachsen.

Aktuell besteht sie aus dem Medaillon von meinen Freundinnen, dem Herz von Paul und dem Stein, den ich zusammen mit Marinella ausgesucht habe (der es inzwischen soweit ganz gut geht, wie ich über Facebook erfahren habe!).

Vorsichtig packe ich das kleine Päckchen aus. Darin liegt ein rotes Korallenherz. Ich bin vollkommen gerührt und erdrücke Lizzie fast mit meiner Umarmung.

Von Ted bekomme ich einen großen Greenstone geschenkt und von David eine individuell geformte Koralle. Und dann liegt da noch eine rote Chilischote aus Glas.

»Die ist von unserem Haus, von unserer Küche für dich«, plappert Lizzie mir ins Ohr. »Sie soll dich immer daran erinnern, dass wir hier so viel und zum Teil auch scharf gekocht haben!«

Das Päckchen von Christoph und Charlotte ist sehr filigran. Ganz vorsichtig öffne ich es und sehe ein Jade-Koru auf feinem Seidenpapier liegen.

Ich bin gerührt. Habe ich doch bei diversen Gesprächen immer mal wieder davon erzählt, dass ich solch einen Stein mir gern kaufen möchte.

Ein Koru ist ein besonderes Zeichen in Neuseeland und repräsentiert die Spirale eines jungen Farnwedels, der sich gerade für ein neues Leben öffnet und somit für Reinheit in dieser Welt steht.

»Das Koru ist das Zeichen für ein Leben in Harmonie, das eigene Dasein zu verstehen und Veränderungen deuten zu können.

Es symbolisiert aber auch Ruhe, Frieden und Spiritualität im Zusammenhang mit einem neuen Leben, einem Neuanfang oder einer neu beginnenden Lebensphase.

Zudem beschreibt das Koru den kraftvollen Rückhalt innerhalb einer Familie sowie das liebevolle familiäre Verhältnis.«

Gerührt und glücklich bedanke ich mich bei den Lieben, aber Christoph legt noch ein Paket auf den Tisch. Etwas ungläubig schaue ich ihn an.

»Noch ein Geschenk? Von wem?«

»Mach es auf, Cousinchen, dann weißt du, wer der Absender ist.«

Ich drehe das Paket hin und her, kann aber keine Schrift darauf erkennen.

Also gut, her mit der Schere, Paketband durchschneiden.

Ich öffne den Deckel und sehe hunderte von roten Rosenblättern. Ich bekomme Tränen in die Augen und kann gar nicht weiter auspacken.

Nach einer gefühlten Ewigkeit – alle Augenpaare ruhen auf mir – ertasten meine Hände unter den Blättern eine Art Buch.

Zum Vorschein kommt eine Art Kladde, lila Stoff, mit einer großen Schleife zum Aufziehen.

Vorsichtig ziehe ich daran und wie eine Ziehharmonika

öffnet sich die Kladde und ich finde aufgeklebt zehn Postkarten mit den unterschiedlichsten Sprüchen von Paul
kommentiert.

Ich bin sprachlos. Es ist ein unglaublich persönliches Geschenk.

Ich glaube, außer Christoph verstehen die anderen nicht
so richtig, warum ich mich SO freue, dass mir die Tränen
über die Wangen kullern.

Es ist kein teures Geschenk, aber unglaublich persönlich.
Ich weiß, wie viel Arbeit so etwas macht und wie viel Zeit
man investiert.

Dass Paul sich trotz seines Stresses diese genommen hat,
ist das eigentliche Geschenk!

»Los wir müssen uns beeilen«, höre ich Ted drängeln.

»Du hast doch den Tisch auf 18:00 Uhr bestellt, oder,
Klara?«

Ja, das habe ich. Einen Tisch im Sky Tower in Auckland.
Ein Restaurant in 140 Meter Höhe, welches sich um die
eigene Achse dreht.

Wir sollten pünktlich sein – dennoch bitte ich meine Ge-
burtstagsgesellschaft, mir fünf Minuten Zeit zu gewähren.

Schnell hole ich meinen Laptop raus und schaue nach,
ob Paul online ist. In Deutschland ist es mehr als früher
Morgen aber ich sehe, er ist wach.

Das vertraute Klingeln ertönt und ich sehe einen verschla-
fenen Paul vor mir mit zerstrubbelten Haaren und der noch
müde ist um die Augen.

Aber diese strahlen – und meine ebenso.

Ganz leise sage ich danke für dieses wunderschöne Geschenk und: »Ich liebe dich.«

Es ist nur ein kurzer Moment, aber dafür umso intensiver. Ich trage ein großes Glücksgefühl in mir und sage auch noch »Dankeschön« zu dem Herrn da oben, dass er mir diese Liebe geschickt hat!

Das Abendessen in Auckland bleibt unvergessen! Langsam erwacht die Stadt zum nächtlichen Leben und es ist ein atemberaubender Blick, der sich uns bietet.

Wir machen viele Bilder, die ich am nächsten Morgen per Mail nach Hause sende.

Am nächsten Morgen werde ich durch die Sonne geweckt – 22 Grad, blauer Himmel!

Ist es denn zu fassen. Gestern war noch Winter angesagt und heute ist das herrlichste Sommerwetter.

Nichts wie raus aus den Federn und an den Strand. Ich möchte meine letzten Tage noch ausnutzen.

Voller Elan komme ich in die Küche – und stocke.

David, Ted und Lizzie haben mit Hausputz angefangen! Und das an einem Samstag!

Ich hadere mit mir. Soll ich helfen?

»Du kannst gern an den Strand gehen, wirklich«, wischt David meine Bedenken zu Seite.

»Aber ihr arbeitet und ich mache mir einen schönen Tag.«

»Ja, aber wir haben den Beach immer, du nur noch ein paar Tage.«

Irgendwie weiß ich nicht, was ich machen soll. Hier kommt wieder mein typisch deutsches Pflichtbewusstsein zu Tage.

Ja – Nein – Ja – Nein. Es ist grauenvoll. Ich kann mich nicht leiden, wenn ich mich nicht entscheiden kann.

Okay, Kompromiss Klara. Du hilfst bis mittags und gehst dann an den Strand.

Gesagt, getan. Und so stehe ich auf der Anrichte und putze Fenster mit Zeitungspapier!

Als auch noch die Küche blitzblank abgewischt ist, schnappe ich mir den Staubsauger.

David lacht schon, als ich mit dem Ding um die Ecke komme.

»Der hat es dir wirklich angetan, oder?«, fragt er mich.

»Ja, den finde ich klasse, hätte ich in Deutschland auch gern!«

Es ist nicht irgendein Staubsauger!

Man trägt ihn auf dem Rücken wie einen Rucksack, hat dadurch beide Hände frei und kann sich somit viel leichter bewegen.

»Du siehst aus wie Will Smith in dem Film ›Ghostbusters‹«, kreischt Lizzie durch das Haus und alle müssen lachen.

Die Zeit vergeht wie im Fluge und wir haben jede Menge Spaß. Irgendwie vergesse ich darüber auch den Strand und so kommt es, dass um 15:00 Uhr die Küche tipptopp ist und schon Davids Onkel und Tante nebst Tochter zu Besuch kommen.

David steht in der Küche und schneidet Unmengen an Ge-

müse. Er hat bei einem bestimmten Metzger Lamm gekauft und es soll heute ein traditionelles südafrikanisches
Barbecue geben. Das Gericht heißt »Pouki-Kos« und wird
zunächst auf dem Ofen und dann noch mal vier Stunden in
einem speziellen Topf auf dem Barbecue zubereitet.

Es duftet fantastisch.

Wir sitzen alle auf dem Balkon und genießen die Aussicht.

Das Meer glitzert in der Ferne und die warme Luft strei-
chelt unsere Haut.

Eisgekühlter Sauvignon Blanc erfrischt unsere Kehlen
und wir freuen uns alle auf das Essen.

Es ist ein bunter Mix der Kulturen und ich werde ein
bisschen wehmütig, wird mir doch bewusst, dass ich solche Zusammenkünfte in Zukunft nicht mehr allzu häufig
haben werde.

Meine letzten Tage habe ich bewusst »zu Hause« verbracht.
Ich bin viel spazieren gegangen, habe gekocht, meine Bewerbungen vorbereitet.

Gestern Abend hat mich David zum Essen ausgeführt.
Ich glaube, auch ihm ist wehmütig zumute. Ted ist eher ein
rationaler Typ, aber David wird mich richtig vermissen –
sagt er jedenfalls.

Seine Einladung habe ich dankend angenommen. Seren-
geti heißt das Lokal – und ist typisch afrikanisch.

Ich brauche ewig, bis ich die Speisekarte verstehe!

Aber das Essen ist ein Gedicht. Zum Dessert gibt es über-
backenes Eis. Über die Kalorien denken wir mal besser
nicht nach …

8. Juni.

Zum letzten Mal Paper Moon Bar!

Ich bin traurig, dankbar, glücklich und nachdenklich zur gleichen Zeit.

Meine letzten Tage sind wie im Flug vergangen.

Ich bin mit dem Bus nach Takapuna zum Friseur gefahren und habe meine großen Kisten gepackt.

Sämtliche Mitbringsel und meine Wintersachen habe ich verpackt und an Paul gesendet. 482 New Zealand Dollar habe ich dafür bezahlt!

Eigentlich wollte ich einen Teil dieses Geldes in ein dunkelblaues Seidennachthemd investieren, welches ich bei der Shopping-Tour mit Ted entdeckt habe.

Es ist mir zu teuer gewesen und innerlich habe ich mit mir einen Deal vereinbart.

Wenn ich eine Einladung zu einem Vorstellungsgespräch bekäme, dann würde ich mir diesen blauen Traum als Belohnung kaufen.

Doch dieser Traum ist nun ausgeträumt – adieu, Nachthemd, dich kann ich mir nun nicht mehr leisten.

Ganz davon abgesehen, dass ich noch keine Einladung zu einem Gespräch erhalten habe.

»Kann ja auch gar nicht!«, meldet sich mein Unterbewusstsein.

Vor zwei Tagen erst habe ich meine ersten Bewerbungen versendet. Fünf Stück an der Zahl. Alle im Bereich persönliche Assistenz. Nun checke ich jeden Tag meinen Mailaccount, aber bis dato noch nichts. Außer die Bestätigungen, dass jede Mail angekommen ist.

Ab dem ersten September benötige ich einen Job. Ich muss

meinen Umzug bezahlen können und eventuell auch einen Makler.

Bei einer Wohnung muss ich Kaution hinterlegen, eventuell eine Küche kaufen …

Mir wird ganz schlecht bei den Gedanken …

Dennoch sitze ich hier und bin auch voller Freude und Dankbarkeit.

Dankbar, dass alles so gut gegangen ist. Dankbar für eine wundervolle Zeit in diesem fantastischen Land. Dankbar für die Begegnung mit vielen wundervollen Menschen.

Ich bin ruhiger geworden. Man kann es auch leiser nennen.

In der Hotellerie geht es hektisch und zum Teil auch robuster zu.

Man benötigt Ellenbogen, um sich durchzusetzen.

Hier in Neuseeland habe ich gelernt, dass man auch mit leisen Tönen Gehör finden kann.

Ich lasse meinen Gedanken freien Lauf.

Acht Wochen habe ich nun am anderen Ende der Welt verbracht und ganz häufig hier in dieser Bucht, in dieser Bar gesessen. Meine ersten Tränen in Neuseeland habe ich hier vergossen.

Von jeder Seite her habe ich diese Bucht kennengelernt. Bei Sonnenschein, einfach am Beach gesessen. Bei aufgewühlter See gejoggt, oder so wie letzte Woche nach dem Friseurbesuch, nachdem ich einfach den ganzen Weg von Auckland am Meer zurückgelaufen bin!

Ich hatte natürlich nicht das richtige Schuhwerk an und

war hinterher total verschwitzt und k. o. (was meiner Erkältung bestimmt auch nicht gut getan hat).

Apropos Erkältung. Dank den »Drogen« bin ich doch wieder so fit geworden, dass ich mich für die Reise gerüstet fühle.

Die letzten beiden Tage waren angefüllt mit Dingen des Alltags. Wäsche waschen, bügeln, Koffer packen. Papiere checken, Flugdaten bestätigen lassen.

Ich habe mit Kerstin telefoniert, meiner Freundin aus der Schulzeit.

Wir unternehmen die Südamerikarundreise gemeinsam – ich bin froh, dass sie diese antreten kann.

Vor Wochen hatte sie einen Ermüdungsbruch am linken Fuß und muss deswegen noch die Krücken zur Unterstützung mitnehmen. Das kann ja heiter werden!

Richtig vorbereitet bin ich für den Trip noch nicht. Ich habe jede Menge Lesematerial dabei, doch wie schon so häufig, habe ich hier nur in den Tag hineingelebt und mich mit nichts beschäftigt!

Na ja, immerhin habe ich 17 Stunden Flugzeit bis L. A. vor mir. Da kann ich einiges lesen.

Ich bin gespannt, wie es mir ergehen wird, auf der nächsten Etappe meiner Reise.

Hier konnte ich schalten und walten wie ich wollte.

Ab Lima werde ich auf eine Reisegruppe treffen und mit denen 17 Tage unterwegs sein. Peru, Bolivien, Argentinien und Brasilien stehen auf dem Programm.

Ich freue mich darauf, habe auf der anderen Seite aber einen gehörigen Respekt davor.

Gestern waren David, Ted und ich hier in der Papermoon Bar und haben »Eggs Benedict« gegessen. Ein Gericht, das ich vorher noch nicht kannte.

Die Eier werden pochiert, dann kommen sie auf Toast und werden je nach Wahl mit Schinken, Speck oder Lachs serviert. Aber der Hammer ist die Sauce Béarnaise, die darüber gegossen wird! Man könnte auch sagen »Hüftgold« pur!

Aber ein Traum …

Ich hätte lange nicht gedacht, dass ich wieder über gemeinsame Essenserlebnisse ins Schwärmen komme.

Auch etwas, das ich vermissen werde. Einkaufen, Obst und Gemüse schneiden, gemeinsam kochen. Es hat mir so viel Spaß und Freude bereitet, obwohl es doch eigentlich diese banalen Dinge des Alltags sind!

Nie werde ich diese Küche mit dem Ausblick vergessen. Einen Teil meiner Seele habe ich hier wiedergefunden.

Aber nun muss ich mich beeilen. David und Ted wollen mit mir zum Abschied zu einem tollen italienischen Restaurant fahren.

Ich bezahle zum letzten Mal meinen Sauvignon Blanc und verabschiede mich von dem netten Servicepersonal.

»Kommst du wieder?«

»Ganz bestimmt – irgendwann. Und ich hoffe, nicht allein!«

»Alles Gute für dich.«

»Danke, für euch auch.«

Ich habe Tränen in den Augen und bin froh, dass für heute

noch ein gemeinsames Abendessen auf dem Programm steht.

Der Italiener ist wirklich der Hammer. In Deutschland gehören solche Restaurantbesuche für fast alle zum Alltag. Hier, auf der anderen Seite der Erdkugel, wo so vieles importiert werden muss, ist Mozzarella eine Delikatesse und eine wirklich gute Pizza eine Seltenheit.

Die beiden geben ein kleines Vermögen für mich aus und ich bin wirklich gerührt.

Wir lassen die vergangenen Wochen noch einmal Revue passieren. Und die beiden bestätigen mir, was ich im Kleinen auch schon wahrnehme.

Ich habe mich verändert. Meine Gesichtszüge sind weicher geworden, mein Blick ist offener und neugierig.

Ich habe mir ein paar Rundungen angegessen, dennoch passe ich in meine Klamotten!

Ich sehe weiblicher aus – und fühle mich auch so!

Es ist schon ein komisches Gefühl, mit meinen »beiden Männern« solche Themen zu besprechen. Aber sie haben mich mit meinen Gefühlsschwankungen nun auch acht Wochen erlebt!

Wir fahren nach Hause und setzen uns ein letztes Mal alle auf den Balkon.

Vor uns stehen die Gläser mit »42 Below«. Ich habe drei Flaschen in die Boxen nach Deutschland gepackt!!!

In der Hand glimmt ein Zigarillo – und ich werde wehmütig.

»Wie stellst du dir ein Leben in Deutschland nach deiner Rückkehr vor?«, fragt mich Ted.

»Auf jeden Fall anders als vorher …«

»Wie anders?«, höre ich die Stimme von David.

»Na ja. Ich denke, ich bin sehr viel offener und neugieriger geworden. Ich möchte auf alle Fälle in einer größeren Stadt wohnen, die mehr bietet. Ich hoffe, dass ich schnell einen Job finde – und ich möchte gern in der Region Rheinland, Ruhrgebiet oder Bonn/Aachen mich ansiedeln. Frankfurt oder Dortmund geht auch noch. Auf alle Fälle eine Distanz, die Paul und ich an einem Wochenende zurücklegen können.«

»Möchtest du mit ihm zusammenziehen?« Noch mal David.

»Nö, eigentlich nicht – fürs Erste.«

»Warum nicht?«, fragt Ted.

»Ich denke nicht, dass das gut wäre. Ich muss mich erst mal satteln. Paul ist gerade mit Julia zusammengezogen. In diese Gemeinschaft möchte ich nicht hineinplatzen – und es wäre bestimmt auch nicht gut! Ich bin keine Ersatzmama und auch keine gute Freundin! Ich bin Klara – nicht mehr, aber auch nicht weniger!

Außerdem bin ich nun gerade so weit, dass ich mein Leben allein meistern kann. Da möchte ich nicht gleich wieder ein gemeinsames Nest mit jemandem zusammen haben.«

»Aber Paul ist nicht irgendjemand«, so David.

»Und ich denke, du liebst ihn.« Ted.

»Ja, das stimmt alles. Dennoch muss ich meinen Weg erst einmal allein gehen.«

Ich bin selbst verwundert, dass ich so konsequent meine Meinung zu dem Thema äußere.

Aber es stimmt. Ich liebe Paul und kann mir auch eine gemeinsame Zukunft vorstellen. Aber meine persönliche Freiheit möchte ich nicht aufgeben.

Ich bin neugierig auf das Leben und möchte es in vollen Zügen genießen – mit Paul. Aber in einer eigenen Wohnung!

Es ist spät geworden. Für David und Ted ist morgen Alltag.

Ted muss ganz früh raus und so verabschieden wir uns heute Abend schon.

»Goodbye, take care. Es war schön mit dir.«

»Ciao, Ted. Danke für alles. Ich war so gern hier bei euch!«

Wir liegen uns in den Armen und drücken uns ganz fest – dann ist er nach unten verschwunden.

Ein letztes Mal spüle ich die Gläser und räume die Flasche Wodka weg. Einige davon haben wir in den vergangenen acht Wochen geleert. Generell haben wir viel Alkohol getrunken. Vielleicht gehört es zu meiner Entspannung dazu!

Ich sage »gute Nacht« zu David und schlafe zum letzten Mal in Neuseeland ein.

Vorher skype ich noch mit Paul.

Es wird für längere Zeit das letzte Mal in so entspannter Atmosphäre sein, mit so viel Zeit und Ruhe.

»Pass auf dich auf, mein Schatz. Ich wünsche dir einen guten Flug nach L. A. und sende dir einen dicken Knutscher.«

»Den schicke ich dir auch nach Düsseldorf – was gibt es Neues?«

»Tim hat seine Bachelor-Arbeit mit 2,1 bestanden!«

»Wow, herzlichen Glückwunsch, du stolzer Papa.«

»Und mein neues Auto ist angekommen! A5 Cabrio, mit dem werde ich dich in Frankfurt abholen.«

»Ich freue mich darauf …«

»Ich mich auch, mein Schatz. Aber nun genieße erst mal die nächste Etappe deiner Reise. Freust du dich auf Kerstin?«

»Ja, das tue ich. Aber ich bin auch gespannt, wie ich das Eingebundensein in eine Gruppe so hinbekomme. Erst jetzt wird mir so richtig bewusst, dass ich hier den ganzen Tag tun und lassen konnte, was ich wollte. Ich musste mich eigentlich nach niemandem richten und das habe ich sehr genossen. Ich weiß, dass das absoluter Luxus ist und dass auch solch eine Zeit einmal zu Ende geht.«

»Das stimmt und es wird die ersten ein oder zwei Tage vielleicht nicht so ganz einfach werden, aber durch das Programm und die vielen neuen Eindrücke wirst du dich schnell daran gewöhnen.«

»Ich hoffe es, mein Schatz. Ich hab' dich lieb und vermisse dich.«

»Ich dich auch …«

Ich werde früh wach und schaffe es noch, David im Schlafanzug zu verabschieden.

»Take care, pass auf dich auf.«

»Du auf dich auch und melde dich, wenn du in Europa einen Marathon läufst. Egal wo ich wohne, du bist immer herzlich willkommen.«

Und wieder fließen Tränen.

Schnell duschen, Bettwäsche abziehen und die restlichen Sachen in den Koffer packen.

Waschmaschine bestücken, ein letztes Müsli in »meiner« Küche.

Ich bin gut in meinem Zeitplan und so schaffe ich es, noch einmal den Berg hinunter zu laufen und an meiner geliebten Mairangi Bay zu stehen.

Goodbye, New Zealand!

Wieder zu Hause ist zu meiner Überraschung David da! Er hat heute früher die Arbeit beendet, möchte mit Wayne noch einen Run am Meer machen und hat so die Gelegenheit, mir noch einmal Lebewohl zu sagen.

Ich bin total gerührt und drücke ihn ganz fest – und dann ist er weg.

Ich mache noch einen Rundgang durchs Haus, schaue nach, ob alle Fenster geschlossen sind und nehme den Schlüssel von meinem Schlüsselband.

Ganz vorsichtig lege ich ihn in die Küche auf die Anrichte. So war es ausgemacht.

Es ist ein eigenartiges Gefühl für mich. Ich weiß genau, dass ein winziger Teil meiner Seele hier bleibt.

Christoph kommt pünktlich mit seiner Großfamilie. Nur Tom fehlt, er hat ein wichtiges Soccer-Spiel!

Wir haben Mühe, mein Gepäck unterzubringen, doch nach einigem Hin und Her ist alles verstaut.

Es ist nicht so viel Verkehr und wir sind pünktlich am Flughafen. Es bleibt noch Zeit, mit allen eine Kleinigkeit zu essen. Viel bekomme ich nicht herunter, meine Kehle ist irgendwie zu eng.

Und dann heißt es auch hier auf Wiedersehen sagen.

Tja, aber was und wann bedeutet Wiedersehen?

Neuseeland ist ja bekanntlich nicht um die Ecke!

Aber ich will auf jeden Fall wiederkommen. Ich möchte dieses Fleckchen Erde mit Paul bereisen und ihm all die schönen Orte zeigen, an denen ich war.

Auf alle Fälle möchte ich die Südinsel mit ihm erkunden.

Aber dies liegt noch in weiter Ferne.

»Mach's gut, halte die Ohren steif!«

»Auf Wiedersehen – und vielen Dank für alles. Ich hab euch lieb, alle miteinander!«

Es ist ein wildes Umarmen, begleitet mit Beteuerungen, dass wir uns auf alle Fälle wiedersehen wollen.

Ein letztes Mal Winken, dann gehe ich durch die Sicherheitskontrolle.

Ich muss noch immer kräftig schlucken, aber es ist kein Vergleich zu meiner Ankunft.

Ich bin gefestigter und neugierig, was mich erwartet.

Hallo L. A. – ich komme!

UNTERWEGS Teil 2

Es ist bitterkalt im Flugzeug – ich friere. Oder ist es die Neugier gepaart mit ein bisschen Angst, was mich erwartet?

Neun Wochen habe ich einfach in den Tag hineingelebt und musste mich eigentlich nur nach mir richten. Nun werde ich eingebunden sein in eine Gruppe; der Zeitplan ist straff organisiert.

Als Kerstin mir angedeutet hat, dass sie mich auf meiner Südamerika-Reise gern begleiten würde, habe ich das für eine sehr gute Idee gehalten und mich riesig darüber gefreut.

Doch nun überkommen mich Zweifel.

Wir sind schon Ewigkeiten befreundet; schon vor dem Abitur haben wir jede Menge gemeinsam unternommen. Danach haben sich unsere Lebenswege unterschiedlich entwickelt, aber die Freundschaft ist geblieben.

In den letzten Monaten vor meiner Reise haben wir wenig Kontakt gehabt. Manchmal denke ich, sie ist mit meiner Situation überfordert. Oder sind meine Ansprüche zu hoch?

Nun hat sie sich auch noch einen Ermüdungsbruch am Fuß zugezogen! Keine Ahnung, wie sie die dreiwöchige Rundreise bewerkstelligen will – wohl immer noch an Krücken!

Bin ich zu egoistisch? Möchte ich mich nicht um sie kümmern?

Nein, das ist es nicht. Dennoch merke ich, wie mich zum Teil die Unbeschwertheit verlässt, die ich mir doch so mühsam erkämpft habe.

Ich habe genügend Platz – die beiden Sitze neben mir sind leer –, und so mache ich es mir mit meinem rosafarbenen Plaid gemütlich. Es gibt Hühnchen mit Reis, was auch noch akzeptabel schmeckt und so falle ich in einen Dämmerschlaf, um den 9. Juni gleich noch einmal zu erleben.

Ja, es stimmt, das Jahr 2011 hat 366 Tage für mich, obwohl es kein Schaltjahr ist.

Der Flug war angenehm und wir landen pünktlich. Aber dann – elendig langes Warten an der Passkontrolle. Amerika lässt grüßen!

Fingerabdruck, Gesichtsscreening, alles neu für mich. Aber mein Gepäck ist da und so komme ich sehr schnell mit dem Shuttlebus zum Hotel.

Die Lady an der Rezeption kann gar nicht verstehen, dass ich nicht shoppen gehen möchte. Aber nach einigen Erklärungen hat sie verstanden, dass ich lieber an den Strand möchte, und so sitze ich etwas später in einem wunderschönen, alten ehemaligen Schulbus, der mich zum Meer bringt.

Alles ist hier größer, breiter, XXL-Format – typisch Amerika. Am Strand stehen die großen Pickups. Davor sitzen die Amerikaner auf Klappstühlen, trinken Bier und grillen. Wie angenehm ruhig und beschaulich war es doch in Neuseeland!

Ich schlendere die Strandpromenade rauf und runter, beobachte die Wellenreiter und blicke auf futuristische Villen direkt am Meer. Ein neues Land, neue Eindrücke.

Ich habe Hunger.

Unweit des Strandes finde ich eine gut besuchte Sportsbar. Neun Flatscreens hängen an der Wand, das Finale der Basketballmeisterschaften wird übertragen – und in der Bar versteht man sein eigenes Wort nicht …

Alle schreien und gestikulieren wild umher, jeder ein Bier vor sich.

So habe ich mir eine Bar vorgestellt!

»Sorry, mindestens 45 Minuten Wartezeit, bis ein Tisch frei wird«, teilt mir die nette Bedienung mit. »Aber wenn du willst, kannst du hier vorne im Bereich stehen bleiben und das Spiel verfolgen.«

»Klasse, vielen Dank.«

»Was willst du trinken?«

»Ein einheimisches Bier.«

Und so stehe ich mit vielen anderen zusammen, ein Bier in der Hand, und schaue auf die Bildschirme.

Da ich vom Spiel nicht viel verstehe, macht es mir nach kurzer Zeit sehr viel mehr Spaß, die anderen Gäste zu beobachten.

Einige sind Touristen, so wie ich. Aber viele haben sich hier auch mir Freunden verabredet, um das Finale zu sehen.

Es herrscht ein ungeheurer Geräuschpegel. Die einzelnen Spielzüge werden lautstark kommentiert, zwischendurch werden Unmengen an Burgern und Pommes verdrückt!

Ich habe mir einen Salat bestellt. Nach der Völlerei in Neuseeland möchte ich zwar weiterhin regelmäßig essen, aber dennoch sehr bewusst.

Ich habe einen kleinen Tisch mittendrin, kann aber dennoch nach draußen sehen und das Meer beobachten. Ich freue mich, dass es mir gut geht, hole mein schwarzes Buch heraus und beginne zu schreiben.
Andere Länder, andere Sitten, aber gleiches Ritual!!

Gesättigt und irgendwann der Lautstärke müde, fahre ich mit dem historischen Bus wieder zurück zum Hotel.
Ich versuche Paul per Skype zu erreichen und habe Glück!
Es tut gut, ihn zu sehen und zu hören. Er ist ganz verstrubbelt vom Schlaf und mich überkommt eine große Sehnsucht …

Leider habe ich auch eine Mail in meinem Account – eine Absage auf eine meiner Bewerbungen!
Es haut mich total um. Ich sitze auf meinem Bett und weine.
Was hatte ich erwartet? Dass sich alle sofort um mich reißen würden? Dass ich bei den ersten Bewerbungen gleich Einladungen erhalten würde?
JA, verdammt noch mal, das hatte ich geglaubt, gehofft, gewünscht – erwartet!

Das Leben ist keine Pralinenschachtel – da war sie nun wieder, die nackte Realität.

Unruhig wälze ich mich im Bett hin und her und kann nicht schlafen. Schon nach 0:00 Uhr, um 4:00 Uhr muss ich aufstehen … Ich stelle mir zur Vorsicht noch den Radiowecker …

Mir ist warm, doch mit Klimaanlage zieht es mir zu sehr.

Ich kann mich selbst nicht leiden, wenn ich in solch einer Stimmung bin!

… feel your body … feel your soul … only yourself are important!

Irgendwann fallen mir dann doch die Augen zu. Zum Glück höre ich den Wecker bei dem ersten Klingeln und springe aus dem Bett.

Zu Hause ist nun Freitagnachmittag. Ich checke noch mal meinen Mailaccount und bin irgendwie beruhigt, dass keine weitere Absage gekommen ist.

Na, das wird ja eine tolle Zeit werden, wenn ich jedes Mal voller Angst bin, wenn ich den Laptop anschalte …

Der Flughafenbus bringt mich pünktlich zum Gate und somit endet mein erster Aufenthalt in den USA.

Nach einem ruhigen Flug lande ich pünktlich spätabends in Lima.

Willkommen Südamerika!

Es dauert ewig, bis das Gepäck kommt. Ich bin schon total nervös und male mir aus, wie es ist, wenn ich hier irgendwo einkaufen gehen muss.

Doch endlich sehe ich meine schwarzen Koffer mit dem gelben Reißverschluss auf dem Kofferband.

Dieses Erkennungszeichnen sollte mir noch große Dienste erweisen.

Schnell tausche ich noch etwas Geld und halte Ausschau nach einem Taxifahrer.

Meine gute Bekannte im Reisebüro hat mir eingebläut, dass ich nur bei einem registrierten Fahrer einsteigen sollte, der einen Ausweis der Stadt mit Passbild um den Hals trägt.

Die Kriminalität ist sehr hoch und als Frau allein sollte man doppelt aufpassen.

Ich erblicke einen Fahrer, nenne ihm die Adresse und vereinbare den Preis. Und ab geht es durch das nächtliche Lima.

Für mich dauert die Fahrt ewig. Doch endlich kommt das Regierungsviertel in Sicht. Unser Hotel liegt eingebettet zwischen Regierungsgebäuden und ist auch mit an deren Sicherheitssystem angebunden. Überall hohe Zäune und Soldaten, die Patrouille laufen.

Auf der einen Seite überkommt mich ein Gefühl der Sicherheit, auf der anderen Seite wird mir der krasse Gegensatz zu Neuseeland wieder einmal deutlich vor Augen geführt.

Was war es doch beschaulich und friedlich auf diesen beiden Inseln!

00:12 Uhr, endlich im Hotel angekommen.

Kerstin ist noch wach. Das Wiedersehen ist herzlich; wir quatschen bis um 3:00 Uhr.

Ich übergebe ihr mein Mitbringsel aus Neuseeland, einen

Anhänger aus Jade. Umgekehrt hat sie mein Geburtstags-
geschenk dabei – ein Energiearmband.

Es ist noch nicht die alte Vertrautheit, die sich eingestellt
hat, aber ein guter Anfang. Sie humpelt immer noch,
braucht aber nur für weitere Strecken die Krücken. Feste
Schuhe sind ein Muss, sind aber für unsere Tour sowieso
von Nöten.

Kerstin hat die Reisetruppe am Nachmittag bei der ersten Gruppenbesprechung bereits kennengelernt. Für mich
heißt es nun, beim Frühstück Hallo zu sagen zu 23 Reisen-
den, die Südamerika erkunden möchten.
    Auf den ersten Blick scheinen alle ganz nett zu sein – nun
ja, wir werden sehen.

Wir starten zur Stadtrundfahrt. Adriana, unsere Reiseleiterin, kommt gebürtig aus Peru, hat aber lange in Deutschland gelebt. Die Verständigung ist klasse, sie kann gut erzählen und hat eine melodiöse Stimme. Aber Lima gefällt
mir überhaupt nicht.
    Die Stadt hat 12 Millionen Einwohner, aber nur ein ganz
kleines Zentrum. Es herrscht nicht das beste Wetter, wir
haben Seenebel – und es stinkt überall nach Algen!

Den Nachmittag haben wir zur freien Verfügung und Kerstin und ich gehen an den Strand. Bei Sonnenschein sieht es
hier bestimmt toll aus!
    Wir machen Fotos mit den Füßen im Atlantik.
    »Wir müssen unbedingt vermerken, dass dies Lima ist
und nicht eine deutsche Nordseeküste bei schlechtem Wet-

ter«, witzelt Kerstin, bevor wir uns in eine Bar setzen, um uns aufzuwärmen!

Das Laufen am Strand hat Kerstin angestrengt. Sie sieht müde und abgekämpft aus.

»Wie geht es dir? Meinst du, du bist den Strapazen der Reise gewachsen?«

»Ich denke schon – aber habe ich denn eine andere Wahl?«

»Du hättest absagen können.«

»Wäre dir das lieber gewesen?«

»Spinnst du? Aber ich hätte Verständnis dafür gehabt. Was nicht geht, geht eben nicht!«

»Du machst es dir ganz schön einfach«, herrscht Kerstin mich an – und dann beginnt sie zu weinen.

Das habe ich nicht gewollt. Ich nehme sie in den Arm.

»Ich habe mich so auf diese Reise gefreut«, höre ich sie flüstern. »Es gibt doch nicht so viel in meinem Leben, was Spaß macht.«

»Stimmt, aber da sind wir wieder bei einem Thema angelangt, was wir schon häufiger diskutiert haben. Du kannst nicht immer nur arbeiten und am Wochenende auf den Ski stehen. So kannst du dir keinen Freundeskreis aufbauen und bleibst allein.«

Harte Worte, doch ich habe den Mut, sie auszusprechen

Kerstin hat einen super Job in der Automobilindustrie. Sie verdient gutes Geld, ist unabhängig – leider aktuell wieder mal ohne Partner!

Irgendwie klappt das bei ihr nicht. Manchmal denke ich, sie überfordert das andere Geschlecht.

Ob ich ihr das klarmachen kann?

»Du hast solch eine schöne Stimme, spielst Klavier und liebst Musik. Warum meldest du dich nicht in einem Chor an? Wenn ich so toll singen könnte, dann wäre ich schon Mitglied in einem Gospelchor.«

»Bloß nicht, du kannst ja noch nicht mal einen Ton halten!«

1:0 für sie. Weihnachten schmunzelt die ganze Kirchenbank, wenn ich »Oh du fröhliche« mitsinge – und so entschärfen meine misslungenen Gesangskünste ein wenig die Situation.

Dennoch wird mir sehr deutlich, dass von unserer früheren Unbeschwertheit und dem blinden Verstehen aktuell nicht ganz so viel übrig ist.

Wird uns die Reise einander wieder näher bringen? Ich hoffe es sehr, immerhin verbinden uns viele Jahre Freundschaft.

Wir kaufen noch schnell Wasser im Supermarkt zum Zähneputzen. Dieses Ritual wird uns auf der gesamten Rundreise begleiten.

Das Wasser aus dem Hahn ist so schlecht aufbereitet, dass man es immer erst abkochen muss!

Todmüde kommen wir im Hotel an, dabei ist es erst 19:00 Uhr.

Ich merke die Zeitverschiebung, bin gereizt und will mich nur noch ausruhen.

Kerstin ist auch platt und so beschließen wir zu relaxen.

Mein Laptop ist aufgeladen und so checke ich Mails.
Meine Freundinnen haben sich gemeldet und mir alles
Gute für den zweiten großen Abschnitt meines Trips ge-
wünscht.

Auch von Paul ist eine liebevolle Mail dabei – ich bin
glücklich.

Und dann das …

»Sehr geehrte Frau Fritsch-Schukovia, leider müssen wir
Ihnen für die Position Assistenz der Geschäftsführung eine
Absage erteilen.«

Ich bin wie vor den Kopf geschlagen. Die zweite Absage.

Ich flüchte ins Bad unter die Dusche. Alles dreht sich, ich
fühle mich leer und erschöpft. Die Tränen laufen mir wie
Sturzbäche die Wangen hinunter – oder ist es das Dusch-
wasser?

Ich habe eine tolle Reise vor mir und kann nur das eine
denken: Ich brauche einen Job, ich bin pleite!

Mein Blick wandert nach oben.

»Du hast es mir versprochen, ich bekomme einen Job!
Wieso schon wieder eine Absage?«

»Du brauchst Geduld …«

»Geduld, Geduld, ich will doch nur ein normales Leben.
Ist das zu viel verlangt?«

»Du musst an dich glauben!«

»Aber das tue ich doch. Auch wenn es schwerfällt.«

»Warum fällt es dir schwer? Du hast so viele Fähigkeiten. Es wird sich eine Möglichkeit ergeben.«

Werde ich verrückt? Bin ich durch den Jetlag so durcheinander, dass ich in Lima unter der Dusche stehe und mit den Fliesen spreche?

Bin ich spirituell geworden? Ich, die Nüchterne, für die das Wort Bauchgefühl im Alphabet unter B, aber niemals in ihrem Leben vorkam?

Ich schleiche mich ins Bett. Kerstin ist schon am Einschlafen und so krieche ich unter die Bettdecke und fühle mich einsam.

Ich bin so in meinem Kokon gefangen, dass ich nicht mit ihr sprechen kann.

Es wäre ein Leichtes, ihr von meinen Sorgen zu erzählen, aber ich bin wie blockiert.

Paul hat mir ein dunkelblaues Sweatshirt mit auf Reisen gegeben. Einen Tag, bevor ich in den Flieger in Frankfurt gestiegen bin, hat er es noch getragen und ich habe seinen Geruch mit auf meinen Trip genommen.

Mittlerweile ist es mehrmals gewaschen, doch wenn ich es im Arm halte, dann fühle ich mich ihm sehr nah.

Und so vergrabe ich mein Gesicht in dem blauen Stoff und stelle mir vor, er nimmt mich in den Arm und tröstet mich.

Paul – meine große Liebe!

Wenn ich an ihn denke, dann überkommt mich ein Gefühl von Glück, aber auch von Ruhe und Sicherheit.

Er ist wie ein Fels in der Brandung, ein Garant.

Ich bin unendlich dankbar, dass wir uns gefunden haben und hoffe, dass unsere Liebe Bestand hat.

Jeden Tag bete ich, dass seine Kinder es positiv aufnehmen, dass sich ihr Vater neu verliebt hat.

Die Vorstellung, dass sie etwas gegen mich haben könnten, nagt an mir.

Während meiner Rundreise muss er mit ihnen sprechen. Danach sind es nur noch 10 Tage und ich bin zurück.

Er hat es versprochen, also wird er es in die Tat umsetzen, da bin ich mir sicher.

Seine E-Mails geben mir große Kraft.

>>*Guten Morgen, mein geliebter Schatz …*
Ich muss dir was gestehen … Ich bin total verliebt in dich, habe Sehnsucht … würde dich am liebsten jetzt ganz fest in meine Arme nehmen, dich küssen … lieben, spüren … Ich vermisse dich. Es tut unheimlich gut, dich via Skype zu sehen und mit dir zu reden … das reduziert die Sehnsucht deutlich auf nur noch 99,875 % … 100 % könnte ich nicht aushalten …
Dein Paul<<

Ganz früh reißt uns der Wecker aus dem Schlaf, Abflug nach Cusco.

Am Flughafen muss ich ewig diskutieren. Angeblich darf ich nach Landesbestimmungen nicht so viel Gepäck mitnehmen.

Unsere Reiseleitung schaltet sich ein, Geldscheine wechseln den Besitzer und plötzlich ist alles ganz einfach!

Die Landung ist ein Abenteuer. Vor nicht allzu langer Zeit lag der Flughafen noch außerhalb der Stadt. Diese ist in den vergangen Jahren aber rasant gewachsen, sodass man nun das Gefühl hat, mitten in einer Wohnsiedlung zu landen!

Angeblich braucht der Pilot eine extra Ausbildung, um den Flughafen ansteuern zu dürfen.

Es ist heiß – und die Luft extrem dünn, 3.200 Meter Höhe.

»Bitte bewegt euch langsam. Wenn ihr eure Schuhe binden müsst, dann geht bitte in die Hocke, nicht nach vorne überbeugen!«

Maria, unsere neue Reiseleiterin, gibt erste Anweisungen.

»21, 22, 23 – alle an Bord, Abfahrt.« Maria hat uns alle im Griff.

Mit einem Bus schaukeln wir durch die Landschaft – grandiose Bilder tun sich vor uns auf.

Welch eine Weite, welch ein Licht. Man hat das Gefühl, die Luft ist wie Seide.

Eine vollkommen neue Welt.

Unser Ziel ist das Urubamba-Tal. Unser Weg führt uns über

schmale Gebirgsstraßen, 3.800 Meter über dem Meeresspiegel.

Wenn wir aussteigen, um Fotos zu machen, bin ich zum Teil recht wacklig auf den Beinen!

Die dünne Luft macht mir zu schaffen.

Ich bewundere Kerstin, die mit ihren Krücken wie eine kleine Bergziege überall herumhumpelt!

Wir übernachten in einem Kloster! Die Zimmer sind ehemalige Mönchszellen, sauber, aber eiskalt!

»Wir brauchen einen Heizofen, sonst sind wir morgen krank.« Sogar Kerstin ist am Schnattern.

»Ich gehe zur Rezeption …«

Dort treffe ich auf die Hälfte der Truppe, allen ist erbärmlich kalt.

Nach langem Hin und Her ergattere ich endlich ein kleines Heizöfchen und trage stolz meine Beute ins Zimmer.

Höchste Stufe – ganz langsam beginnt der Heater zu arbeiten und wir können ein mildes Luftströmchen spüren.

»Na toll, damit wird ja noch nicht einmal eine Hundehütte warm! Wie soll das denn mit dieser Klosterzelle funktionieren?«

»Wir lassen ihn durchlaufen und gehen nun erst mal zum Essen«, meint Kerstin.

»Wir brauchen auch noch Wasser zum Zähneputzen.«

Gesagt, getan.

Nachdem wir in einem halbzerfallenen Schuppen Wasser gekauft und noch ein wenig die Umgebung erkundet haben, treffen wir die restliche Truppe im Foyer und setzen uns gemeinsam mit Ruana und Sigrid an einen Tisch.

Die beiden machen einen sympathischen Eindruck.

Sigrid kommt aus Stuttgart und arbeitet für eine Versicherung. Sie ist schon ein alter Hase, was Rundreisen anbelangt. Hat sich schon die halbe Welt auf diese Weise angesehen.

Ruana kommt aus Berlin; das hört man bei jedem Satz. Sie arbeitet für eine Bank, ist aktuell unzufrieden in ihrem Job, lässt sich dadurch aber nicht ihre gute Laune verderben.

Wir vier kommen ins Plaudern und so vergeht der Abend bei Hühnchen mit Couscous aus Quinoa wie im Flug.

Zurück in unserer Zelle schlägt uns die Kälte entgegen. Viel gebracht hat der Ofen nicht.

Wir beschließen, in Skiunterwäsche zu schlafen, und ich will gerade ins Bett sinken, als ich die große, schwarze Spinne auf meinem Bettlaken entdecke!

Ich schreie so laut ich kann und erlege dieses Monster mit meinem Hausschuh – mit der Konsequenz, dass ich nun einen riesigen Fleck auf dem frischen Laken habe!

Kerstin laufen vor Lachen die Tränen über die Wangen.

»Was veranstaltest du denn für einen Zirkus?«, prustet sie los.

»Du weißt doch, dass ich Angst vor Spinnen habe!«

»Aber die war doch ganz harmlos.«

»Harmlos? Die war riesig, die war mega riesig!«

»Und was willst du nun mit dem Fleck im Bett machen?«

»Keine Ahnung, ich werde ein Handtuch darüber legen …«

Aber das ist nass und so liege ich wenig später nicht nur in einem kalten, sondern auch noch feuchten Bett!

Nun, egal, wir müssen schlafen. Der Wecker steht auf 4:30 Uhr.

Ich werde wach. Auf den Leuchtziffern kann ich erkennen, dass es erst 1:27 Uhr ist.

Mir ist warm! Und ich habe rasende Kopfschmerzen.

Kommt das von der dünnen Luft – oder von meinem Gedankenkarussell?

Kein Job – kein Geld – wovon soll ich eine Wohnung bezahlen – auf gar keinen Fall will ich zum Arbeitsamt gehen.

Kerstin hat eine kleine Wohnung auf Sylt. Sylt ist bekannt für seine Gastronomie. Durch Beziehung würde ich bestimmt einen Job bekommen und könnte fürs Erste auch in ihrer Wohnung wohnen.

Dies wäre Plan B – aber Sylt ist ganz oben im Norden und die Arbeitszeiten in der Gastronomie sind hart – nicht gerade sehr verträglich mit einer gerade erwachten Beziehung in Düsseldorf!

Ich muss schlafen, der morgige Tag wird anstrengend. Ich nehme ein Aspirin und falle für anderthalb Stunden in eine Art Dämmerschlaf.

4:30 Uhr, erbarmungslos klingeln der Wecker und das Handy.

Die Morgentoilette geht schnell über die Bühne, zu kalt ist es im Bad und Zimmer.

Es bleiben mir ein paar Minuten. Schnell mache ich den Laptop an und – Paul ist online!

Die Kamera funktioniert zwar nicht, egal, wir können uns wenigstens hören.

Ich vermisse ihn so sehr …

Es bleibt keine Zeit für ein langes Gespräch, aber es tut so gut, seinen Worten zu lauschen.

Am Frühstückstisch warten schon Sigrid und Ruana, beide haben geschlafen wie die Murmeltiere, wie sie glaubhaft versichern.

Wir stärken uns und dann geht es los.

Halbe Stunde mit dem Bus zur Bahnstation, dann folgt eine anderthalbstündige Bahnfahrt durch ein breites Tal, dann weiter 20 Minuten mit dem Bus.

Aber dann sind wir da! Alle Mühen haben sich gelohnt. Die Sonne scheint, keine Wolke weit und breit, der Himmel ist blau, wir haben das herrlichste Wetter für Machu Picchu!

Unsere Führung dauert zweieinhalb Stunden und wir kommen aus dem Staunen nicht mehr heraus.

Wie konnten die Inkas vor tausenden von Jahren nur so etwas bauen? Und in dieser Höhe!

Es ist grandios. Die ganze Gruppe lauscht andächtig den Ausführungen unserer Guides.

»Die Region freut sich natürlich, dass so viele Touristen

hierherkommen«, erzählt er uns, »aber dies hat auch seine Schattenseiten. Aktuell können sie sich hier vollkommen frei bewegen. Forscher haben aber herausgefunden, dass dies für die Gesteinsmassen nicht förderlich ist! Wir befinden uns in einem Weltkulturerbe und es kann sein, dass man auf lange Sicht hin gesehen nur noch von bestimmten Punkten auf die Anlage schauen darf ...«

Ja, so ist das. Die Geister, die man rief. Der Tourismus ist wichtig für die ansonsten doch eher arme Bevölkerung. Eine Einkommensquelle, die nicht versiegen sollte. Allerdings muss man auch auf die Natur achten.

So egoistisch es klingen mag, wir alle freuen uns, dass es uns möglich ist, hier zu stehen und die warmen Sonnenstrahlen zu genießen.
Auch das erfahren wir: Der Machu Picchu ist nur an ca. 25 Tagen im Jahr wolkenfrei!

Wir haben noch eine Stunde zur freien Verfügung.
Kerstin und ich wollen die Zeit nutzen.
»Im Sonnentempel können Sie für Kraft und Energie beten«, erklärt unser Führer uns und so machen wir uns auf den kurzen Weg dahin.
»Schaffst du das noch dorthin?« Kerstin läuft ohne Krücken und das schon die gesamte Führung.
»Ja klar, geht schon. Ich will da unbedingt hin.«

Eigentlich ist es nur noch ein Steinhaufen, der davon übrig ist, aber es ist überliefert, dass an dieser Stelle der Sonnentempel gestanden hat.

Kerstin und ich stehen ganz andächtig beieinander, jede in ihre Gedanken versunken.

Gebetsmühlenartig wiederhole ich meine Wünsche: Ich brauche einen Job, am besten im Rheinland … ich brauche das Geld …
Ich kann mich selbst schon bald nicht mehr hören!

Die restliche Zeit sitzen wir im Gras und genießen einfach den Ausblick, halb erschlagen von den ganzen Informationen, die wir während der Führung erhalten haben und auch von dem Ausmaß der Anlage – und dem Ausblick!

Es ist wirklich genau so wie auf den kitschigen Postkarten!

… I feel my body … and my soul!

Total beseelt fahren wir mit dem Bus die kurvige Strecke wieder zurück, auch dies ein Erlebnis für sich!
Unten angekommen trinken wir mit Sigrid und Ruana noch einen Kaffee und schon geht es wieder mit der Bahn zurück.

Einige schlafen, andere wiederum tauschen ihre Erlebnisse aus.
Kerstin unterhält sich mit einem jungen Mann aus unserer Gruppe. Er hat sein Abi gemacht und von seinen Eltern diese Reise geschenkt bekommen.
Und worüber unterhalten sie sich – über Kerstins Arbeitgeber!

Keine Ahnung warum, aber ich bin fassungslos! Wir befinden uns in Peru, haben ein Wunderwerk gesehen und sie spricht über die Arbeit. Sie ist ganz in ihrem Element. Ich kenne das bei ihr, dann kennt sie nichts anderes mehr!

Ich schaue aus dem Fenster und hänge meinen Gedanken nach.

Warum regt mich ihr Verhalten so auf? Bin ich neidisch auf ihren Job? Kann ich nicht mehr gönnen? Ich habe doch nun wahrhaftig keinen Grund, eifersüchtig zu sein, nur weil sie mit beiden Beinen fest im Berufsleben steht.

»Wie sieht es aus, wollen wir alle zusammen eine Pizza bestellen?«, fragt Ruana in die Runde, als ob sie mitten in Berlin wäre und der nächste Italiener direkt um die Ecke.

»Wo willst du hier denn eine Pizza herkriegen?«

»Steht hier auf dem Infozettel, der an der Rezeption lag.«

»Klingt nicht schlecht«, meint unser Abiturient, »meine Eltern sind bestimmt auch mit dabei.«

Kerstin ist sowieso dafür und so bestellen wir für sieben Personen Pizza – und sind alle gespannt, was uns hier im tiefsten Peru erwartet.

Und dann sind wir überrascht. Der Teig ist vielleicht etwas dick, aber knusprig gebacken. Die Salami und der Schinken schmecken ausgezeichnet, auch wenn wir nicht herausfinden, von welchem Tier sie stammen.

Wir sitzen alle zusammen um einen großen Couchtisch zusammen, na ja, eigentlich lümmeln wir mehr.

Es ist eine entspannte und heitere Atmosphäre. Alle sind

irgendwie k.o., voll von Eindrücken, doch keiner kann einfach auf sein Zimmer gehen und schlafen.

Obwohl wir hundemüde sind, bestellen wir eine Runde Pisco Sour nach der anderen, und immer wieder fallen Sätze, die mit »unglaublich«, »einzigartig« oder »phänomenal« beginnen.

Uns allen ist bewusst, welch ein großartiges Meisterwerk der Natur wir heute gesehen haben und wie viel Glück wir mit dem Wetter hatten.

»Wir sitzen hier wie die Hühner auf der Stange«, witzelt Sigrid.

»Und unser Gegacker ist mindestens genauso laut«, gibt Ruana ihren Senf dazu.

Wir sind zurück in Cusco.

Den heutigen Tag haben wir im Bus verbracht. Nachdem wir die Festungsanlage Ollantaytambo besichtigt und uns mit Maisbier gestärkt hatten – was überhaupt nicht mein Ding ist –, sind wir über den Markt von Písac geschlendert und haben eine Lama- und Alpakafarm besichtigt. Gegen Abend sind wir wieder in Cusco angekommen.

Unser Hotel liegt mitten in der Stadt – und die Zimmer sind wieder einmal eisig!

Und so beginnt das Spiel von Neuem. Zur Rezeption, Heater bestellen, Wasser kaufen.

Sigrid hatte die Idee zu einem gemeinsamen Bummel und ich war sofort begeistert.

Es macht mir mehr Spaß, wenn wir etwas zu viert unternehmen.

Kerstin vertritt nach wie vor ihre Meinung sehr stark. Ob es nun um die Essensauwahl, berufliche Themen oder andere Mitreisende geht.

Ich schaffe es aber nach wie vor nicht, sie darauf anzusprechen.

Manchmal denke ich, ich bin feige, dann schiebe ich wieder ihre Behinderung wegen des Fußbruchs vor.

Ich kann mich selbst nicht leiden, wenn ich so herumeiere.

Um zu diesem Lokal am Marktplatz zu kommen, haben wir ein Taxi geteilt …

»8 Soles.«
  »4 Soles.«
  »6 Soles.«
  »Okay, 5 Soles, unser letztes Angebot«, höre ich mich mit dem Taxifahrer verhandeln! Ich und verhandeln, wer hätte das gedacht!

Und so sitzen wir im Taxi oder besser gesagt, in einem uralten Wartburg, der bei uns niemals durch den TÜV gekommen wäre.

Ich sitze vorne und weiß nicht, wohin ich meine Füße stellen soll.

In dem Bodenblech befindet sich ein Loch von der Größe eines Fußballs! Was den Fahrer allerdings nicht daran hindert mit Rallyemanier durch die engen Straßen zu kurven!

Das Lokal befindet sich im ersten Stock. Es ist eine Art Veranda mit einem für die Region typischen Holzbalkon. Die Tische und auch die Stühle sind alle nebeneinander angeordnet, woraus sich unsere Sitzordnung ergibt.

Unter uns ist ein buntes Treiben. Ab nächstem Wochenende findet hier ein großes Volksfest statt, um den Heiligen zu huldigen.

Wir haben nun heute das Glück und können die Generalprobe genießen!

Ein zusätzliches Schauspiel, das wir nur entdeckt haben, weil wir uns noch mal auf den Weg gemacht haben.

Einige von unserer Gruppe sind nach dem anstrengenden

Tag im Hotel geblieben, andere wiederum wollten sich nur noch mal kurz die Beine vertreten.

So langsam kristallisieren sich die Grüppchen heraus!

Generell ist die ganze Truppe recht nett. Und ich stelle fest, dass es auch wieder Spaß machen kann, mit mehreren unterwegs zu sein.

Auch dass alles organisiert ist, hat doch den ein oder anderen Vorteil.

Zurück im Hotel ist unser Zimmer immer noch die reinste Eishöhle!

»Das hilft nichts«, meint Kerstin, »wir müssen nach Wolldecken fragen.«

Gesagt, getan, doch als wir im Bett liegen, spüren wir zwar die Wärme von oben, aber wir beide haben das Gefühl, wir liegen auf einem Eisblock.

»Lass uns das Bett umbauen«, schlägt Kerstin vor, »Bettlaken raus, Wolldecke rein, Bettlaken wieder drauf …«

Endlich kommen wir zur Ruhe, oder auch nicht.

Ich wälze mich im Bett hin und her, habe Kopfschmerzen und mein Gedankenkarussell setzt sich wieder in Gang …

Total gerädert und frierend wache ich auf.

Ein neuer Tag in Cusco mit neuen Eindrücken.

Wir besichtigen die Kathedrale und werden förmlich erschlagen von dem Goldglanz. Es ist so surreal. Die Bevölkerung ist arm, aber schon vor hunderten von Jahren wurden hier zu Ehren von Heiligen nur die wertvollsten Materialien verwendet.

Eigentlich ist es überall gleich auf der Welt, egal welche Völker, egal welche Kulturen!

Der Nachmittag ist zur freien Verfügung!

Kerstin und ich beschließen allein durch die Innenstadt zu bummeln.

»Schau mal, diese witzigen Eierwärmer, die bringe ich meiner Christmasfamily in Dyck mit.« Ich strahle über das ganze Gesicht.

»Schau mal hier, der silberne, kleine Löffel. Wofür ist der denn?«

»Den benutzt man für Süßstoff.« Unwillkürlich finde ich mich in meinem alten Leben wieder.

Hübsche Dinge aus antikem Silber gehörten zum Alltag. Einige habe ich nach meiner Trennung behalten. Aber ich kann meine Wehmut nicht verbergen.

»Komm, kauf ihn dir als Andenken«, höre ich Kerstin sagen. »Du besitzt so viele schöne Dinge, der Löffel passt zu dir.«

Und dann nimmt sie mich ganz spontan in den Arm!

Ich drücke sie fest und ganz verstohlen wische ich mir eine Träne aus den Augenwinkeln.

… Mein früheres Leben.

Keine Sekunde hätte ich gezögert, diesen kleinen Löffel zu kaufen. Altes Silber hat mir schon immer gefallen und in der Familie meines Mannes war es selbstverständlich, sich im täglichen Gebrauch mit solchen hübschen Dingen zu umgeben.

Zu unserer Hochzeit und auch zu Weihnachten gab es in dieser Richtung immer sehr schöne Geschenke.

Fast alles habe ich meinem Mann gelassen. Eigentlich stünde mir die Hälfte zu, wir haben keine Gütertrennung ...

Im Nachhinein erscheint es mir wie eine Flucht. Bloß raus aus diesem Leben ...

Dennoch, im Rückblick tut es weh.

»Nun müssen wir aber noch einen Stein für deine Kette finden.« Kerstin ist in ihrem Element und reißt mich aus meinen grüblerischen Gedanken.

Und diesmal hat sie recht. Aus jedem Land wollte ich einen typischen Stein mitnehmen.

Aber irgendwie werden wir nicht so recht fündig. In einem Andenkengeschäft gefällt mir einer; er ist nicht antik und mit 32 Soles auch sehr teuer.

Ich ringe mit mir, der Verkäufer merkt, dass ich unschlüssig bin.

»Schöner Stein.«

»Ja, aber zu teuer.«

»Ist wertvoll.«

»Der ist nicht antik, das sehe ich auf den ersten Blick. 20 Soles würde ich dafür bezahlen.«

Bin das wirklich ich? Stehe ich in diesem Kramladen und handele?

Eigentlich will sich der Verkäufer nicht darauf einlassen und Kerstin und ich sind schon an der Tür ...

»Okay, weil du Touristin, 20 Soles!«

Ich bin happy!

Wir gehen entspannt zum Hotel zurück und zum ersten Mal stellt sich wieder die alte Vertrautheit ein.

Am Nachmittag hatten wir die Gelegenheit, das Zimmer zu tauschen. Nun haben wir eines zur anderen Seite mit Balkon – wesentlich wärmer!

Unsere Reiseleitung trommelt uns zusammen. Die Reiseroute wird sich etwas ändern.

Eigentlich sollte es morgen sehr früh mit dem Bus durch die Berge am Titicacasee entlang nach Bolivien gehen. Eine traumhafte Strecke.

Leider ist es an der Grenze zu Ausschreitungen gekommen und es hat einen Toten gegeben!

Wir sind alle geschockt, wollen aber unbedingt den See in der Reiseroute belassen. Er ist einer der Highlights!

Wenn wir fliegen, will die bolivianische Regierung einen Nachweis von jedem haben, dass er gegen Gelbfieber geimpft ist! Eine Impfung, die nach den Aussagen des Auswärtigen Amtes nicht benötigt wird und auch nicht so ungefährlich ist.

ICH habe keine!

»Hier gibt es einen Arzt, der kann dich heute noch impfen«, meint unsere Reiseleiterin.

»Nie im Leben. Ich gehe hier nicht freiwillig zum Arzt.«

»Du gefährdest das Weiterkommen der ganzen Gruppe!«

»Stimmt nicht, ich bin nicht die Einzige!«

Und damit habe ich recht. Außer mir haben noch drei weitere diese Impfung nicht.

Wir proben den Aufstand, unsere Reiseleiterin soll sich erkundigen, ob die Impfung wirklich notwendig ist.

Nach zwei Stunden kommt sie zurück.

Wir vier ohne Impfung folgen ihr in einen separaten Raum.

»Ich bekomme von jedem von euch 20 Soles für euren Impfnachweis.«

»Aber wir wollen uns nicht impfen lassen.«

»Müsst ihr auch nicht, aber ihr braucht das Zertifikat!«

Ich traue meinen Ohren nicht!

Wir vier beratschlagen und zahlen am Ende!

20 Soles sind nicht die Welt, aber eigentlich habe ich etwas gegen solche Machenschaften.

Wir stehen früh auf – um dann eine Stunde am Flughafen zu warten, weil die Schalter noch nicht offen sind.

Nach unserem Impfzertifikat fragt kein Mensch! 80 Soles hat unsere Reiserführerin eingenommen. Keine große Summe, aber sie kann sich etwas Schönes dafür kaufen!

Der Flug ist ruhig und wir landen bei Sonnenschein in La Paz!

Was für eine grandiose Stadt. 1,2 Millionen Einwohner auf 3.800–4.200 Metern Höhe.

Die Luft ist flirrend dünn. Die Landung in Cusco war schon eine Herausforderung für den Organismus, aber dies hier ist eine ganz andere Nummer.

Die ursprüngliche Route sollte auch dazu dienen, uns langsam an diese Höhe zu gewöhnen …

Der Flughafen ist weit außerhalb und so bekommen wir einen Eindruck, wie die Stadt wächst.

Die Landbevölkerung kommt einfach mit ihren Habseligkeiten, siedelt sich am Stadtrand an, Wellblechhütten entstehen und ehe man sich versieht, ist ein neuer kleiner

Stadtteil entstanden. Am Anfang immer ohne fließend Wasser, Strom und Kanalisation!

Die »Altstadt« befindet sich im Tal, die Ausdehnung erfolgt über sämtliche Hügel, die das Auge erblicken kann. So hat man den Eindruck, nein, eigentlich ist es die *Gewissheit*, die Stadt beherrscht das ganze Tal.

Unser Hotel liegt mitten im Stadtkern. Ein Hochhaus aus den 70er-Jahren, in grün angestrichen!

Unser Zimmer befindet sich in der 13. Etage, Nummer 1303.

Es ist sauber, hat eine Eckbadewanne – und es ist warm!

Der Ausblick ist fantastisch, aber viel Zeit zum Genießen bleibt nicht. Die Stadtrundfahrt wartet.

Unser großer Bus schlängelt sich durch das bunte Treiben.

Ich habe nun schon einige Millionenstädte auf meiner Reise gesehen, doch La Paz ist anders. Man hat das Gefühl, man ist in einem Bienenschwarm unterwegs, aber ohne Struktur.

Busse, Autos, Motorräder, Roller, Lastengespanne von Hand gezogen, einfach alles ist unterwegs.

Es gibt Ampeln und Verkehrsregeln, aber die scheinen außer Kraft gesetzt zu sein.

An jeder Kreuzung muss unser Busfahrer ein waghalsiges Abenteuer hinlegen, damit er um die Ecken manövrieren kann.

Und dann die Elektrizität! Riesige Holzpfähle stchen am Straßenrand und man hat das Gefühl, jeder Haushalt hat seine eigene Leitung einfach daran genagelt.

Unser Reiseführer erklärt fleißig, aber Zahlen, Daten und

Fakten rauschen an mir vorüber. Viel interessanter ist das Geschehen auf der Straße.

»Schau mal da drüben«, macht Kerstin mich aufmerksam. »Wieso sitzen Frauen mit Schreibmaschinen an Tischen mitten auf dem Gehweg und an den Hauswänden befinden sich Telefone?«

Sigrid und Ruana sind auch darauf aufmerksam geworden und wir winken unseren Reiseleiter heran.

»Das sind mobile Schreibkräfte«, erklärt er uns. »Sie haben bestimmte Telefonnummern und wenn eine Firma ihre Dienste benötigt, so wird die Nummer des Telefons von der Wand angerufen, sie nehmen den Auftrag entgegen und beginnen zu arbeiten.«

»Auf dem Gehweg?«

»Ja, genau da, ein Büro können sie sich nicht leisten!«

Sprach's und verschwand wieder nach vorne zu seinem Platz neben dem Busfahrer.

Andere Länder, andere Sitten.

Dies sind genau die Begebenheiten und Eindrücke, die für mich solch eine Reise ausmachen.

Wir besichtigen das Valle de la Luna, das Mondtal, das 10 Kilometer vor den Toren der Stadt zu finden ist.

Im Lauf der Jahrmillionen haben Erosion, Wind und starke Regenfälle die Erde im Valle de la Luna abgetragen und bizarre Felsgebilde zum Vorschein gebracht.

Hier könnte man wirklich eine Mondlandung drehen, doch ich merke, dass ich viel lieber direkt in eine Kultur eintauche.

Hierzu haben wir anschließend Gelegenheit. Wir besichtigen den berühmten Hexenmarkt.

Fast alles kann man hier kaufen.

Ein Stand zieht uns (wir sind wieder mal in unserer Vierergruppe unterwegs) besonders in den Bann.

»Sie bringen Glück, du wollen kaufen?«, fragt uns die fast zahnlose Alte.

»Was ist das?«, frage ich.

»Getrocknete Lamaembryos!«

»Echte?«, bringe ich halb angewidert, halb fassungslos hervor.

»Natürlich, was sonst?«

Wir lehnen dankend ab, Kerstin ist schon ganz schlecht!

»Also Mädels, ich brauche einen Drink!« Ruana holt uns in die Wirklichkeit zurück.

»Unbedingt, irgendetwas Hochprozentiges«, stimmen Sigrid und ich ihr zu.

Kerstin ist alles egal – ihr ist wirklich schlecht. Richtig weiß ist sie im Gesicht.

Wir landen in einem kleinen Lokal und beschließen, gleich hier auch etwas zu essen. Die Speisekarte gibt es zum Glück auch auf Englisch.

Sigrid, Ruana und ich sind schnell fündig geworden. Ein leichtes Reisgericht mit Hühnchen – von den Gewürzen haben wir noch nie etwas gehört, aber wir sind neugierig und wollen ausprobieren.

Kerstin braucht ewig!

»Nein, danke, Geflügel esse ich nicht. Gemüse, ja okay,

aber keine Bohnen. Und wenn es geht nur Pfeffer und Salz, keine anderen Gewürze.«

»Versuch doch mal die hiesige Küche«, versucht Ruana zu unterstützen.

»Nein, ich will nicht. Ich vertrage das nicht.«

»Hast es ja noch nicht mal probiert.«

»Weißt du doch gar nicht.«

»Seit wir in der Gruppe unterwegs sind, jedenfalls nicht!«

Die Bedienung ist sichtlich genervt – und wir auch.

Es ist eigenartig. Jedes Mal, wenn ich denke, wir nähern uns wieder an, entwickelt sich eine Situation, in der plötzlich aus einer Mücke ein Elefant wird.

Warum nervt mich ihr Verhalten so? Wer hat sich verändert? Sie sich oder ich mich? Wir uns beide? Werde ich schrullig und kann mich nicht mehr anpassen?

Aber warum muss ich mich immer anpassen? Das habe ich doch während meiner Ehe genug getan.

Habe ich das? Und wenn ja, gehört das nicht auch zu einer Partnerschaft dazu?

Aber bis zur Selbstaufgabe?

Meine Gedanken drehen sich im Kreis. Ich merke, wie die anderen wieder zur normalen Konversation zurückgefunden haben, und freue mich an dem Gesprächsgemurmel.

… Wie ist es eigentlich zu meiner Selbstaufgabe gekommen?

Ich war doch immer so stark.

Irgendwann habe ich resigniert, am Anfang im positiven Sinne. Wenn es um Einrichtung oder um Wertgegenstände ging, hatte mein Mann immer ein sicheres Händchen. Eigentlich hätte er Innenarchitekt werden wollen, aber mein sehr beherrschender Schwiegervater war dagegen!

Aus heutiger Sicht wäre es der ideale Beruf für ihn gewesen.

Wenn wir ein Möbelstück brauchten oder Accessoires, dann war er mit seinen Ideen immer zur Stelle. Ganz langsam habe ich erst gemerkt, dass alles immer nur in seine Richtung tendierte und meine Meinung nur noch eine untergeordnete Rolle spielte.

Doch warum habe ich mich nicht gewehrt? Wenn ich ehrlich bin, so hatte ich keine Lust auf Diskussionen.

Zumindest nicht auf Diskussionen mit ihm, denn sie waren nicht auf Augenhöhe.

Der Schlusssatz war meistens: »Du liebst mich nicht mehr …!«

Irgendwann habe ich ihn dann nur noch schalten und walten lassen. Nicht unbedingt die klügste Methode.

Ich erinnere mich noch genau. Ich kam einmal aus einem Kurzskiurlaub mit Kerstin wieder und in unserem Treppenflur hing ein antikes Gemälde – ein Stillleben auf die Jagd bezogen. Ich bin fast in Ohnmacht gefallen und wir hatten eine große Auseinandersetzung. Zum Ersten weil ich das Bild abscheulich fand, zum Zweiten weil ich nicht gefragt wurde und zum Dritten weil wir es uns eigentlich gar nicht leisten konnten!

Mein Mann hat dann zur moralischen Unterstützung seine Eltern hinzugenommen – und ich war überstimmt!

Zurück im Hotel fällt mein Blick auf den Laptop. Soll ich oder soll ich nicht? Mails checken – ja oder nein?

Ich tu's.

»Sie haben Post …«

»Sehr geehrte Frau Fritsch-Schukovia, leider müssen wir Ihnen …«

Absage! Schon wieder.

Kerstin ist im Bad und ich stehe am Fenster, tränenüberströmt, und blicke aus dem 13. Stock auf das nächtliche La Paz hinunter.

Aber ich nehme nichts wahr.

Kein Job, kein Geld, keine Perspektive.

Ich fühle mich unsäglich klein und einsam.

Was mache ich in Bolivien? Warum nur habe ich diese Reise gemacht?

»Weil du zu dir selbst kommen musst«, meldet sich mein Unterbewusstsein.

»Das Bad ist frei. Klara, hast du gehört, du kannst ins Bad.«

Ich kann mich nicht bewegen, geschweige denn reden.

»Was ist denn passiert, um Gottes willen?«

Kerstin steht neben mir, blickt in mein verstörtes Gesicht und nimmt mich in den Arm.

Ich weine hemmungslos. Mein ganzer Körper bebt, ich kann mich nicht beherrschen.

Nur mühsam bringe ich das Wort Absage über meine Lippen.

»Du hast immer noch Plan B, sollte es zunächst mit einem Job nicht klappen. Sylt ist immer eine Option, das weißt du. Vielleicht versuchst du auch mal, einen Headhunter oder eine Personalvermittlung zu kontaktieren. Außerdem, meine Liebe, es gibt andere, die schreiben hunderte von Bewerbungen. Du bist doch gerade erst am Anfang. Und wenn gar nichts klappt, dann gehst du erst mal zum Arbeitsamt.

Kerstin ist pragmatisch wie immer – aber es hilft mir. Ich werde ruhiger.

»Ja, du hast ja recht, aber es ist immer wie ein Schlag ins Gesicht. Und zum Arbeitsamt will ich auf keinen Fall. Das würde ich als echte Niederlage empfinden!«

»Okay, kann ich zwar nicht so ganz verstehen, doch dann gäbe es ja immer noch Plan C: zurück ins Bootshaus.«

Ich will protestieren, doch Kerstin redet weiter.

»Alles keine prickelnden Alternativen, ich weiß. Aber immerhin ALTERNATIVEN!«

Ich fühle mich klein. Ich weiß, dass sie recht hat. Aber ich fühle mich gekränkt.

»Ab ins Bett nun, in drei Stunden geht der Wecker! Und der morgige Tag wird bestimmt der anstrengendste der ganzen Reise.« Kerstin humpelt schon mal in die Waagerechte, ich gehe noch ins Bad und schreibe eine kurze Mail an Paul. Ich will ihm nicht das Herz schwermachen und so sende ich nur einen lieben Gruß aus der 1,2 Millionen Metropole.

Ich höre Kerstins tiefe Atemzüge. Sie schläft wie ein Stein

und ich wälze mich von einer Seite auf die andere. Mir ist schlecht, mein Kreislauf spielt verrückt, ich habe das Gefühl, ich bekomme keine Luft mehr.

Ich hole mir die Kissen von Sesseln im Zimmer, stopfe sie in den Rücken und sitze nun aufrecht im Bett.

Zwei Flaschen Wasser habe ich schon getrunken. Die Luft ist dünn hier oben in den Bergen.

Einige aus unserer Gruppe schlafen nachts mit Sauerstoffmasken!

An der Rezeption kann man ganze Sauerstoffflaschen ausleihen, das ist hier ganz normal. Sieht aus wie bei uns in Deutschland im Krankenhaus.

Soll ich mir auch eine holen? Aber für die verbleibenden anderthalb Stunden lohnt sich das nun auch wieder nicht.

Ich sollte in dieser Höhe keinen Alkohol mehr trinken!

Ich falle in einen leichten Dämmerschlaf, der begleitet wird von Lamaembryonen, die mit Leuchtschrift »Absage« auf ihrem Fell stehen haben …

… I can't feel my body … I can't feel my soul!

Wir sitzen im Bus, der uns zum Titicacasee bringen soll – endlich.

Unser nörgelndes Ehepaar aus Darmstadt hat wieder mal den ganzen Betrieb aufgehalten.

Angeblich war ihr Zimmer die größte Katastrophe, seit die Menschheit auf Reisen gehen kann.

Irgendwie haben die Beiden immer was zu meckern, was nun dazu führt, dass sie ganz allein hinten auf der Rückbank sitzen.

So langsam kennt man seine Pappenheimer.

Das nette ältere und sehr Weltreisen erfahrene Ehepaar aus Hamburg, das vorher schon eine dreiwöchige Tour am Amazonas entlang gemacht hat, ist uns irgendwie ans Herz gewachsen.

Sehr gern suchen wir vier deren Nähe. Mit ihrer zurückhaltenden hanseatischen Art bilden sie einen herrlichen Kontrast zu den beiden Bollerköpfen.

Huatajata am Titicacasee – wir sind da!

Noch ein bisschen benebelt steige ich aus dem Bus. Mein Kreislauf ist immer noch nicht auf der Höhe. Die 3.800 Meter Höhe machen mir nach wie vor extrem zu schaffen.

Der Himmel ist azurblau, die Luft ist klar und dünn, man hat fast den Eindruck, jeden Moment könnte sie um einen herum zerplatzen wie eine Seifenblase. Dies macht die ganze Landschaft und Umgebung noch unwirklicher.

Wir sind alle gespannt, was uns erwartet – und frieren am Bootsanleger. Es ist saukalt!

Ich habe meinen berühmten Zwiebellook aus Neuseeland an. Zum Glück habe ich mir das warme Plaid gekauft. Es erweist mir auf dieser Rundtour gute Dienste.

Mit einem Tragflächenboot geht es auf den See hinaus. Das Wasser ist glasklar, aber eisig.

Unser Ziel sind die schwimmenden Inseln, Uros genannt.

Sie bestehen nur aus Schilf! Von oben werden immer neue Schichten nachgelegt, während die, die sich im Wasser befinden, so langsam verrotten. Wir alle sind gespannt, wie man sich darauf fühlt.

Unser Boot ist zu groß und kann nicht direkt bis zu den Inseln fahren. Mitten auf dem See müssen wir in kleine Holzboote umsteigen. Gar nicht so einfach, obwohl der See flach wie ein Brett vor uns liegt.

»Hey, gar nicht so einfach, auf dem Schilf zu laufen.« Sigrid ist die erste von uns Vieren, die die Insel betreten hat.

Wir anderen folgen.

»Ich weiß nicht, ob es wirklich ein komisches Gefühl ist, oder ob wir uns das nur einbilden, da wir wissen, wir stehen nur auf Gras.«

»Irgendwie schwankt es.«

»Ich fühle mich sicher.«

»Die Familien leben doch hier drauf, selbst mit den Tieren. Wir werden also nicht untergehen.«

Jeder hat einen Kommentar zu dem eigenwilligen Konstrukt. Für mich ist es nur schwer vorstellbar, dass wir alle darauf stehen und nicht untergehen.

»Schaut mal, da vorne.« Ruana hat Schilfboote entdeckt.

»No way, das ist doch nicht dein Ernst!«

»Warum nicht, los wir fragen.«

»Wir passen doch gar nicht alle in ein Boot.«

»Es gibt doch mehrere, zu zweit passen wir bestimmt hinein. Ich frage nach.«

Sprach's und verschwand, um kurze Zeit später mit einem breiten Grinsen im Gesicht wiederzukommen.

»Alles klar, wir starten.«

»Aber wohin denn?«

»Wir paddeln rund um die Insel, nur ein kleines Stückchen auf den See hinaus.«

Mir ist nicht ganz wohl bei dem Gedanken, aber Spielverderber will ich nicht sein. Kerstin bildet mit Sigrid ein Team, ich mit Ruana. Ein Einheimischer ist mit an Bord, viel kann und wird hoffentlich nicht passieren.

»Ist das herrlich«, Kerstin sprudelt förmlich vor Begeisterung. »wie vor hunderten von Jahren, sensationell.«

Wir alle finden den kurzen Trip fantastisch. Es ist eine himmlische Ruhe; die wenigen weißen Wolken spiegeln sich in der glatten Wasseroberfläche.

Alles ist so friedlich, bis die Spinne kommt!

»Wart mal, du hast da was«, meint Ruana auf einmal.

»Wo?«

»Na da, auf deinem Kragen.«

»Hier?«

»Nee, andere Seite.«

Und dann sehe ich nur noch Spinnenbeine … und das mit meiner Phobie.

Wie wild beginne ich mit den Armen zu fuchteln, nur weg mit dem Plaid.

»Bist du jeck?«, Ruana brüllt mich an. »Willst du uns zum Kentern bringen? Der See ist an seiner tiefsten Stelle 281 Meter tief!«

Ich aber habe nur noch einen Gedanken, raus aus diesem Ding.

Mittlerweile liege ich in dem Boot, unser einheimischer

Guide hat Mühe, das Geflecht aus Schilfgras einigermaßen gerade zu halten.

Der Rest der Truppe auf der Insel ist auch schon auf uns aufmerksam geworden und so kommt zu der panischen Angst vor diesem – für mich riesigen – Tier auch noch das Gelächter der anderen hinzu.

Völlig fertig komme ich nach einer gefühlten Ewigkeit wieder auf der Insel an und brauche eine ganze Weile, um mich wieder zu sammeln.

Weiter geht es zur Mondinsel.

Wir werden von dem Inselältesten in Empfang genommen und wandern zu den Ruinen des »Tempels der Jungfrauen«.

Die Anlage erinnert mich an ein Amphitheater. Den Überlieferungen nach wurde hier ein besonderer Schöpfungsmythos der Inka zelebriert.

Leider haben wir nicht sehr viel Zeit, denn auch noch die Sonneninsel steht auf unserem Programm.

Isla del Sol hieß einst Titicaca und war damit namensgebend für den ganzen Titicacasee. Nach den Schöpfungsmythen der Inkas ließ der Sonnengott Inti seine Kinder Manco Cápac und dessen Frau und Schwester Mama Ocllo auf einem Felsen der Isla del Sol zur Erde. Dort überreichte er ihnen einen goldenen Stab mit der Auflage, sich dort niederzulassen, wo sich dieser in den Boden rammen ließ. So wurde Cusco gegründet und Manco Cápac erster Herrscher des neuen Inkareiches.

Wir essen hier erst mal zu Mittag und genießen Quinoa-Suppe und Forelle mit Gemüse.

Der Ausblick ist phänomenal. Die gesamte Gruppe genießt den Ausflug bei herrlichstem Wetter, und gestärkt und voller Energie machen wir uns auf den Weg, um die heiligen Gärten der Inkas zu besichtigen.

Wir trinken aus einer Quelle, die ewige Jugend verspricht, und sind uns alle einig: Wenn sie nur ein bisschen hält, was sie verspricht, dann ist das mehr als genug!

Heute werden wir wirklich nur so durch die Sehenswürdigkeiten gehetzt.

Weiter geht es nach Copacabana – nicht zu verwechseln mit dem gleichnamigen Ort in Brasilien!

Es ist der wichtigste Wallfahrtsort in Bolivien. Hier wacht die »dunkle Madonna« in der Basilika über die Menschen am Titicacasee, sie ist die Patronin von ganz Bolivien. Die Figur mit der Krone aus Gold wurde 1576 aus dunklem Holz geschnitzt – damals ein Skandal für die Kirche.

Heute ist sie Anziehungspunkt für Gläubige, die gesegnet werden wollen – und nicht nur sie! In Bolivien ist es Sitte, dass auch die Autos gesegnet werden!

Und so werden wir Zeuge einer Tradition, die für uns alle neu ist.

Wie in einem Corso fahren geschmückte Autos vor der Basilika vor, die Motorhaube wird geöffnet und ein Geistlicher kommt und segnet jedes einzelne Auto!

Unsere Fotoapparate stehen nicht still.

Doch unser Tag ist noch nicht zu Ende. Mit dem Bus geht es weiter bis zur Straße von Tiquina. Hier befindet sich die engste Stelle des Sees, teilt diesen in den nördlichen Hauptteil, den Lago Chucuito, und den südlichen Teil, Lago Wiñaymarka.

Die Straße von Tiquina hat eine Breite von rund 800 Metern und eine Tiefe von 21 Metern. Wir wollen diese Wasserstraße nutzen, sie ist die einzige öffentliche Fähre in Bolivien.

Die Fährboote sehen mehr als zerbrechlich aus, und ich frage mich schon die ganze Zeit, wie wir wohl mit unserem Bus an das andere Ufer kommen wollen.

»Bitte alle aussteigen«, ruft unser Reiseführer.

»Die Gruppe nimmt bitte das Passagierboot, der Bus wird auf die Fähre verladen«, klärt er uns auf.

Ah ja, das ergibt Sinn, aber beim Anblick der Boote wird unser Vertrauen nicht gerade verstärkt.

»Im Januar gab es das letzte größere Fährunglück«, weiß auch gleich unser Nörgler zu berichten.

»Wer will das jetzt denn wissen?«, schießt Ruana zurück. »Wir haben keine andere Möglichkeit, um übersetzen, und Angst zu schüren ist wenig hilfreich«, kartet sie nach.

Die Reisegruppe ist ziemlich still geworden. Unser Boot ist schon zur Hälfte auf dem Wasser, als sich unser Bus langsam in Bewegung setzt.

Und was wir sehen, lässt doch etwas Angst hochkommen.

Der Bus bewegt sich auf der Fähre und diese schlingert von einer Seite auf die andere.

Du meine Güte, wir werden hier doch nicht festsitzen?!

Aber alles wendet sich zum Guten, der Bus kommt an. Aber selbst unser Reiseführer ist etwas blass um die Nase!

Wir sind alle müde und erschlagen von den Eindrücken. Es ist später Nachmittag und wir sind seit 4:00 Uhr auf den Beinen. Dazu die dünne Luft, ich bin platt.

Zu unserem Hotel gehört eine Art Museum.

Ein Schamane erwartet uns und führt uns durch die Ausstellung.

Du lieber Himmel, was wird noch alles in den Tag gepackt!

Die meisten sind nicht mehr aufnahmefähig, aber wir wollen natürlich nichts verpassen.

Es macht Spaß, sich mit der Kultur der Inkas auseinanderzusetzen. Der Höhepunkt kommt natürlich zum Schluss.

Der Raum ist dunkel, wir sehen einen kurzen Film und anschließend zelebriert der Schamane seine heilige Handlung.

Er ist wie in Trance, der Rauch der Kokablätter tut sein Übriges und er lädt uns ein, zu ihm zu kommen.

Wir können ihm Fragen zur Zukunft stellen, er liest die Antwort in den Kokablättern!

Will ich, soll ich?

»Mach doch«, sagt Kerstin, »ich warte hier auf dich.«

Will ich das wirklich, glaube ich daran? Oder lasse ich mich beeinflussen?

Will ich auch Negatives hören?

Ich hadere mit mir, zweifle, ob ich Fragen stellen will – und ob ich die Antworten hören möchte!

Und dann ist er weg – ganz plötzlich.

Kerstin und ich sehen uns fragend an. Keiner ist mehr im Raum. Es ist düster, unheimlich, der Geruch der Blätter hängt im Raum und wir wollen plötzlich nur noch eins: raus hier und zwar schnell!

»Wo wart ihr denn die ganze Zeit?«

Sigrid und Ruana sitzen schon in der Lobby, die Chipstüte vor sich und einen Tee.

»Wir haben dem Alten noch zugehört«, kläre ich die beiden auf.

»Und, hast du gefragt?«, will Sigrid wissen.

»Nö, habe mich irgendwie nicht getraut …«

Wir gehen früh zu Bett. Das Zimmer ist sauber, wir haben Heizdecken für die Betten! Welch ein Luxus. Es tut so gut, in ein warmes Bett zu schlüpfen.

Eigentlich wollte ich noch mit Paul skypen, aber der verflixte Zeitunterschied macht es einfach nicht möglich.

Ich vermisse ihn so sehr. Morgen ist der 18. Juni. In einem Monat lande ich in Frankfurt und sinke in seine Arme …

»Guten Tag und guten Abend, meine Abenteurer-Maus …

Na, wie hast du den Flug und den Höhenunterschied verkraftet, alles okay? Und wie war es am Titicacasee? Ein verrückter Name - früher habe ich immer geglaubt, der liegt im Schwarzwald … ;)

Heute bist du schon wieder eine ganze Woche von

Auckland weg, morgen dann 11 Wochen auf Welt-
tournee. Von insgesamt 15 bleiben 4 Wochen … :)
Heute war ich mit Julia kurz mal bei Ikea und stand
ungeplant vor der großen Weltkarte, die, die wir auch
im Treppenhaus hängen haben - und schaue natürlich unweigerlich auf Südamerika, im Besonderen auf
Peru … und suche Lima, Cusco, den Lake Titicaca …
und danach schweife ich rüber nach Neuseeland …
Julia hingegen zeigt mit dem Finger auf Australien
und sagt: ›Da möchte ich gern hin‹, ›Adelaide - liegt
nicht schlecht‹, sage ich …
Liebe Grüße von deiner Ma, ich hatte sie gestern
Abend nicht erreicht und ihr dann eine Nachricht auf
dem AB hinterlassen. Heute früh habe ich dann aber
doch noch mal angerufen und ihr den Kurzbericht
zur ›Klara-Südamerika-Lage‹ gegeben … :)) Ihr geht´s
übrigens auch gut. ;)
Irgendwie habe ich das Gefühl, dass mich auch die
Höhen-Müdigkeit erwischt hat. Es ist 22:30 Uhr und
meine Augen werden immer kleiner. Euer Programm
ist spannend, aber auch ganz schön anstrengend …
 Und so werde ich jetzt gleich mit dir unter die Dusche
gehen … ein paar Minuten werden wir nur das heiße
Wasser auf unserem Körper genießen … Wir nehmen
uns in die Arme und spüren unsere Haut und unsere
Körper … Wir küssen uns … Unsere Augen berühren
sich, und darin das Glück … der Schaum rinnt den
Körper hinab …
Ich liebe dich! :)
Dein Paul«

Sehnsucht kann wehtun.

Ich bin müde und k. o., meine Gedanken fahren im Kreis!
Er kann auch andere Frauen kennenlernen, er ist ein attraktiver Mann …

Ich war eindeutig mit zu vielen Schamanen heute in Berührung!

Wir sind zurück in La Paz, im gleichen Zimmer hoch über der Stadt.
Aus dieser ist ein Hexenkessel geworden. Ein großes Volksfest wird über drei Tage zelebriert – erinnert uns an Karneval.
Und was macht unser Reiseführer? Er warnt uns davor, das Hotel zu verlassen!
Angeblich würden Frauen belästigt und es würde an jeder Ecke gestohlen.

»Der hat doch eine Meise.« Ruana ist ganz außer sich.
»Ich finde, wir sollten trotzdem gehen«, mischt sich Sigrid ein.
»Auf alle Fälle gehen wir, Kerstin, was meinst du?«
»Na klar, zu viert sollte uns nichts passieren.«
»Wir können ja alles aufteilen«, schlage ich vor. »Ruana nimmt das Handy mit, Sigrid den Fotoapparat, Kerstin Bargeld und ich die Kreditkarte. Keinen Schmuck und keine Handtasche, so sollte nichts passieren.«

Eine halbe Stunde später sind wir unterwegs. Wir vereinbaren einen Treffpunkt, sollten wir uns verlieren, und stürzen uns ins Getümmel.

Irgendwie sind wir alle müde von Kultur und zu vielen Steinen.

Auch heute haben wir wieder eine Tempelanlage besichtigt und waren wie immer überrascht von der Präzision und Genauigkeit.

Wir haben riesige Steinwände gesehen, in denen die einzelnen Felsbrocken so exakt übereinander und ineinander lagen, dass keine Fuge zu sehen war.

Es ist für uns nur schwer begreiflich, wie so etwas vor tausenden von Jahren möglich war.

Dennoch brauchen wir nun ganz profane Abwechslung und erfreuen uns an den farbenfrohen Gewändern, dem Gesang und an den Trommeln.

Wir entdecken auch noch einen kleinen Andenkenladen und somit kommt ein neuer Stein an meine Kette!

Spätabends trinken wir hoch oben auf der Hotelterrasse einen Sanguini mit Ginger Ale, bevor es ans Kofferpacken geht.

Der Wecker klingelt wieder früh – auf Wiedersehen, Bolivien.

Willkommen Argentinien!

Der Flug dauert ewig. Langsam merke ich, wie anstrengend so eine Rundreise sein kann.

Okay, der gestrige Abend war so nicht geplant, wir hätten auch früher zu Bett gehen können, aber solch eine Gelegenheit auslassen? Die bekommt man doch so schnell nicht wieder!

Zugegeben, ich habe noch versucht, Paul zu erreichen, leider war er nicht online. Auch eine Mail war nicht im Postfach.

Es ist eigenartig, wie schnell man sich an bestimmte Dinge gewöhnt.

Ich weiß, dass er eine Einladung bei seinem Steuerberater hatte. Dieser spielt als Hobby in einer Jazzband und hat ein Konzert gegeben. Dennoch … so eine klitzekleine Mail … Quatsch, reiß dich zusammen, Klara!

Buenos Aires im Nebel!

Wir sind alle genervt. Aber das Hotel ist klasse, mitten in der Stadt. Man merkt ganz deutlich den Unterscheid zu Peru und Bolivien. Alle haben das Gefühl, dass uns die Zivilisation einholt.

Wir vier bummeln um den Block, entdecken ein nettes Café und relaxen.

Der Abend wird noch anstrengend genug – Tango-Show steht auf dem Programm.

Tango – meine heimliche Leidenschaft.

Sehr gern möchte ich mit Paul einen Tangokurs machen, generell Tanzen gehen.

Mein Mann war leider ein ausgesprochener Tanzmuffel und ich genieße es nun, dass Paul sich gern übers Parkett bewegt.

Aber bevor wir solche Dinge unternehmen, muss er erst seinen Kindern von uns erzählen.

Wieder ist ein Wochenende vergangen, ohne dass Gespräche stattgefunden haben. Ich bin traurig.

»Dumme Kuh!«, beschimpfe ich mich selbst. »Es besteht überhaupt kein Grund zu zweifeln!«

Und das ist wahr. Heute Morgen hatte ich diese herrliche Mail in meinem Postfach:

»*Guten Abend, mein Schatz …*
du kennst sicher Jules Verne und seinen berühmten Roman ›In 80 Tagen um die Welt‹ … genau heute bist du 80 Tage auf Weltreise … :)
Dein Roman heißt demnach ›In 109 Tagen um die Erde‹ und wird sicherlich auch verfilmt … mit dir in

der Hauptrolle als Reisende und mir in der Nebenrolle als Beobachter aus der Ferne mit sehnsuchtsvollem Blick und Vorfreude auf all das, was die Dame seines Herzens ihm bei ihrer Rückkehr so alles berichtet von den Kontinenten, den Meeren, den Wäldern, Bergen, Städten, den Menschen, Kirchen und Tempeln, Gewürzen und exotischen Speisen, Tänzen und Bräuchen. Von Hotelsuiten, WLAN am Pier in der Kälte, von 42 Below, dem Linksverkehr, von Flughäfen, dem Ein- und Auspacken von Koffern, von Fähren, von Bädern, von ihrer Sehnsucht …

Maus, ich freue mich sehr auf all deine Eindrücke, die du mitbringst und mir erzählen wirst, und deine vielen Fotos.

Exakt heute in genau vier Wochen …

Ich liebe dich, von der Erde bis zum Mond und zurück, du mein großes Glück :)

Dein Paul«

Die Show war erstklassig. Am Anfang hatten wir alle die Befürchtung, wir gelangen in eine Touristenfalle, aber die Location war ein angesagter Tangoclub und was geboten wurde, war phänomenal.

Paul und ich müssen viel lernen!

Buenos Aires hat rund 14 Millionen Einwohner! Auf unserer Stadtrundfahrt entdecken wir viele schöne Viertel. Das alte Viertel »La Boca« hat es mir angetan.

An jeder Ecke sieht man Menschen auf der Straße Tango tanzen.

Tango bedeutet hier Lebensgefühl und Lebenslust.

Wir haben eine halbe Stunde zur freien Verfügung und ich höre einem Straßenmusiker zu. Fast traurig interpretiert er berühmte Tangolieder und ich kaufe ihm eine CD ab.

Diese bekomme ich noch signiert und ich freue mich über das individuelle Mitbringsel für Paul – nein, für *uns*!

Sehr beeindruckt sind wir alle von dem Friedhof der Stadt.

Hier in Argentinien wird ganz anders beerdigt als bei uns. Regelrechte Gruften und Mausoleen befinden sich an diesem Ort.

Unsere Gruppe läuft andächtig durch die schmalen Gänge und lässt diesen Ort auf sich wirken.

Der Nachmittag ist zur freien Verfügung.

Unser vierblättriges Kleeblatt ist wieder zusammen unterwegs und erkundet die Stadt zu Fuß, mit der U-Bahn und mit dem Taxi.

Hatte ich in Cusco schon den Eindruck, wir wären auf einer Rennstrecke unterwegs, so übertrifft diese Rückfahrt zum Hotel einfach alles!

Die Ampel ist rot, na und, dann fahren wir eben auf dem Gehweg weiter. Zum Glück stand gerade an dieser Fußgängerampel niemand, der die Straße queren wollte!!!

Zum Abendessen haben wir uns ein Steakrestaurant ausgesucht! Selbst Kerstin will dieses Fleisch probieren.

Es ist köstlich, kostet uns zwar ein Vermögen, aber was soll's!

»Was machen wir nun mit dem angebrochenen Abend?«, frage ich, als wir zurück im Hotel sind.

»Wie meinst du das?«, fragt Siegrid neugierig.

»Unser Wecker klingelt um 3:45 Uhr«, wirft Kerstin ein.

»Ja, aber es ist unser letzter Abend in Argentinien«, gibt Ruana zu bedenken.

»Aber so spät noch mal in die Stadt …«

»Wir könnten auch in die Hotelbar gehen …«

»Gute Idee, Klara. Was schwebt dir denn nach dem leckeren Essen vor?« Ruana will es genau wissen.

»Whiskey!«

Und so landen wir vier an der Bar …

3:45 Uhr, Kerstin hatte es prophezeit. Der Wecker klingelt erbarmungslos.

Mir ist schlecht. Einer der Drinks muss nicht gut gewesen sein.

Aber was hilft es. Das Flugzeug wartet nicht, oder doch? Nur leider wissen wir nicht, auf was.

Wir starten mit einer enormen Verspätung und geraten in Turbulenzen.

»Bitte bleiben Sie während des gesamten Fluges angeschnallt. Wir durchqueren eine Gewitterfront«, säuselt die nette Stewardess ins Mikrofon.

Auch egal, noch schlechter kann es mir fast nicht werden!

Unser Ziel sind die Wasserfälle von Iguazú.

Doch wo bitte schön, sollen wir hier landen? Ich sehe unter uns nur Dschungel!

Haben die Drinks meine Sinne vernebelt?

Angestrengt blicke ich nach draußen. Wir befinden uns eindeutig im Landeanflug, so viel ist klar – und dann auf einmal kann ich sie entdecken, die Landebahn, besser gesagt: die Wiese.

Eine kleine Schneise kommt in Sicht, der Urwald teilt sich und wir setzen holpernd auf – und rollen und schaukeln – und rollen und schaukeln –, bis wir am Ende der Bahn endlich zum Stehen kommen.

Wer hat hier gestern Abend getrunken, ich oder der Pilot?!

»Irre, unglaublich, sensationell, einzigartig.« Kerstin sprudelt.

Aber es ist auch wirklich schier unglaublich.

Wir sind mit einer Art Bimmelbahn durch den Nationalpark gefahren und stehen nun unmittelbar an den Wasserfällen.

»Ich bin schon ganz nass.«

»Was hast du gesagt?«, schreit Kerstin in mein Ohr. »Ich kann dich vor lauter Tosen nicht verstehen.«

Wir sind ganz nah dran an diesem Weltnaturerbe.

Die Wassermassen (300–7.000 Kubikmeter pro Sekunde) donnern in die Tiefe und hinterlassen einen feuchten Nebel auf unserer Haut. Die Sonne kommt hinter den Wolken hervor und zaubert kleine und große Regenbogen in die Szenerie.

Vergessen ist die beschwerliche Anreise, das Erlebnis ist beeindruckend.

Wir stehen auf einer Aussichtsplattform und schauen direkt in den sogenannten »Teufelsrachen« hinein und sind einfach nur sprachlos.

»Wer möchte eine Bootstour unter den Wasserfällen hindurch mitmachen?«, ruft unser Reiseführer in die Runde.

Wir vier schauen uns an und sind uns sofort einig, dass wir dieses Erlebnis auf gar keinen Fall verpassen wollen.

Über winzig kleine Trampelpfade geht es hinunter, immer weiter in die Natur hinein.

Der Lärm ist gigantisch, eine Unterhaltung eigentlich nicht möglich.

Kerstin muss höllisch aufpassen, dass sie nicht ausrutscht und immer genügend Halt hat.

Ein nicht immer einfaches Unterfangen.

Unsere Truppe ist wesentlich kleiner geworden. Vielen ist dieser Trip zu anstrengend.

Wir aber freuen uns riesig über diese Möglichkeit.

»Bitte alles in diesen wasserfesten Behältern verstauen«, weist uns der Guide an.

»Na toll, wie sollen wir denn dann Fotos machen?«

»Ich lasse meinen Apparat draußen. Der ist schon älter und es ist nicht so schlimm, wenn damit etwas passiert«, bietet sich Kerstin an.

Alles klar. Schuhe aus, Wertsachen abnehmen, alles verstauen und Platz nehmen in diesem grell orangefarbenen Schlauchboot.

Und dann geht's los.

Mit sensationellem Speed fliegen wir übers Wasser den riesigen Wassermassen entgegen.

Wir sind so mit Festhalten und Schreien beschäftigt, dass für Angst keine Zeit bleibt.

Und dann ist der Moment gekommen: Wir fahren direkt darunter her und sind in Sekundenschnelle klitschnass!

Einmalig! So lebendig habe ich mich lange nicht mehr gefühlt!

Yeah, I can feel my body ... I can feel my soul!

Das ganze Spektakel wiederholt sich dreimal, dann geht es auch schon zum Ausgangspunkt zurück.

Völlig durchnässt ziehen wir uns die Schuhe an und machen uns auf den Rückweg.

Auf der Hälfte des Anstiegs erwartet uns ein LKW! Wir werden nach hinten verfrachtet auf die offene Ladefläche. Hierauf befinden sich uralte Bretterbänke und schon geht es mit Tempo durch den Urwald!

Wurde uns das vorher auch so verkündet? Ich kann mich nicht daran erinnern – Kerstin auch nicht.

Ich hoffe, wir sehen den Rest der Gruppe wieder …

In Gedanken sehe ich schon die Schlagzeile vor mir: «Verschollen im Dschungel …»

Aber alles Blödsinn. Wir kommen an eine Lichtung und dort steht ein Bus mit dem Rest unserer Gruppe.

Und so geht das Geschaukel weiter, bis wir in Iguazú eintreffen.

Willkommen in Brasilien!

Am nächsten Morgen besichtigen wir ein modernes Weltwunder! Den Staudamm Itaipú!

Dieser liegt an der Grenze zwischen Brasilien und Paraguay und ist der zweitgrößte Damm der Welt.

Es ist eine interessante Tour, zumal wir nur zu fünft sind (wir vier und unser netter Herr aus Hamburg).

Für alle anderen war es wohl zu technisch – und zu früh!

Aber als wir uns noch einmal die Wasserfälle von der brasilianischen Seite aus ansehen, sind wieder alle mit dabei.

»Noch mal zu den Wasserfällen?«, mault unser Nörgler im Bus.

»Ja, um einen Gesamteindruck zu bekommen«, erklärt unser Reiseführer. »Von der argentinischen Seite aus kann man ganz nah herankommen, wie ihr gestern bemerkt habt. Hier, von Brasilien aus, habt ihr einen besseren Gesamteindruck.«

Und er sollte recht behalten. Wir stehen und staunen – was die Natur zu bieten hat!

Selbst unser Nörgler ist verstummt!

Rio!

Was habe ich mir nicht alles von dieser Stadt versprochen! Pure Lebensfreude, Sonne, knackig braune Körper, Samba –einfach Leichtigkeit.

Die Ernüchterung ist groß. Der Himmel ist grau verhangen, es nieselt und zu allem Überfluss ist unser Reiseleiter eine arrogante Socke!

Es ist später Nachmittag, wir sind alle müde und gereizt. Kerstin ist sowieso nicht zufrieden.

Am Flughafen in Itaipú war sie zu ehrlich und musste jede Menge für ihr Übergepäck bezahlen. Ich habe einfach mal schön meinen Mund gehalten und ich glaube, sie ist deswegen noch mehr angesäuert.

»Nun, meine Damen und Herren, willkommen in Rio«, säuselt unser Reiseführer ins Mikrofon.

»Leider ist das Wetter für heute und morgen nicht sehr gut vorhergesagt. Aber wie heißt es so schön bei euch in Deutschland: Es gibt kein schlechtes Wetter, nur schlechte Kleidung. Also packt euch etwas wärmer ein, morgen geht's zum Zuckerhut und zur Christusstatue!«

»Morgen schon, aber die steht doch erst für übermorgen auf dem Programm!«

»Warum denn morgen, wenn das Wetter eh nicht so gut sein soll?«

»Da geh ich nicht mit, der spinnt doch …«

»Schatz, unternimm was, wir haben schließlich eine Menge Geld für die Reise bezahlt …«

Der Unmut der Gruppe ist groß und ich kann sie alle gut verstehen, doch nur mit Gemecker kommen wir nicht weiter.

Ich bin ganz ruhig und bespreche mich zunächst nur in unserem Viererkleeblatt bevor ich durch den Bus wandere und die Stimmen der Einzelnen noch einmal einfange.

Dann mach ich mich auf zu Mr. Wichtig.

»Hallo, guten Tag. Ich bin Klara.«

»Hallo, ich bin Jürgen. Was gibt's?« Arroganz pur.

»Freut mich, Jürgen.« Ich bin die Ruhe selbst und ganz leise. »Wir haben uns in der Gruppe besprochen und auch noch mal in unseren Unterlagen nachgesehen. Der Corcovado steht tatsächlich erst übermorgen an. Laut Wetter-App haben wir dann auch etwas Sonnenschein. Warum also änderst du die Planung? Gibt es einen Grund, den wir nicht kennen? Es wäre klasse, wenn du mich aufklären würdest.«

»Warum hinterfragst du? Bist du die Sprecherin der Gruppe? Es gibt gute Gründe, den Zuckerhut und den Corcovado an einem Tag zu machen.«

»Also erstens, ja ich bin aktuell die Sprecherin der Gruppe.« (War ich das wirklich? Wollte ich das? Eigentlich hatte ich mir fest vorgenommen, auf meiner Reise einfach mal nur Mitläufer zu sein.) »Und zweitens bin ich ganz Ohr, welche Gründe für die Zusammenlegung du mir gleich darlegen wirst«, meine Stimme ist klar wie Eis.

Ich hatte so meine Vermutung, besonders nach der Geschichte mit dem Impfvisum in Peru!

»Ja also, es ist eben zweckmäßiger.«

»Zweckmäßiger, für wen?«

»Na, halt für uns alle.« Die Arroganz begann doch tatsächlich etwas zu wackeln.

»Zweckmäßigkeit haben wir nicht gebucht, Jürgen.« Ich bin immer noch ruhig und leise, gewinne aber eine Nuance an Fahrt.

»Ich schlage vor, du erkundigst dich nach einer Tour übermorgen, denn die haben wir gebucht, und wir sprechen uns heute Abend nach dem Abendessen an der Bar im Hotel noch einmal. Dann hast du genügend Zeit zum Umorganisieren und im Gegenzug hätten wir noch genügend Gelegenheit, um mit dem Reiseveranstalter zu telefonieren.«

Klang das etwa nach Erpressung? Egal, wir hatten nicht so viel Geld bezahlt, damit dieser Schnösel hier seinen Machenschaften nachgehen und sich Kohle in die Tasche stecken konnte.

»Und, was sagt er?«, will Ruana gleich wissen. Auch die anderen scharen sich um mich.

»Ich habe ihm Zeit bis nach dem Abendessen gegeben, damit er neu organisieren kann.«

»Das klappt doch nie im Leben.« Unser Nörgler wieder.

»Lass Klara doch machen«, mischt sich unser Abiturient ein.

»Genau, sie hat den richtigen Ton getroffen und wird die Sache schon richten.« Aha, unsere Hamburger glauben an mich.

Eigenartig, ich fühle mich gut in dieser Situation. Noch vor ein paar Monaten hätte ich mich an dem Gezeter beteiligt, hätte lauter meinen Unmut kundgetan. Bestimmt auch meinen Mund aufgemacht – aber ich weiß nun, dass man auch mit leiseren Tönen sein Ziel erreichen kann.

Nun ja, aktuell konnte ich auch noch nichts vorweisen, aber mein Bauchgefühl (oh Gott, ich bin tatsächlich entspannter geworden) sagt mir, dass ich etwas erreichen werde.

»Das Zimmer ist definitiv zu klein«, mault Kerstin – und sie hat recht.

Also wieder einmal umziehen, aber wenigstens nicht wegen Kälte!

Wir landen in einer typischen brasilianischen Bar und lassen den ersten Abend ausklingen.

Zurück im Hotel treffe ich mich wie vereinbart mit Mr. Wichtig – und er hat doch tatsächlich die Tour umgebucht!

Ich bin stolz auf mich.

Mit dieser Neuigkeit für alle fängt unser zweiter Tag in Rio gut an und selbst das Nieselwetter ist erst einmal vergessen.

Schade für den Zuckerhut, aber immerhin hat sich der Nebel verzogen.

Wir machen viele Fotos und sind gespannt auf die Stadtrundfahrt – und dann alle ziemlich enttäuscht.

Rio ist keine attraktive Stadt. Kein Vergleich zu Buenos Aires!

Was am meisten in Erinnerung bleibt, sind die Favelas! Welch eine Not, welch ein Elend. Dabei fahren wir nur am Rande entlang, aber schon dieser Eindruck macht uns alle nachdenklich.

In Peru und Bolivien waren die Menschen auch arm, aber

dennoch hatten sie eine Würde, eine Ausstrahlung, welche sich auch in ihrer Tracht widerspiegelte.

Hier blicken wir nur in leere Gesichter!

Unser Hotel hat eine Dachterrasse und das Kleeblatt hat sich dort verabredet.

»Heute am Feiertag ist die Strandpromenade autofrei«, weiß Sigrid zu berichten.

»Na, dann nichts wie los!« Kerstin will ans Wasser.

Und so machen wir uns auf den Weg an die Copacabana!

Der Strand ist irre breit – und voll. Halb Rio liegt auf schmalen Handtüchern und ist beim Baden.

Das Wetter hat sich etwas aufgeklart und auch wir strecken unsere Füße in den Atlantik.

»Caipi?«

»Caipi!«

Wir entdecken eine Strandbar und schlürfen den Cocktail aus einer Kokosnuss.

Der erste ist schnell getrunken. Beim zweiten lasse ich mir schon Zeit, die drei anderen sind schon beim dritten angekommen.

Ich wundere mich über Kerstin, die sonst immer zurückhaltender ist, wenn es um Alkohol geht. Aber ich freue mich für sie, dass sie genießt und auch lockerer wird.

Die Bar grenzt an den breiten Boulevard, aber da heute keine Autos fahren, sitzen wir hier ganz entspannt und schauen dem bunten Treiben zu.

Jongleure zeigen ihr Können, andere formen historische Bauwerke ganz aus Sand nach und wenn du sie fotografieren möchtest, dann nur gegen Bezahlung.

Wir bewundern Körper in Bikinis und Badehosen, die regelrechte Kunstwerke sind.

Hier kann man eindeutig sehen, dass die Brasilianer, egal ob männlich oder weiblich, es für ganz normal halten, den Schönheitschirurgen aufzusuchen.

Es kann uns keiner erzählen, dass es so viele gut gebaute Männer und Frauen auf einem Fleck geben kann, bei denen das Wort Schwerkraft komplett außer Acht gelassen wurde!

Aber was soll es! Es macht Spaß, dieses Programm zu schauen.

»Noch einen Caipi?« Ruana läuft zur Hochform auf.

»Ich bin dabei«, kommt es von Sigrid.

»Okay«, von Kerstin.

Ich bin sprachlos und bleibe bei meinem Wasser, was seit der dritten Runde vor mir steht.

Mir ist schwindelig, ich fühle mich nicht gut.

Die drei haben schon leichte Schlagseite und lästern, was das Zeug hält!

Meine Gedanken schweifen ab.

Ich habe Sehnsucht nach Paul. Ich vermisse seine Stimme und sein Lachen. Ich vermisse auch seine Nähe – und seine Zärtlichkeiten.

Was war das entspannt in Neuseeland! Wir haben uns jeden Tag ausgetauscht.

Sein Rat und seine Meinung fehlen mir. Er kann Situationen so herrlich analysieren und Ratschläge geben.

Wir wussten, dass die Südamerikazeit nicht einfach wird. Der Zeitunterschied ist einfach nicht ideal.

Doch warum grübele ich wieder vor mich hin und kann nicht ausgelassen sein wie die anderen drei?

Ist es wieder mal wegen des Jobs? Was nagt an mir?

Es ist Wochenende, genau, das ist es – Wochenende!

Und er hat wieder nicht mit seinen Kindern gesprochen. Was hindert ihn daran?

Ich weiß, er hat viel um die Ohren, plant sein neues Leben. Alles nicht einfach. Aber es gibt mich doch nun einmal!

In vier Wochen bin ich zurück. Und dann?

Ich bin ungerecht – und weiß das auch. Aber ich kann nicht aus meiner Haut.

Zurück im Hotel gehe ich nur noch schnell duschen und dann ins Bett.

Und wieder rollen Tränen.

Sonnenschein!

Wir alle sind happy, dass wir den Corcovado bei strahlend blauem Himmel besichtigen.

Die Tour mit der Zahnradbahn nach oben ist ein Erlebnis – das Anstehen auch!

Oben angekommen bleibt uns allen vor lauter Staunen der Mund offen stehen. Selbst unsere Nörgler sind still.

So grandios und gewaltig hat sich keiner die Statue vorgestellt. Und dann der Blick!

Rio liegt uns zu Füßen, der Atlantik glitzert.

Unterhalb des Christus befindet sich eine Kapelle.

»Ich möchte kurz hineingehen. Kommst du mit?«, frage ich Kerstin.

»Geh ruhig schon vor, ich komme nach.«

Ganz ruhig und fast dunkel ist es hier drinnen. Zum letzten Mal war ich in Neuseeland in solch einer kleinen Kapelle. Aber hier werde ich keine Schimpfwörter benutzen.

Ich zünde zwei Kerzen an – eine für Pauls Familie und eine für meine.

Und dann, wie von selbst, fange ich an zu beten.

Zunächst für all meine Lieben und dann ganz gezielt … »Bitte, lieber Gott, lass Paul mit seinen Kindern sprechen und lass sie sich für uns freuen. Was soll ich denn machen, wenn sie mich ablehnen? Ich bin in solchen Dingen nicht erprobt und habe keine Erfahrung! Ich möchte so gern ein Teil dieser Familie werden. So etwas muss wachsen, ich weiß. Aber bitte, bitte lass ihn den Mut haben und mit ihnen sprechen.«

Völlig fertig sitze ich in der Kirchenbank und bin auf einmal sehr dankbar für die Dunkelheit. So sieht man wenigstens meine Tränen nicht.

Meine Hand wandert zu meinem Perlenarmband, welches ich wie immer um mein Handgelenk trage. Ganz langsam, fast andächtig, berühre ich die blaue Perle – das Symbol für Gelassenheit.

Ich weiß, dass ich ruhiger und gelassener werden muss. Niemand kann einem anderen Menschen vorschreiben, was er tun und lassen muss. Ich sollte das selbst am besten wissen.

Paul wird schon wissen, was und wann er etwas tut. Wie kann ich – tausende von Kilometern entfernt – bestimmen, wann der richtige Zeitpunkt ist, mit seinen Kindern zu sprechen?

Ich vertraue ihm und glaube fest daran, dass er mich am 18. Juli in Frankfurt abholen wird. Nicht eine Sekunde habe ich bis dato daran gezweifelt. Also wird sich das Thema mit seinen Kindern auch ergeben – irgendwann.

Wie war das? Ich soll an mich und meine Fähigkeiten glauben?

Nun glaube ich fest daran, dass alles gut wird.

… only myself is important!

Zurück im Hotel heißt es Abschied nehmen von der Gruppe. Für sie beginnt heute die Heimreise.

Zwei Wochen Rundreise sind vergangen. Kerstin und ich bleiben noch fünf Tage zum Baden und Relaxen.

»Meine Adresse hast du?«, fragt Ruana mich zum gefühlten dreißigsten Mal.

»Ja, habe ich und von Sigrid auch.«

Kerstin und ich stehen mit großen weißen Servietten in der Hand vor dem Hotel und winken dem Bus nach, der alle zum Flughafen bringen soll.

»Tschüss, auf Wiedersehen, war schön mit euch.«

»Mit euch auch, lasst es euch noch gutgehen an der Copacabana!«

Und dann sind sie alle weg.

»Uff, geschafft!«
»Ja, nun wird es ruhiger.«

Kerstin und ich checken aus und lassen uns mit dem Taxi in unser Hotel für die nächsten fünf Tage bringen.

Das Hotel Atlantico liegt direkt an der Copacabana! Und vom Zimmer aus sehen wir seitlich auf den Corcovado! Welch ein grandioser Ausblick.

Ich freue mich auf die nächsten Tage. Etwas mehr in den Tag hinein leben, ohne Zeitdruck, ohne Gruppe.

Wieder eine andere Situation. Allein mit Kerstin. Ich bin gespannt. Bis dato waren Ruana und Sigrid immer als Puffer mit dabei. Nun sind wir mit unseren »Launen« allein!

So banal es klingen mag, den ersten Morgen ohne Hektik in einem Hotelzimmer verbringen Kerstin und ich – mit Koffer packen.

Eigentlich ist es eher ein Umpacken.

Zwei Wochen lang haben wir (vor allem ich) immer wieder einen kleinen Koffer gepackt, kleine Tasche ausgepackt, großen Koffer umgepackt – und die dreckige Wäsche immer mit hin- und hertransportiert.

Heute nun ist Aufräumen angesagt. Das ganze Bett liegt voller Klamotten und wir sortieren nach ungetragen (der kleinste Haufen), getragen und noch brauchbar, getragen und geht gerade noch für den Notfall und muss sofort in die Wäsche!

Der letzte Haufen ist mein größter. So kann ich unmöglich nach Miami reisen.

»Hast du die Info gelesen, was die Reinigung hier im Hotel kostet?«, frage ich Kerstin.

»Der Zettel liegt im Schrank. Willst du wirklich hier reinigen lassen? Das kostet bestimmt ein Vermögen.«

Sie hat nicht ganz unrecht, aber ich kann doch nicht die gesamte Dreckwäsche mit zu Anne nehmen. Ich brauche auf alle Fälle Klamotten für Miami, New York und Boston!

»Ich habe noch Waschmittel dabei für die Handwäsche. Vielleicht hilft dir das?«

Kerstins Vorschlag klingt gut und somit stehen wir beide im Bad und waschen T-Shirts.

»Zwei Hosen und drei Blusen gebe ich im Hotel ab. Dann bin ich zumindest für die nächste Woche safe. In Miami werde ich weitersehen. Vielleicht kann ich bei Anne mal waschen.«

»Und nun?«, fragt Kerstin.

»Hmmm, wie wäre es mit Bikini und sonnen auf der Dachterrasse?«

»Gute Idee. Schon komisch so ohne Programm.«

»Stimmt. Die zwei Wochen waren schon sehr verplant. Besonders die Morgen mit dem frühen Aufstehen.«

Wir liegen faul in der Sonne, Blick auf die Copacabana und genießen das Nichtstun. Irgendwie können wir beide noch nicht so richtig glauben, dass nicht gleich die Stimme eines Reiseleiters ertönt, der uns zur Eile antreibt bzw. die nächsten Programmpunkte erklärt.

»Hat es dir gefallen?«, möchte Kerstin wissen.

»Ja, das hat es. Aber generell wäre mir ein Reiseleiter lieber gewesen, der uns die gesamte Zeit begleitet hätte.«

»Stimmt, der hätte die Gruppe auch besser gekannt.«

»Genau, der hätte auch unsere beiden Nörgler früher in die Schranken gewiesen. So musste jeder Reiseleiter (wir hatten vier, für jedes Land einen) die Gruppe erst mal wieder kennenlernen. Das geht nicht so gut, wenn man nur 3–4 Tage zur Verfügung hat.

Warum haben wir eigentlich in jedem Land einen neuen Reiseleiter bekommen?«

»Das ist für das Unternehmen günstiger, als wenn sie einer Person ein Visa zahlen müssen, damit sie in alle vier Länder reisen kann«, weiß Kerstin zu berichten.

»Weißt du noch, wie sich die beiden in La Paz über das Hotel beschwert haben?« Kerstin ist mal wieder in Gedanken bei dem schlecht gelaunten Ehepaar unterwegs.

»Ja, klar. Einfach eine Unverschämtheit! Die haben es tatsächlich so weit auf die Spitze getrieben, dass ein anderes Hotel für die gefunden werden musste!«

»Nee, echt jetzt? Das habe ich gar nicht mitbekommen.« Kerstin ist entsetzt.

»Die beiden haben den Reiseleiter so lange beackert, bis dieser einfach keinen anderen Ausweg mehr wusste, als ihnen ein anderes Hotel anzubieten! Hätten wir den Reiseführer schon anderthalb Wochen länger gehabt, der hätte mit den beiden Miesepetern bestimmt kurzen Prozess gemacht – und uns wäre die ewige Maulerei erspart geblieben.«

»Da magst du richtig liegen. Aber die letzten Tage sind

sie schon stiller geworden. Ich denke, sie haben gemerkt, dass wirklich niemand aus der Gruppe Kontakt zu ihnen wollte. Selbst am Corcovado oben sind sie ganz allein gelaufen.«

Es macht Spaß, nichts zu tun und die Reise und die Gruppenmitglieder noch einmal Revue passieren zu lassen.

Jede döst vor sich hin, mit den eigenen Gedanken beschäftigt.

Die letzte Mail von Paul kommt mir in den Sinn. Er hat an seine Familie und Freunde eine große Mail versendet und die neue Adresse von sich und Julia mitgeteilt. Ein völlig normaler Vorgang.

Dennoch fühle ich mich irgendwie ausgegrenzt. Nicht dazugehörig.

Absoluter Schwachsinn, wie mir auch mein Unterbewusstsein mitteilt, doch irgendwie lässt mich dieser negative Gedanke nicht los.

Ich bin in mir gefangen. Hier an einem der schönsten Orte der Welt sitze ich und grübele!

Und ganz leise rollt eine Träne meine Wangen herunter. Wieder ein Beach und wieder weine ich. Will das denn gar nicht zu Ende gehen?

»Aber eine Besserung ist schon eingetreten«, meldet sich mein Unterbewusstsein. »Immerhin brichst du nicht mehr in Tränen aus, sie kullern nur vereinzelt …«

Ein schöner Trost!

Spontan beschließe ich, Paul anzurufen – besetzt! Na ja,

er sieht ja, dass ich es versucht habe. Vielleicht meldet er sich zurück.

Keine Ahnung, was heute auf seinem Programm steht oder stand.

In Neuseeland war ich immer up-to-date, hier weiß ich nicht Bescheid.

Nicht, dass ich ihn kontrollieren wollte, Gott nein. Aber es macht diese Vertrautheit aus, dieses Miteinander, wenn man weiß, was der andere für ein Tagespensum zu bewältigen hat.

Ich freue mich auf Miami, wenn der Zeitunterschied wieder passender ist.

Auch habe ich das Gefühl, Kerstin passt es nicht, wenn ich so häufig mit Paul in Kontakt bin.

Vielleicht stimmt das gar nicht, aber da sie aktuell wieder mal keinen Partner hat, gewinne ich diesen Eindruck.

Aber warum nehme ich Rücksicht? Ich tue doch nichts Verbotenes.

»Hallo, mein Schatz!« Paul ist am Telefon. »Ich habe gesehen, dass du mich angerufen hast. Wie geht es dir?«

Es tut so gut, seine Stimme zu hören.

»Hallo, mein Liebling. Mir geht es gut. Die Gruppe ist abgereist, Kerstin und ich haben ein tolles Hotel direkt am Strand, die Sonne lacht und nun rufst du an …«

»Ich wollte deine Stimme hören.«

»Hmm, das tut gut. Ich vermisse dich.«

»Ich dich auch. Aber bald kann ich dich wieder in die Arme nehmen – und knutschen!«

»Ich freue mich auf dich.«

»Ich habe eine Überraschung für dich, mein Schatz. Morgen am Sonntag fahre ich zu meinem Sohn und dessen Freundin – und werde von uns beiden erzählen. Und am Montagabend treffe ich mich mit meinem Töchterchen! Na, was sagst du dazu?«

Ich bin überwältigt und kann es nicht glauben. So lange habe darauf gewartet, dass er mir genau dies erzählt – und nun kann ich nicht reagieren. Ich bin stumm.

»Hallo Schatz, bist du noch da? Hallo, hallo! Du sagst ja gar nichts!«

»Doch, doch«, stammele ich, »ich bin noch da – und freue mich. Sehr sogar.«

»Na, das klingt ja nicht euphorisch!«

»Sorry, ich finde das ganz wunderbar und bin einfach nur glücklich …«

»Das freut mich, mein Engel. Du bist mein großes Glück und das möchte ich mit meiner Familie teilen!«

Danke, lieber Gott, dass du meine Gebete erhört hast!

»Ich drücke dir die Daumen. Meldest du dich, wie es gelaufen ist?«

»Das mach ich auf alle Fälle. Euch ein schönes Wochenende, bis bald. Ich liebe dich.«

»Ich dich auch. Ich sende dir einen dicken Kuss.«

»Was ist los?« Kerstin schaut mich fragend an.

»Paul spricht morgen und übermorgen mit seinen Kindern. Ich freue mich so sehr darüber, habe aber auch ein bisschen Angst.«

»Er wird es ihnen bestimmt gut erklären, das klappt schon.«

»Komm, lass uns anstoßen. Ich habe in der Minibar einen Piccolo entdeckt, den machen wir auf.«

Und so sitzen wir beide in Bademänteln auf dem Bett und trinken Sekt.

Sonntagmorgen, die Sonne lacht. Wieder ein Wochenende, aber diesmal mit Gesprächen! Ich bin nervös und renne ständig zur Toilette.

So war das schon immer. Der Darm ist das Schlachtfeld der Seele, hat mir mal eine Heilpraktikerin erklärt. Auf mich trifft dies jedenfalls genau zu.

»Wollen wir an den Strand bei dem schönen Wetter?«

»Heute ist doch wieder autofreier Sonntag. Wollen wir uns Räder leihen und am Strand entlangdüsen?«

Kerstins Vorschlag klingt gut und so sitzen wir wenig später auf unseren Drahteseln und radeln an der Copacabana entlang! Ein sensationelles Erlebnis.

Wir cruisen durch kleine Gassen, entdecken nette Souvenirläden abseits des Trubels – heute leider geschlossen, aber wir kommen wieder!

An der Strandpromenade spielen verschiedene Straßenmusiker. Wir lehnen lässig an unseren Fahrrädern und lauschen den beschwingten Sambaklängen.

Die Sonne wärmt unsere Haut, es geht ein leichter Wind – wir genießen!

Zurück am Hotel geben wir dem wie immer in Uniform gekleideten Doorman unsere Bikes ab und lachen uns kaputt über seine ungläubige Miene!

Immer wieder schaue ich aufs Handy. Noch keine Nachricht von Paul.

»Lass uns noch an den Strand gehen und baden. Ich brauche Aktivität, sonst werde ich verrückt«, schlägt Kerstin vor.
　　»Gute Idee, wir waren noch gar nicht richtig im Meer.«
　　»Ich nehme dein Buch mit«, meint Kerstin.
　　»Prima, ich denke, es wird dir gefallen.«
　　Von meiner Mutter hatte ich ein Buch für meine Reise geschenkt bekommen. Margot Käßmann heißt die Autorin. »In der Mitte des Lebens« ist der Buchtitel.
　　Mir hat es den Flug nach Dubai und Singapur verkürzt.
　　*50 - und definitiv zu alt für faule Kompromisse. Die Frage ist: Was war bis hierher? Und: Was habe ich noch vor? - Margot Käßmann legt ein Buch vor, das so lebendig ist wie jede wahre Geschichte und das hilft, den eigenen Standort klarer zu sehen. In zehn Kapiteln geht die Autorin den Themen nach, die sich mitten im Leben stellen: Jugendlichkeit und Alter, Familie, Freundschaft und Alleinsein, Schönheit und Scheitern, Krankheit und Glück, Grenzen und Kraftquellen, Routine und Veränderung. **
　　Passende Themen für mich, aber auch für Kerstin und ihre jetzige Situation.

»Und was machst du?«
　　»Ich, ich widme mich mal wieder meinem Tagebuch! Das habe ich schon so lange vernachlässigt.«
　　In der Tat habe ich die letzten anderthalb Wochen fast

keine Eintragungen gemacht. Der straffe Zeitplan und das sehr frühe Aufstehen waren nicht förderlich, um zu schreiben.

Und so wandert das schwarze Buch in die Strandtasche und auf meine Liege.

Das Schreiben hilft mir, meine Gedanken in andere Bahnen zu lenken. Viel haben wir gesehen und erlebt in den vergangenen zwei Wochen.

Wir sind über so manche Steine gelaufen und wie hat es Ruana am letzten Abend auf den Punkt gebracht: »Nun habe ich erst mal genug Geröll gesehen!«

Ein oder zwei Tage mehr Freizeit dazwischen hätten uns gutgetan, das stimmt. Doch dies ist alles Klagen auf hohem Niveau, das ist mir auch bewusst.

Ich komme ins Träumen und muss wieder mal an eine Mail von Paul denken.

> *»Ich schicke dir einen liebevollen Kuss und flüstere dir ein ›Ich liebe dich‹ ins Ohr … Natürlich stehe ich dabei hinter dir, meine Arme liegen um deinen Körper und halten dich eng umschlungen …*
> *Hallo, mein Liebling, meine Copacabana-Maus …*
> *Ich hoffe, dir geht es gut und du hast heute das angenehm warme Wetter in vollen Zügen genießen können? Wie war heute euer erster ›Urlaubstag‹?*
> *Hier bei uns geht das Wetter ziemlich drunter und drüber. Die letzten Tage sind extrem wechselhaft mit viel Regen und kalter Luft. Zwischendurch scheint aber immer wieder die Sonne. Am morgigen Samstag*

soll es den ganzen Tag regnen (… ich fahre nach Hürth und wollte deinen TT ausfahren). Ab Sonntag wird´s dann wieder wärmer, sommerlich und am Montag und Dienstag gibt der Sommer mit 30–33° Vollgas. Bis Mittwoch dann wieder Gewitter und Regen kommen - das Up and Down lässt einen schon ziemlich schlapp werden …

Mein Tag begann mit der ›Haribogummibärchentütenummerachtzehn‹ … eighteen days till the end of your world wide sightseeing … mmmmhhhh …

Um 8:00 Uhr ein conference call von daheim aus mit Sydney. Mal wieder live Englisch gesprochen. Ich hoffe, die Mühe führt zum Kundenauftrag. ;)

Danach habe ich einige Erledigungen gemacht und anschließend noch von zu Hause gearbeitet. Am Nachmittag ging es dann mit Julia in den Keller. Wir haben eine Menge geschafft, 6! Müllsäcke voll alter Dinge entsorgt … Mann, was hat man so im Keller alles gehortet … unglaublich …

Nach dem Essen habe ich mir dann zwei meiner Boxen mit Erinnerungen zur Brust genommen - eine davon war echt lustig, die muss ich dir irgendwann mal zeigen. Alte Schulsachen, Fotos, Urkunden, Urlaubserinnerungen, Briefe aus der Jugendzeit … Fußballsammlungen vom HSV … sensationell. :)

Die zweite Box hat mich dann leider ziemlich geschafft. Sie war voll von tausend Dingen, die mich an die letzten zwanzig Jahre erinnert haben. Vor allem viele gemalte und ›gekritzelte‹ Karten, Briefe, Bilder der Kinder zu Geburtstagen, Weihnachten und auch Briefe. Postkarten aus aller Welt von meinen Eltern,

Freunden, Geschwistern ... Zuerst wollte ich sie direkt wieder zumachen, habe mich dann aber doch damit beschäftigt. Irgendwann muss es ja sein, auch solche Dinge mal auszusortieren, und irgendwie passt es in diese Tage. Aufarbeitung, Abschluss, Abschied, Endgültigkeit ... Nur Loslassen, Trennen gibt einem die Chance, nach vorne zu blicken und einen neuen Weg zu gehen, etwas Neues zu beginnen ... mit einem befreiten und guten Gefühl ...

Nun bin ich von der ganzen Räumerei und dem Tag ziemlich platt und sehne mich nach einer heißen Dusche und dem Bett ... Morgen wird´s wohl wieder anstrengend ... diesmal eher körperlich ... :)

... Wenn ich gleich aus der Dusche komme, liegst du schon unter der Bettdecke ... Du öffnest sie und ich schlüpfe zu dir, nehme dich in die Arme und küsse dich sehr zärtlich - was du ebenso innig und liebend erwiderst ... so verweilen wir ... Du merkst mir meine Müdigkeit an. Ich kann in deinen Armen liegend den Tag abschließen und abschalten - ein unglaublich vertrautes und intimes Gefühl. Ankommen und an nichts mehr denken müssen und so schlafe ich wohl sehr schnell ein. Deinen Herzschlag und deinen Atem spürend und glücklich dabei sein ... und sich auf den nächsten Tag freuend ...

Mein Schatz, ich sehne mich sehr nach dir und dem Moment ... Ich liebe dich und schicke dir einen ganz intensiven Kuss ...

Dein Paul«

16:52 Uhr, SMS von Paul!

»Tim freut sich riesig für mich/uns und möchte dich kennenlernen!«

Mir fällt ein Stein vom Herzen. Ich bin so glücklich, dass ich ganz laut schreien könnte.

Hoffentlich reagiert Julia morgen genauso.

… many thanks, I feel my soul!

»Aber es ist einfacher, wenn Sie mit den grauen Buslinien fahren. Diese sind klimatisiert und halten an den Sehenswürdigkeiten. ALLE Touristen fahren damit.«

Die Lady an der Rezeption hat ihre liebe Mühe, uns davon zu überzeugen, wie wir am besten in die Innenstadt kommen.

»Vielen Dank, sehr nett von Ihnen, aber wir wollen reisen wie die Einheimischen«, kläre ich sie auf.

»Sind Sie sicher? Die Busse sind voll, stickig und sehr schnell unterwegs!«

»Wir sind sicher, vielen Dank für den Hinweis und den Busplan.«

Kerstin und ich wollen nach Santa Teresa. Der Himmel ist bewölkt, der ideale Tag also, um sich etwas anzusehen.

Reisen wie die Einheimischen steht auf dem Programm und so warten wir an der Bushaltestelle auf den gelben Bus mit der Nummer 24.

Endlich kommt er angedüst und wir springen hinein. Anders kann man es wirklich nicht beschreiben. Aber wo lösen wir ein Ticket?

Durch die Massen werden wir in die Mitte des Busses

geschoben und dort sitzt sie, nein, sie thront. Auf einem Podest sitzt die Schaffnerin hinter Gitterstäben! Sie hat genau im Blick, wer eingestiegen ist, und fordert lautstark drei Pesos von jedem.

Zum Glück hatte uns die Rezeptionistin bereits darauf hingewiesen, dass man das Geld passend hinlegen muss.

Für Wechselgeld hätte man auch gar keine Zeit, geschweige denn eine Hand frei.

Mit gefühlten 100 km/h rast der Bus durch die Stadt. Die Busspur ist seine Rennstrecke und wir werden im Bus von einer Ecke in die andere geschleudert.

Es ist heiß, stickig, laut und riecht nach Abgasen. Aber wir haben Spaß und tauchen in das Leben ein.

Am Zwischenstopp angekommen, steigen wir mit einem breiten Grinsen aus dem Bus aus und freuen uns über das Erlebte.

Und weiter geht es mit der historischen Tramp. Diese zuckelt gemächlich dem Ziel entgegen und Kerstin hat die Möglichkeit, ihren Fuß hoch zu lagern.

Ganz tapfer hat sie alle Anstrengungen der Reise gemeistert, aber seit ein paar Tagen ist der Fuß abends geschwollen!

Ich denke, es ist die Anstrengung. Sie klagt auch manchmal über Schmerzen. Ich hoffe nicht, dass die Belastungen zu groß waren und die Wunde noch nicht gut genug verheilt war!

Das Viertel ist fantastisch, nein, es wäre fantastisch, wenn es nicht so verfallen wäre. Geld fehlt an allen Ecken und

Enden. Die Armut ist groß und dementsprechend hoch ist auch die Zahl der Taschendiebstähle.

Überall wird man davor gewarnt.

Selbst an der Tramphaltestelle stehen Schilder! Und tatsächlich springen während der Fahrt junge Männer von außen auf die Trittbretter und fahren so bis zur nächsten Station mit. Unsere Taschen haben wir aus diesem Grund zwischen uns gestellt. Keine leichte Beute für die Jungs!

Rio lebt von Strand, Fußball und Karneval. Das wird uns immer bewusster. Schade, aus der Stadt könnte man wirklich etwas machen. Und eigentlich ist Brasilien kein armes Land, aber die Korruption ist groß und so kann ein Staat nicht vorankommen.

Auch im Botanischen Garten, den wir am nächsten Tag besichtigen, ist auffällig, dass dies eine große Einnahmequelle für die Stadt wäre, wenn man das ein oder andere Café oder Restaurant dort eröffnen würde.

»Also morgen doch wieder Strand?«

»Oder eine Shopping Mall besichtigen?«

»Ich habe schon einige auf meiner Reise gesehen, aber wir können morgen gern fahren.«

Zurück im Hotel wollen wir zunächst nur eins: duschen! Irgendwie fühlen wir uns schmutzig.

Und ein Absacker in der Bar im 20. Stock wäre klasse, nur leider hat die geschlossen.

»Wir können Drinks an der Bar im Erdgeschoss holen

und die Chips und Nüsschen aus der Minibar mit nach oben nehmen«, schlägt Kerstin vor.

»Gute Idee, ich schaue mal nach, ob saubere Handtücher oben bereitliegen, damit wir es etwas bequemer haben.

Und so machen wir es uns auf den Liegen am Pool gemütlich und stoßen auf Paul an!

Auf dem Weg nach oben hat mich die SMS erreicht, dass sich auch Julia für uns freut und ganz gespannt auf mich ist.

Die Erleichterung ist so groß, dass ich es noch gar nicht glauben kann.

Elf Wochen bin ich nun unterwegs und dieses Thema begleitet mich von Anfang an. Es wird eine Weile dauern, bis ich realisiert habe, dass die ersten Schritte in eine gemeinsame Zukunft getan sind.

Wir sind zurück in dem kleinen, netten Andenkenladen, den wir auf unserer Fahrradtour entdeckt haben.

Kerstin tätigt einen Großeinkauf.

Gilson Martinez ist ein angesagter Künstler und hat das wellenförmige Muster erfunden, welches charakteristisch für das Pflaster an der Copacabana ist.

Dieses findet sich nun auf vielen Gegenständen wieder. Ein Rucksack und ein Trolley haben es Kerstin angetan.

»Welches Teil soll ich nehmen?«, fragt sie unschlüssig.

»Nimm doch beide. Sie passen perfekt zusammen und du kannst sie gut nutzen, wenn du nach Sylt fährst.«

»Aber wie bekomme ich sie nach Hause?«

»Hmm, dann ist wieder mal umpacken angesagt«, erwidere ich grinsend.

Es freut mich, dass sie solch schöne Mitbringsel gefunden

hat. Sehr gern hätte ich mir auch eine Tasche gekauft. Aber sie sind mir zu teuer. Ich muss sparsam mit meinem Geld umgehen. Außerdem kommt noch Miami, New York und Boston!

Aber ich finde zwei Espresso-Tassen mit dem gleichen Muster und kaufe sie für Paul und mich.

Ein schönes Gefühl. Nach der Schale sind dies nun die zweiten Gegenstände, die ich für UNS gekauft habe!

UNS – dies wird immer greifbarer, besonders nach solchen Mails.

»Meine Maus, die nächsten Tage werde ich nicht skypen können, da ab morgen die Internetverbindung in Langenfeld abgemeldet wird und in der neuen Wohnung wird am Dienstagabend erst wieder alles angeschlossen.

Der Umzug startet nun endgültig am Mittwochmorgen. Ich denke, wir werden alles Wichtige am Donnerstagabend ›drüben‹ haben. Bis auf ein paar Kleinigkeiten, die ich mal mit einem Hänger transportieren kann …

Ich denke, wir werden spätestens am Donnerstag das erste Mal in der neuen Wohnung schlafen.

Meine E-Mails bekomme ich aber über mein iPhone … ich werde dich auch darüber auf dem Laufenden halten … :)

… Als ich in der Wohnung in meinem Badezimmer stand, habe ich mir die Badewanne angesehen und plötzlich habe ich dich darin sitzen sehen mit viel Schaum drum herum … Ich habe mich zu dir heruntergebeugt und dich zärtlich geküsst.

… Was für eine schöne Vorstellung … Hoffentlich bald
Wirklichkeit … :)
Ich liebe dich sehnsüchtig …
Dein Paul«

Unser vorletzter Tag in Rio ist gekommen. 28 Grad zeigt
das Thermometer und wir beschließen einen kompletten
Strandtag daraus zu machen.

Übermütig tollen wir durch die Wellen und liegen anschließend faul auf den Sonnenstühlen.

Eine junge Frau zieht mich in ihren Bann. Sie zeichnet
Henna-Tattoos und ich winke sie heran.

»Du kannst dir ein Motiv aussuchen.«

»Schreibst du auch was?«

»Ja, klar, wohin denn?«

Ganz spontan kommt mir die Idee. So ein Tattoo hält ungefähr vier Wochen, dann bin ich schon zurück – und Paul
könnte es sehen.

Und so landet »… I'm coming back« in wunderschöner
Schreibschrift auf meinem rechten Fußrücken! Ich bin total happy.

»Kannst du mir auch eins malen?«

Ich bin total überrascht. Kerstin will auch eins haben?
Surprise, surprise!

»Klar, hast du eine Idee?«

»Klara, was hast du in Singapur machen lassen?«

»Anfangsbuchstaben aus chinesischen Schriftzeichen.
Sah klasse aus.«

»Okay, dann KS für mich!«

Die Tattoos müssen noch trocknen und wir beschließen, ins Hotel zurückzugehen und schon mal mit dem Packen anzufangen.

Ich schreibe eine Mail an Anne und Maria und bestätige meine Ankunftszeit in Miami. Es wird dort ganz früher Morgen sein und Anne sendet mir noch einmal ihre Adresse und den Zugangscode für ihren Wohnbezirk, damit ich alles dem Taxifahrer nennen kann.

Ich bin online und so habe ich Glück und höre das vertraute Klingelzeichen! Paul skypt mich an!

»Hallo, mein Liebling!«

»Hallo, mein Schatz.«

»Wie geht es euch?«

»Danke, sehr gut. Wir hatten einen tollen Strandtag und sind nun am Packen. Wir können zwar unser Zimmer bis morgen um 16:00 Uhr behalten, aber wir wollten heute schon alles fertigmachen. Und was gibt es bei dir Neues?«

»Julia ist durchs Abi gerasselt!«

»Wow, das haut mich um. Aber vielleicht war das letzte Jahr einfach zu viel für sie.«

»Mag sein, ich wollte nur schnell die Info loswerden und deine Stimme hören. Ich habe noch einen geschäftlichen Termin.«

»Danke dir, mein Liebling. Ich melde mich, wenn ich in Miami bin. Dicken Kuss.«

»Dir auch, bis bald, meine Liebe.«

Na, das waren ja Neuigkeiten! Somit würde Julia auch noch das nächste Jahr bei Paul wohnen! Eine Situation, die wir beide so nicht eingeplant hatten.

Aber nun ja, wir werden sehen, was die Zeit bringt.

»Guten Morgen, mein Liebling,
dich zu sehen, dein Gesicht, dein Lächeln, deine
Schönheit, deine ... :) Mmmmhhhh, ich konnte nach
dem Skypen tief und fest schlafen und träumen ... es
tat richtig, richtig gut nach so langer Zeit und es ver-
stärkt noch mal mehr die Sehnsucht, dich am 18. Juli
ganz fest und intensiv in die Arme zu nehmen ... Ich
freue mich auf die Zeit danach ...
1. Juli – der vierte und letzte Monat ist da!
Drei Kalenderblätter sind abgetrennt, das Juli-Ka-
lenderblatt ist da und der Kreis um den 18. Juli ist
wirklich in diesem Monat!
Danke, dass du mich liebst und dass es dich gibt ...
Dein Paul«

»Wo wollen wir heute Abend essen gehen?«

Zum letzten Mal auf dieser Reise haben wir diese Frage zu erörtern.

»Wie wäre es mit der kleinen Bar hier um die Ecke?«, schlage ich vor.

»Gute Idee. Ist auch nicht so weit.«

Die Bar ist wie immer gut besucht, aber wir finden ein Plätzchen und lassen uns erst mal ein Bier bringen.

Schnell werden daraus ein zweites und ein drittes!

Das einheimische Gericht mit Würstchen ist sehr fettig und ich merke beim Essen schon, dass es mir nicht bekommt.

Kerstin ist auch nicht mit ihrer Wahl zufrieden und so nimmt der Abend seinen Lauf.

»Was hast du denn, schmeckt es dir nicht?«, frage ich sie.
»Ich hab nichts.«
»Natürlich hast du was, das merke ich dir an.«
»Ach, du merkst was?«
»Was soll das denn jetzt?«
»Na, du merkst doch gar nicht, wie es mir geht!«
»Das stimmt doch gar nicht. Ich weiß, dass es dir nicht gut geht, aber das muss doch nicht immer Thema sein.«
»Wieso immer? War es denn mal Thema?«
»Es ist unterschwellig immer Thema.«
»Ach ja, nerve ich dich?«

Ein Wort ergibt das andere und dann breche ich in Tränen aus. Mitten am Tisch.
Kerstin ist erschrocken – und ich auch.
Wir bezahlen schnell und verlassen das Lokal.

Auf unserem Balkon angekommen beginnt eine Aussprache, die längst überfällig ist.
»Du bist immer so abwehrend, wenn du eine Meinung vertrittst«, schluchze ich. »Ich komme dann verbal nicht gegen dich an, außer es würde im Streit enden.«
»Das war mir nicht bewusst. Meine Situation ist aktuell aber auch nicht prickelnd.«
»Das weiß ich, aber meine auch nicht. Ich habe alles aufgegeben und muss von ganz vorne anfangen. Du hast wenigstens deinen Job und deine Wohnung ...«

»Stimmt, aber nach meinem Fußbruch hättest du dich ruhig mehr melden können!«

»Ich war doch schon auf Reisen und habe mehr oder weniger erst durch Zufall davon erfahren. Wie wäre es gewesen, wenn du mich einfach angerufen oder angeskypt hättest?«

»Ich igle mich immer ein, wenn es mir nicht gut geht.«

»Ja, aber nur Sprechenden kann geholfen werden.«

Wir liegen uns in den Armen und sind froh, dass wir den Mut gefunden haben, auszusprechen, was wir denken.

Der letzte Tag in Rio verwöhnt uns mit Sonne pur.

Ich werde wach nach einer entsetzlichen Nacht.

Das Essen lag mir quer im Magen, ich war gefühlt zehnmal im Badezimmer.

Kerstin versorgt mich mit Underberg (aus ihrem Notvorrat) und ich falle noch einmal in einen leichten Dämmerschlaf.

Gegen 10:00 Uhr bin ich in der Lage, das Bett zu verlassen und wir gehen noch mal an den Strand.

Zum Glück hatten wir gestern wirklich alles gepackt und auch schon die Rechnung im Hotel beglichen.

So können wir die Sonne genießen und starten rechtzeitig Richtung Flughafen. Es ist viel Verkehr und Kerstin wird nervös und ängstlich, dass sie ihren Flieger verpasst.

Ich bin die Ruhe selbst. Auch ein Ergebnis meiner Reise. Zunächst einmal wird man mindestens dreimal ausgerufen, bevor das Flugzeug ohne einen startet!

Der Abschied ist tränenreich und voller Beteuerungen.

»Versprich mir, dass du mit mir redest, wenn es dir nicht gut geht.«

»Ja und du sag mir Bescheid, wenn ich zu abwehrend bin.«

Ein letztes Winken, dann ist sie um die Ecke verschwunden.

Ich suche mir eine ruhigere Ecke, eingecheckt habe ich bereits und beginne meine Rundmail an die Mädels zu Hause.

Viel ist passiert auf dieser Rundreise. Viele neue Eindrücke sind hinzugekommen. Es wird eine lange Mail, aber ich habe ja Zeit.

Ich habe pünktlich Boarding, aber dann geht das Spektakel los.

Zwölf Sitze in der Premium-Klasse sind doppelt vergeben und es dauert eine Stunde, bis eine Einigung erzielt wird!

Die restlichen Passagiere sind genervt und am Ende.

Die Klimaanlage ist noch nicht an, es sind mindestens 45 Grad im Flugzeug und alle haben Durst.

Nachdem wir uns bei den Stewardessen beschwert haben, verteilen sie zum Glück vor dem Start noch Wasser an uns!

Zu meinem großen Glück sitze ich wie immer am Gang. Das Flugzeug gleitet leise durch die Nacht.

Miami, ich freue mich auf dich – und auf Anne und Maria!

ANKOMMEN

In Miami empfängt mich das typische Florida-Wetter – Sunshine und hohe Luftfeuchtigkeit.

Augenblicklich fühle ich mich durchgeschwitzt!

»18841 South West Court Miramar«, rufe ich dem Taxifahrer zu. »Kann ich ein Taxi teilen?«

Ich dachte, ich frage mal, um Kosten zu sparen.

»Klar, wir müssen nur noch ein paar Minuten warten, ein Paar will noch mitfahren.«

»Kein Problem, was kostet die Fahrt?«

»42,00 Dollar.«

»Okay!«

Cool, normalerweise hätte ich 75,00 Dollar bezahlt. Früher hätte ich mir keine Gedanken darüber gemacht, aber ich habe gelernt, dass ich auf mein Geld achten muss, und solche offenen Gespräche gehen mir mittlerweile leicht über die Lippen.

»Bist du sicher, dass wir hier im richtigen Distrikt sind? Die Schranke geht nicht mit dem genannten Code auf«, fragt mich der Taxifahrer.

»Ich bin sicher, versuche es noch mal.«

Anne hat mir alles exakt aufgeschrieben.

Wir sind an riesigen Hochhäusern vorbeigefahren, einen breiten Highway entlang und sind nun in ihr Viertel eingebogen. Alles sieht aus wie auf dem Reißbrett entworfen. Klasse angelegt, mit viel Grün, großen Palmen und blühenden Büschen und Sträuchern – aber irgendwie sieht es künstlich aus.

Die einzelnen Viertel sind durch Schranken und Security abgeriegelt und trotz des Sonnenscheins, des hellen Lichtes, beschleicht mich ein leichtes Gefühl der Beklemmung.

»4731, einmal versuchen wir es noch.« Mein Taxifahrer wird ungeduldig. Er macht sowieso kein gutes Geschäft mit mir. Das andere Ehepaar ist nicht gekommen und somit hatte ich das Taxi für mich allein – für ihn kein guter Deal für den Preis.

Aber ich habe nicht mit mir handeln lassen. Vereinbart ist vereinbart. Ich bin stolz auf mich.

Endlich geht die Schranke auf, noch zwei Kurven und da stehen meine beiden Damen – im Pyjama! Amerika lässt grüßen.

»Hallo, meine Liebe, schön, dich zu sehen. Klasse siehst du aus.« Maria drückt mich herzlich.

»Hello, welcome in Miami and my home. Good to see you.« Auch Anne nimmt mich in den Arm.

Ich fühle mich glücklich und auf das Herzlichste empfangen.

»Hallo, Mädels, schön, euch zu sehen. Ich freue mich, hier zu sein.«

»Schnell rein, es ist jetzt schon heiß.« Anne treibt uns ins Haus.

»Herzlich willkommen in meinem Heim. Es ist nicht groß, aber für mich ist es ausreichend. Willst du gleich auspacken und Wäsche waschen?«

»Klasse Idee, danke für den Vorschlag, Anne. Wenn es dir nichts ausmacht, würde ich tatsächlich gern etwas waschen.«

»Etwas? Du hast bestimmt mehr Schmutzwäsche dabei, oder?«

Anne ist praktisch veranlagt. Sie steht mit ihren Anfang 70 mitten im Leben, war immer viel unterwegs und weiß, was es heißt, nach so langer Zeit wieder in einem Haushalt anzukommen.

»Feel free, benutze Waschmaschine und Trockner. Maria und ich machen uns in der Zwischenzeit im Bad fertig.«

»Thanks, Anne, hättest du einen Kaffee für mich und ein Wasser?«

»Wasser kommt direkt aus dem kleinen Hahn neben dem Hauptwasserhahn, direkt gefiltert. Gläser findest du im Schrank über dem Herd. Kaffee kommt gleich.«

Ich sehe mich um in ihrem Puppenhaus. Wenn man durch die Haustür kommt, steht man mitten im Wohnzimmer! Dies ist nun mit meinen Koffern und Taschen komplett ausgefüllt! Aber Anne macht das nichts aus.

Ihr Haus ist nun auch mein Haus und so trinke ich erst mal ein Wasser und mache mich daran, meine Wäsche auszupacken und die Waschmaschine zu bestücken.

Schon komisch, in so kurzer Zeit in einen einem fremden Haushalt einzutauchen. Aber Anne hat erkannt, I'm on travel und ich brauche erst mal das Nötigste.

»Das Bad ist frei«, ruft Maria. »Du kannst dich frischma-
chen.«

Super Idee, alles klebt am Körper. Nach der Hitze draußen ist es bei Anne angenehm temperiert. Die Klimaanlage
ist angeschaltet, aber leider sind auch die Fensterläden geschlossen. Im ganzen Haus ist es dämmrig. Meine Augen
müssen sich erst daran gewöhnen.

Ich teile mir mit Maria ein Zimmer. Nichts Neues für uns,
haben wir doch die eine oder andere Reise für SI gemeinsam unternommen und sind immer in einem Doppelzimmer untergekommen.

Aber wie bin ich eigentlich nach Miami und zu Anne
gekommen?

Ferienzentrum Schloss Dyck, Artland. Ladies Lake Side Chat 2010.

Meine Freundin Maria hat mich zum Netzwerken eingeladen.

»Hallo, meine Liebe. Ich habe meine Freundin Anne aus Miami zu Besuch bei mir. Würdest du dich heute Abend ein wenig um sie kümmern? Deine Sprachkenntnisse sind doch gut und ich denke, ihr werdet euch gut verstehen.«

»Herzlich gern. Hallo Anne, ich bin Klara.«

»Hallo, ich bin Anne aus Miami. Nett, dich kennenzulernen.«

»Kennst du Maria schon lange?«

»Ich habe Maria vor zwölf Jahren kennengelernt. Wir waren beide Gründungsmitglieder bei SI Lingen/Lingen und als sie dann Präsidentin wurde, hat sie mich zur Schriftführerin gewählt.«

»Oh, ein Job mit viel Arbeit.«

»In der Tat, aber wir waren auch zusammen auf Reisen und für Maria war von Anfang an klar, dass wir uns ein Doppelzimmer teilen. So etwas schweißt zusammen. Und wie ist es mit dir? Ich habe dich noch nie hier gesehen.«

»Ich kenne Maria schon seit ihrer Jugend. Mein Mann und ihr Vater waren Arbeitskollegen! Die Verbundenheit und die Freundschaft sind auf sie und ihre Familie übergegangen. All die Jahre habe ich das Geschehen rund um das Ferienzentrum und ihre Familie verfolgt. Eigentlich bin ich ein Teil davon.«

»Das klingt sehr vertraut. Mein ›Noch-Mann‹ und ich waren hier sehr oft eingeladen …«

»Dein ›Noch-Mann‹?«

»Ja, ich lebe seit Februar getrennt.«

»Noch nicht sehr lange. Wie geht es dir dabei?«

»Gut, ich kann es nicht anders sagen. Am Anfang war es nicht einfach …«

»Was ist schon einfach?« Anne fragt es nicht herausfordernd. Vielmehr ist ein mitfühlender Unterton zu hören.

Wir suchen uns ein Plätzchen, sind mit Weißwein und gutem Essen versorgt und beginnen zu plaudern.

»Ich bin auch geschieden. Aber das ist lange her.«

»Hast du Kinder?«

»Vier – einen Sohn und drei Töchter. Ich bin schon vierfache Großmutter. Und du?«

»Nein, ich habe keine Kinder. Wenn ich es mir recht überlege, dann hatte ich bis zu meiner Trennung ein großes Kind zu versorgen: meinen Mann! Aber vor lauter Arbeiten war kein Platz für eigene Kinder.«

»Für Kinder ist immer Platz, wenn man welche möchte!«

»Da magst du richtig liegen. Ich habe meinen Mann geheiratet und parallel haben wir uns selbständig gemacht. So gab es am Anfang wirklich nur unsere Arbeit und das Haus mit 3000 qm Grundstück! Ich fand das toll und es hat uns vollständig ausgefüllt.

Irgendwann wurden die Fragen immer lauter. Meine Familie und auch Freunde haben dann und wann vorsichtig angeklopft und mal die Frage nach Nachwuchs fallen gelassen. Ich habe irgendwann für mich erkannt, dass ich nicht das Muttertier bin. Eigentlich hätte ich mit einem Kind mir nur beweisen wollen, dass ich diesen Part auch noch schaffen und erfüllen kann. Keine gute Voraussetzung …«

»Und dein Mann? Wollte der keine Kinder?«

»Ach, weißt du, Anne. Mein Mann ist mit Kindermädchen und Haushälterin großgeworden. Dafür war aber bei uns kein Geld da. Zumindest nicht am Anfang. Meine Eltern waren 350 Kilometer entfernt, meine Schwiegereltern sind äußert lieb, aber haben von Anfang an klargestellt, dass Kinder bzw. Enkelkinder einzig und allein unsere Angelegenheit sind. Mein Mann fand Kinder immer süß, solange sie nicht seinen Tagesablauf und seine Pläne durcheinanderbrachten. Für mich war dann irgendwann klar, wenn wir Kinder haben sollten, dann wären es ausschließlich meine Kinder gewesen.«

»Wow, das war bestimmt nicht einfach.«

»Es ist, wie es ist. Heute denke ich, es musste alles so kommen.«

Schon eigenartig. Wir kennen uns erst seit einer guten Stunde, plaudern aber zusammen, als ob wir uns schon ewig kennen würden.

»Na, meine Lieben.« Maria ist an unseren Tisch gekommen. »Ihr habt euch ja richtig festgeplaudert. Denkt daran, dass ihr euch auch ein bisschen unter die anderen Gäste mischt.«

»Machen wir, aber Klara und ich haben uns glänzend unterhalten. Es gibt viele Parallelen in unserem Leben. Klara muss mich unbedingt mal besuchen.«

Wir blicken auf den See, die Sonne geht gerade unter, das Wasser glitzert im Abendrot.

Maria lehnt am Geländer und plötzlich beginnen ihre Augen zu leuchten.

»Weißt du was, meine Liebe? Ich habe dir doch in diesem

Jahr zum Geburtstag ein Wochenende in einer Stadt deiner Wahl geschenkt. Wir münzen das einfach um und treffen uns in Miami! Was hältst du davon?«

»Super Idee, Darling.« Anne ist begeistert.

Und ich bin sprachlos! Miami?! Stand bisher nicht auf meiner Agenda.

»Irre, meinst du das im Ernst?«

»Natürlich meine ich das im Ernst. Lass uns morgen beim Frühstück darüber sprechen. Und nun, auf zum Chatten.«

So wurde die Idee mit Miami geboren. Als ich dann meine Reiseroute ausgewählt und mit Maria darüber gesprochen habe, war sehr schnell klar, dass Florida mit auf die Route musste.

Maria hat einen einwöchigen Aufenthalt daraus gemacht und war schon vier Tage vor mir da. Drei Tage haben wir nun noch gemeinsam und ich bin dann noch weitere drei Tage mit Anne allein unterwegs.

»Du siehst unglaublich erholt aus.«

»Stimmt, total relaxt. Und so schön braun.«

»Ja, aber auch ihre Augen strahlen mehr.«

»Und sie ist nicht mehr so dünn.«

»Zufrieden sieht sie aus.«

»Einfach glücklich.«

Die zwei können sich nicht beruhigen.

Bin ich wirklich so anders? Wirke ich so verändert?

Wir drei sitzen am Küchentisch. Die Waschmaschine rumpelt, mein Koffer ist wieder einmal umgepackt. Ich habe geduscht und fühle mich frisch.

Anne hat leckere Sachen zum Frühstück eingekauft. Frisches Obst, frisch gepresster Orangensaft, Eier, Marmelade, etwas Käse und Wurst. Alles, was das Herz begehrt. Kontinentales Frühstück!

Ich fühle mich wach und unternehmungslustig. Zum Glück konnte ich im Flugzeug schlafen und ich bin mit der Zeit gereist, wie man so schön sagt.

Die beiden sind neugierig und so sitzen wir den ganzen Vormittag am Tisch und plaudern. Es macht Spaß, die einzelnen Stationen Revue passieren zu lassen, und ich merke an meinen Erzählungen, was ich alles erlebt habe und wie ich mich dadurch verändert habe.

Ich bin lockerer geworden. Selbstbewusst war ich schon immer, doch nun kommt eine gewisse Ruhe hinzu und eine Gewissheit, dass ich vieles schaffen kann.

»Was möchtest du denn hier in Miami sehen?«

»Eigentlich habe ich mir darüber keine Gedanken gemacht. Für mich war es einfach wichtig, euch beide zu sehen und etwas mit euch zu unternehmen. Gern möchte ich einen Strandtag einlegen, ich bin aber generell neugierig auf das Land. Es ist (außer L. A.) das erste Mal, dass ich in den USA bin.«

»Okay, meine Familie ist neugierig auf dich«, erklärt mit Anne. »Was hältst du davon, wenn wir erst mal durch Miami fahren, dir einen Überblick verschaffen und irgendwo eine Kleinigkeit essen? Heute Abend sind wir bei meinem Sohn Tom zum Barbecue eingeladen. Er wohnt mit seiner Familie ca. 25 Minuten von hier. Meine Tochter Kim, die eigentlich in Sarasota wohnt, ist auf Besuch hier und somit haben wir eine große Runde.«

»Klasse, sie sind alle hier?«, freut sich Maria »Die habe ich ja alle eine Ewigkeit nicht gesehen!«

Und so cruisen wir durch Miami. Anne ist eine gute Reiseführerin und ich bekomme einen groben Überblick über die Stadt.

Alles ist gerade angelegt, es wirkt auf mich wie ein Schachbrett und generell ist alles irgendwie clean. Zumindest wirkt es so auf mich.

Wir sehen vieles nur aus dem Auto heraus. Die Temperatur ist aktuell bei 38 Grad und die Luftfeuchtigkeit ist extrem hoch.

Meine Frische vom Morgen ist dahin!

Hier könnte ich nicht leben! Die Temperaturen gepaart mit der extremen Feuchtigkeit wären nichts für meinen Organismus.

Und in jedem zweiten Satz geht es irgendwie um Sicherheit.

Wir benötigen den Code für die Security im Wohnviertel, die Alarmanlage in Annes Haus ist immer eingeschaltet, viele Polizisten patrouillieren auf den Straßen – was für ein Unterschied zu Neuseeland, diesem verträumten Fleckchen Erde.

Und was für ein krasser Gegensatz zu Südamerika. Hier ist alles aufgeräumt und geregelt.

»Hallo und willkommen in meinem Zuhause«, begrüßt

mich Tom sehr herzlich. »Hereinspaziert. Hi Maria, lange nicht gesehen.«

»Hallo Tom, vielen Dank für die Einladung. Ich freue mich sehr.«

»Hi Tom, nice to see you«, freut sich Maria.

»Dies ist meine Frau Marisol, meine Tochter Ashley. Dort hinten in der Küche steht meine Schwester Kim mit ihren beiden Söhnen und auf dem Sofa findest du Melinda, eine gute Freundin meiner Mutter.« Ganz relaxed hat Tom im Nu alle vorgestellt und noch ehe wir uns versehen, haben wir ein Glas Weißwein in der Hand und stehen in der Küche um den Herdblock herum.

Alle reden in einer irren Lautstärke durcheinander, ich muss mich erst an die Geschwindigkeit gewöhnen.

Anne merkt, dass ich leichte Schwierigkeiten habe, und mischt sich ein.

»Soll ich dir mal das Haus zeigen?«

»Ja, sehr gern. Sorry, ich muss mich erst mal wieder an nur englische Konversation gewöhnen. Ihr Amerikaner redet ganz anders als die Neuseeländer.«

»Keine Angst, du wirst dich schnell daran gewöhnen.«

Und somit begeben wir uns auf die Rundtour, anders kann man es nicht nennen.

Das Haus ist riesig. Es erinnert mich von der Größe und der Einrichtung her an eine amerikanische Serie, die in den 80ern in Deutschland im Fernsehen lief. »Denver Clan« hieß sie.

Alles wirkt wie im XXL-Format und sehr mondän und irgendwie *bling-bling*.

So ist es auch hier. Allein in das Wohnzimmer könnte man meine gesamte Wohnung packen. Und die Küche ist ungefähr so groß wie die im Hotel!

Überall hängen Lüster und goldene Bilderrahmen. Es fehlt an nichts.

Anne zeigt mir wirklich das ganze Haus und so auch das Schlafzimmer. Niemals im Leben habe ich solch ein Bett gesehen.

Es steht erhöht wie ein Thron, ist ungefähr 2,20 Meter lang und 4 Meter breit und über und über mit Kissen bestückt. Unglaublich.

Es sind diese Dimensionen, die typisch für Amerika sind. Egal ob wir heute im Supermarkt Müsli kaufen wollten, wo ich über riesige Säcke voll mit Cerealien den Kopf geschüttelt habe, oder ich nach Orangensaft gesucht habe und Anne mit einem 5-Liter-Kanister um die Ecke kam!

Alles ist größer, wirklich alles. So auch Toms Barbecue draußen auf der Terrasse.

Eigentlich ist es mehr eine Outdoor-Cooking-Station! Von solch einem Grill träumt mancher Küchenchef.

»Na, wie gefällt dir unser Heim?«, fragt mich Marisol.

»Es ist wunderschön. Alles sehr geschmackvoll aufeinander abgestimmt«, höre ich mich antworten. Schließlich will ich sie nicht vor den Kopf stoßen. Dass es nicht mein Geschmack ist, ist ja mein Problem. »Und es ist riesig. Aber das sind ja viele Dinge bei euch in den USA.«

»Ja, stimmt, uns fällt das gar nicht mehr auf. Aber unser gesamtes Land ist auch riesengroß. Ich denke, im Laufe der Zeit hat man die Dimensionen einfach auf viele Dinge übertragen.«

»Klara hat sich heute über das Angebot im Supermarkt gewundert«, wirft Anne ein.

»Nicht nur über das Angebot. 25 Kassen standen nebeneinander! In Deutschland gibt es 10 bei Ikea und das finden wir schon enorm.«

»Welcome to America!« Tom wird patriotisch!

»Dinner ist fertig, alle bitte zu Tisch!« Kim hat das Ruder übernommen und wir sitzen wieder einmal drinnen. Auch das ist wohl typisch für die Region. Es gibt eine fantastische Terrasse, aber es ist zu warm draußen und so sitzen wir mit Klimaanlage drinnen – an einer reizend gedeckten Tafel.

Es ist wieder das Eintauchen in eine andere Kultur, was mich so fasziniert. In Familien wird dies besonders deutlich und ich freue mich, dass ich hier ein Teil davon sein darf.

Für Anne ist es selbstverständlich, dass ich überall dabei bin, und für Maria ist das sowieso klar.

Alle sind neugierig auf mich und auf meine Erzählungen. Für mich ist es zum Teil sehr anstrengend. Mittlerweile merke ich den langen Tag (ich habe zwar im Flugzeug geschlafen, aber so entspannend war es dann doch nicht).

Wir haben sehr lecker gegessen – und das viel zu viel. Und der Weißwein tut sein Übriges dazu.

Ich weiß auch nicht, aber irgendwie ist mein Glas immer voll!

Gegen 23:00 Uhr brechen wir auf und ich bin froh, als ich in der Waagerechten liege. Selbst zum Mailschreiben bin ich zu müde …

Aber ein Gedanke geht doch noch: »I can feel my body!«

Rrrrrrring … der vertraute Klingelton. Ich skype Paul an. Anne möchte ihn unbedingt kennenlernen – und ich habe Sehnsucht nach seiner Stimme.

»Hallo, guten Morgen, mein Engel. Hallo nach Miami. Wie geht es dir, mein Schatz?«

»Hallo, mein Liebling, es geht mir blendend. Ich sitze bei Anne in der Küche und hier sind noch zwei Ladys, die mit dir sprechen möchten.«

»Hallo Paul, herzliche Grüße nach Düsseldorf.«

»Guten Morgen, Maria, schön, dich zu sehen.«

»Hi Paul, nice to meet you. Ich war zu neugierig auf dich und habe Klara gesagt, sie soll dich anskypen, damit ich dich sehen kann.«

»Hallo, liebe Anne. Schön, dich auf diese Weise kennenzulernen. Ich hoffe, ihr drei hattet schon jede Menge Spaß?«

»Aber sicher, und wir werden noch viel mehr haben in den nächsten Tagen.«

Es tut gut zu erleben, wie relaxed und unkompliziert diese Begegnung stattfindet. Anne und Maria sind sowieso total weltoffen und Paul ist, typisch Rheinländer, immer offen für einen Plausch, neugierig auf das Leben und wortgewandt.

Ich genieße solche Momente sehr. In meiner Ehe war immer ich diejenige, die vorangehen musste, alles organisierte und auch die Kontakte geknüpft hat.

»Ich habe Sehnsucht nach dir. Du bist so weit weg und ich freue mich darauf, deine Nähe zu spüren.«

»Ich vermisse dich auch«, erwidere ich ganz leise.

Anne und Maria schauen die morgendlichen Nachrichten im Fernsehzimmer und so kann ich in aller Ruhe mit Paul plaudern.

»Wir waren gestern bei Tom und heute geht es noch weiter zu Kim nach Sarasota. Dort treffen wir noch auf Michelle, Annes Tochter, die sonst in Australien lebt, und auf ihren Bruder. Sozusagen auf die gesamte restliche Familie!«

»Okay, ist es auch das, was du willst?«

»Ja, finde ich klasse. Ich möchte Kontakte knüpfen und Land und Leute kennenlernen. Miami an sich finde ich nicht so spannend. Der Beach ist toll mit seinen Häusern im Art-déco-Stil. Aber es ist keine Stadt, die ich charmant finde oder die ich besucht hätte, wenn es Anne nicht gäbe.«

»Es macht den Anschein, als ob ihr drei es sehr gut hättet. Ihr seht alle ziemlich entspannt aus.«

»Das sind wir auch. Hier geht alles Hand in Hand. Wir stressen uns nicht, freuen uns, dass wir zusammen sind und besprechen gemeinsam, was wir unternehmen wollen. Für mich ist das nach der durchorganisierten Tour in Südamerika und der nicht einfachen Zeit mit Kerstin wirklich Entspannung pur. Ich kann es gar nicht anders beschreiben; alles wirkt so leicht und einfach. Es macht den Anschein, als ob alles von allein liefe. Ich meine damit nicht oberflächlich, ganz im Gegenteil. Unsere Gespräche gestern waren sehr tiefgründig, auch gestern Abend bei Tom. Du merkst hier einfach allen an, dass sie sehr viel in der Welt unterwegs sind, andere Kulturen kennen und respektieren und einfach neugierig sind auf jemanden, der mit in die Familie kommt und was derjenige zu erzählen und zu berichten hat.«

»Du kommst ja regelrecht ins Schwärmen, meine Maus. Das gefällt mir.«

»Ja, es mag so klingen. Nach den ersten 24 Stunden stelle ich fest, dass diese Zeit hier für mich besonders wichtig werden wird. Anne hat eine enorme Lebenserfahrung und wir waren uns in Dyck ja gleich sehr sympathisch.«

»Stimmt, sonst wärest du ja auch nicht in Florida gelandet … Ich habe Sehnsucht nach dir.«

»Ich auch nach dir – und ich freue mich, wenn wir uns am 18. Juli sehen. Das sind nur noch 15 Tage, weißt du das?«

»Ich weiß das, mein Schatz. Und ich kann es kaum erwarten, dich in die Arme zu nehmen, zu küssen und einfach ganz festzuhalten.«

»Ich habe die Befürchtung, ich werde so überwältigt sein, dass ich gar nichts sagen kann.«

»Dann küss mich doch einfach!«

»Das mache ich sowieso!«

»Und was machen wir dann?«

»Wie, was machen wir dann?«

»Ich habe mir überlegt, dass wir danach noch eine Woche zusammen verbringen.«

»Eine ganze Woche?« Meine Stimme überschlägt sich fast vor Freude und ungläubigem Staunen.

»Eine ganze Woche. Ich habe mir Urlaub genommen und dachte am Anfang, wir bleiben in der neuen Wohnung, aber bis dahin ist die Küche noch nicht geliefert – und ohne ist das vielleicht keine gute Idee.«

»Nö, nicht so wirklich. Es sei denn wir spülen im Badezimmer und ernähren uns vom Pizzaservice!«

»Meine zweite Idee war das Rheingau. Wir haben ein tolles Wochenende dort verbracht und in Zimmer 14 unsere Liebe gefeiert! Leider ist das Hotel ausgebucht und so habe ich mir etwas anderes überlegt.«

»Was denn?« Ich platze fast vor Neugier.

»Lass dich überraschen …«

»Das ist gemein. Du spannst mich auf die Folter!«

»Vorfreude ist die schönste Freude.«

»Ich liebe dich.« Ganz nah bin ich an den Bildschirm gekommen und flüstere ganz leise. »Ich vermisse deine Stimme, dein Lachen und deine Zärtlichkeiten. Du fehlst mir.«

»Du mir auch. Manchmal tut die Sehnsucht richtig weh. Ich habe genügend Themen, die mich ablenken, aber wenn ich abends allein im Bett liege, dann wird die Sehnsucht riesengroß. Dann möchte ich dich nur noch in den Arm nehmen und mit dir kuscheln. Dich spüren, riechen und schmecken …«

»Hhhm, das klingt gut. Wenn ich die Augen schließe, dann kann ich förmlich deine Nähe spüren.«

»Na, ihr zwei Turteltauben! Geht es euch gut?« Maria hat ihre TV-Session beendet.

»Es geht uns sehr gut«, antworten wir beide wie aus einem Mund und müssen lachen. Ich hier in Miami am Küchentisch und Paul 8.000 Kilometer entfernt in der neuen Wohnung in Düsseldorf.

»Prima, wir wollen so in einer Stunde aufbrechen.«

»Dann nur noch schnell eine Neuigkeit, mein Schatz. Ich habe gestern meiner Schwester Brigitte von uns erzählt!« Seine Augen strahlen … »Und sie hat sich ganz doll für mich und für uns gefreut. Sie ist total gespannt, dich kennenzulernen.«

»Wow, klasse. Das freut mich sehr. Ich wusste gar nicht, dass du mit ihr sprechen wolltest.«

»Das hat sich so ergeben, geplant war es nicht.«

»Es ist schön zu sehen, wie du unsere Liebe lebst.«

»Es ist auch ein wunderschönes Gefühl. Es macht Spaß unsere Liebe zu zeigen und zu leben!«

»Danke dir dafür.«

»Ich danke *dir*.«

»Wir sollten dem 29. Januar danken und dem Kölner Karneval!«

»Und den zwölf Kölsch!«

Seit knapp drei Stunden sind wir Ladies nun mit dem Auto gen Norden unterwegs. Anne und Maria sind in eine angeregte Unterhaltung vertieft, ich sitze hinten und lasse meine Gedanken schweifen.

Die Landschaft fliegt an uns vorbei. Die Straße ist schier endlos und ich bewundere die Everglades.

Wir haben einen kurzen Zwischenstopp eingelegt und sind mit einem Tragflächenboot in diese berühmte Landschaft eingetaucht. Tatsächlich haben wir auch einen Alligator gesehen, jedoch bin ich der festen Überzeugung, er wurde für uns Touristen dort platziert!

Die Fahrt mit dem Boot war jedoch ein Erlebnis. Wir sind förmlich über das Wasser geflogen; ich hätte stundenlang so weiterfahren können.

Ich habe nach wie vor keinen Job in Aussicht, aber hier unter der Sonne Miamis, gepaart mit der Leichtigkeit, die

Maria und Anne verströmen, kann ich irgendwie besser damit umgehen.

Es ist schon eigenartig, was veränderte äußere Umstände ausmachen können.

Mit Kerstin bin ich schon so lange befreundet, wir sind wirklich durch dick und dünn gegangen. Dennoch sind wir uns aktuell nicht sehr nahe.

Selbst wenn wir uns in Rio ausgesprochen haben, diese absolute Vertrautheit ist aktuell nicht vorhanden.

Maria kenne ich wie gesagt seit nunmehr zwölf Jahren. In dieser Zeit wurde sie nicht nur meine Freundin, ich bezeichne sie auch als meine Mentorin.

Als man mir den Job als Hoteldirektorin angeboten hat, habe ich sie angerufen und nur einen Satz gesagt: »Ich brauche ein Couchgespräch mit dir.«

Keine 24 Stunden später saß ich bei ihr im Schloss, ein Glas Weißwein vor mir und wir haben das Für und Wider immer und immer wieder diskutiert.

Kann ich das, will ich das, bin ich dafür geeignet, und so weiter und so weiter …

An ihren Schlusssatz erinnere ich mich noch heute: »Natürlich kannst du das, my little sister. Und du wirst das Angebot auf alle Fälle annehmen!«

Wir fahren immer noch geradeaus! Anne hat den Tempomat eingeschaltet, das Radio läuft, Maria döst vor sich hin.

Draußen ist alles flach und eben. Die Everglades begleiten uns noch immer. Die abgestorbenen Bäume ragen wie Galgen in den blauen Himmel. Die Luft flirrt.

Ich bin müde und beginne vor mich hin zu träumen.

Maria und ihr Zuhause Schloss Dyck, meine Christmas-family!

Weihnachten letzten Jahres war ich mitten im Hotelerie-stress! Keinen Gedanken hatte ich an das Fest der Liebe verschwendet. Klar war nur, meiner Mutter wollte ich Weihnachten in meiner kleinen Wohnung in Lingen nicht zumuten, zumal ich auch über die Feiertage immer wieder im Hotel im Einsatz war.

Mein Noch-Mann hatte mich eingeladen, die Feiertage mit seiner – und ja irgendwie auch noch meiner – Familie zu verbringen.

Doch das fand ich nicht okay. Ich konnte schließlich nicht meine Koffer packen und gehen und dann bei der erstbesten Gelegenheit, die emotional nicht einfach würde, das war klar, wieder in den Schoß der Familie zurück-kehren!

Meine Freundin Rebecca hatte auch gesagt, ich könne gern vorbeikommen. Wirklich süß, doch so in den trauten Fa-milienkreis wollte ich dann doch nicht eindringen.

Meine Mama hatte ich zu meiner Cousine an den Tegernsee verfrachtet, auch hier war ich herzlich eingeladen, was aber allein von der Entfernung her nicht möglich war.

Und dann klingelte das Telefon.

»Hallo, my dear, hier ist Maria. Wie geht es dir und was machst du an Weihnachten?«

»Hi nach Dyck. Mir geht es soweit gut. Die Adventszeit ist natürlich keine einfache Zeit, zumal Klaus und ich Weihnachten immer richtig zelebriert haben. An den Feiertagen bin ich hier in Lingen.«

»Und was machst du?«

»Ich muss arbeiten. Zumindest muss ich zu den Hauptzeiten im Hotel sein. Dazwischen bin ich bei mir zu Hause.«

»Allein?«

»Meine Mutter fährt zu unserer Familie nach Bayern. Es ergibt keinen Sinn, dass sie die Hälfte der Zeit allein in meiner Wohnung sitzt. Ich kann nicht an den Tegernsee fahren, das schaffe ich zeitlich nicht. Rebecca hatte mich eingeladen, aber irgendwie komme ich mir deplatziert vor. Zu Familie Fritsch gehe ich nicht, das passt nicht und lässt auch nicht mein Stolz zu!«

»Du kommst zu uns! Der Familienrat hat beschlossen, dass du Heiligabend mit uns feierst!«

»Zu euch ins Schloss?«

»Ja genau. Wir haben immer Freunde mit dazu eingeladen. Selbstverständlich ist die Familie beisammen, aber es kommen auch noch Freunde meines Schwiegervaters aus Frankfurt. Also, hast du Lust?«

»Ja gern, wenn es bei euch eine größere Runde ist … Ich bin aber auch im Hotel eingebunden.«

»Wie lange denn?«

»An Heiligabend so bis gegen 18:00 Uhr. Am ersten Feiertag muss ich das Frühstück überwachen und mittags da sein. Am zweiten Feiertag bin ich wieder früh eingeteilt und dann erst wieder am Abend. Am Nachmittag hat mich Christiane zum Tee eingeladen.«

»Also abgemacht, du bist am Heiligabend um 19:00 Uhr bei uns im Schloss, bitte Sachen zum Übernachten mitbringen.«

»Vielen Dank für die Einladung, das ist wirklich eine tolle Überraschung!«

Ich weiß noch heute, wie sehr ich mich darüber gefreut habe. Maria hatte die Zeichen erkannt und einfach gehandelt. Sie hatte mich nicht gefragt, sie hat einfach »bestimmt«.

Und so kam es, dass ich am 24. Dezember im dicksten Schneegestöber nach Schloss Dynk gefahren bin. Ich konnte kaum die Fahrbahn erkennen, doch mein TT hat sich tapfer durchgekämpft.

Ganz langsam bin ich um die letzte Kurve gefahren und dann lag das Schloss vor mir. Es sah aus wie im Märchen. Alles war mit Schnee überdeckt und Maria hatte den ganzen Innenhof und den Treppenaufgang mit Lichtern und Kugeln geschmückt.

Ich weiß noch, wie ich mich einmal in den Arm gezwickt habe, um mich zu vergewissern, ob ich nicht träume.

»Komm nach oben, wir sind schon alle versammelt. Wir warten nur noch auf dich.«

»Sorry, aber das Schneetreiben war so extrem, ich musste ganz langsam fahren.«

»Dann hättest du eben früher losfahren müssen!« Heinrich ist charmant wie immer!

Wir versammeln uns alle in Julians Jugendzimmer. Und sitzen da wie die Hühner auf der Stange. Heinrich als Familienoberhaupt, die Kinder Justus, Julian und Katharina. Tante Rogata, die Schwester von Heinrichs Papa. Die

Freunde aus Frankfurt, Peter und Zoana und meine Wenigkeit. Maria ist noch im Schloss unterwegs, um etwas zu erledigen.

Um die Wartezeit zu verkürzen, liest Heinrich die Weihnachtsgeschichte vor.

Sehr traditionell.

Und dann ertönt das Weihnachtsglöckchen. Maria steht in der Tür. Sie und Heinrich nehmen Tante Rogata in die Mitte und wir anderen folgen im Gänsemarsch.

Wir schreiten förmlich den langen Gang hinunter und stehen am Ende vor einer großen, zweiflügeligen Tür, die durch eine große, rote Samtschleife zusammengehalten wird.

Tante Rogata gebührt das Privileg, diese durchzuschneiden.

Und vor uns eröffnet sich das Weihnachtszimmer. In der Mitte steht der vier Meter hohe Weihnachtsbaum, drumherum sind kleine Tischchen mit Geschenken platziert.

Ich bin ganz ehrfürchtig. Einige Weihnachtsbäume habe ich schon gesehen, doch dieser hier übertrifft alle.

Der Baum ist mit echten Kerzen und unzähligen kleinen Lichterketten übersät und es hängt Kugel an Kugel.

Heinrich verteilt die Liedzettel und es werden Weihnachtslieder gesungen.

Bei meinem Lieblingslied »O du Fröhliche« kullern mir die Tränen über die Wangen.

»Bescherung!« Maria ist in ihrem Element. Jeder hat einen Becher Champagner in der Hand und wird von ihr zu seinem Gabentisch geleitet.

So auch ich!

»Was ist das, Maria?«

»Dein Geschenktisch, meine Liebe.«

»Alle für mich?«, frage ich ungläubig. Auf dem Tisch liegen mindestens zehn Päckchen.

»Ja, alle für dich. Wir haben ein Spiel. Wir würfeln der Reihe nach und wer eine gerade Zahl hat, darf auspacken – und wir anderen sehen alle zu.«

Ich bin gespannt und beschämt. Ich hatte mit keinen Geschenken gerechnet, das war auch nicht vereinbart. Für die Einladung hatte ich eine Flasche Champagner und einen großen Blumenstrauß mitgenommen.

Maria merkt meine Zurückhaltung.

»Mach nicht solch ein Gesicht, meine Liebe. Du weißt, ich schenke gern und habe einen großen Vorrat an Präsenten zu Hause. Ich freue mich, wenn du dich freust!«

Und so würfeln wir munter um die Wette und zu jedem ausgepackten Geschenk gehört ein Becher Schampus. Nach zwei Stunden Bescherung geht es zu Tisch und wir zelebrieren das Abendessen mit viel Gelächter und guten Gesprächen zwischen Jung und Alt.

Weit nach Mitternacht falle ich ins Bett, todmüde, beschwipst und unendlich glücklich und dankbar für solch eine Freundschaft.

Am anderen Morgen reißt mich der Wecker unbarmherzig aus dem Schlaf. Das ganze Schloss liegt wie in einem Dornröschenschlaf. Draußen geht die Sonne auf und alles glitzert wie mit Kristallen übersät. Es ist eine fantastische Winterlandschaft entstanden.

Der Hotelalltag holt mich jedoch ganz schnell in die Realität zurück und bis zum Nachmittag bin ich nur in Aktion.

»Klara, Telefon für dich«, meine Rezeptionistin hält mir den Telefonhörer hin.

»Hallo, meine Liebe«, Maria ist dran, »wie geht es dir? Hast du den Tag gut überstanden?«

»Hallo Maria, danke, es geht mir gut. Das Aufstehen ist schwergefallen, aber einmal im Hotel angekommen, bin ich gar nicht mehr zum Nachdenken gekommen.«

»Was machst du heute Abend?«

»Aktuell noch nichts.«

»Justus probiert seine neue Nudelmaschine aus und wir erwarten dich um 18:30 Uhr zum Essen! Wenn du magst.«

»Darf ich euch schon wieder belästigen? Herzlich gern komme ich. Aber ich bleibe nicht über Nacht. Morgen muss ich noch früher im Hotel sein und dann ist es besser, wenn ich schon hier vor Ort bin. Bis später, ich freue mich.«

»Deine Entscheidung meine Liebe, bis später.«

Und so lande ich wieder in der vergnügten Runde und erfreue mich an interessanten Gesprächen und an gutem Essen.

»Weißt du was, Klara?«, Justus steht schon leicht ange- trunken vor mir und nimmt mich in den Arm. »Wir sind ab sofort deine Christmasfamily!«

So wurde der Name geboren.

Sarasota, eine anonyme Stadt, auf dem Reißbrett entworfen. Sind alle Städte in Amerika so?

Ich liebe Kultur und Historie. Es gefällt mir, wenn Alt auf Neu trifft und eine Verbindung entsteht.

Dies fehlt mir hier total. Außer XXL hat Amerika aktuell für mich wenig zu bieten.

Stopp, das ist nicht ganz richtig.

Das Eintauchen in Annes Familie ist einzigartig. Michelle und Annes Bruder Luc vergrößern die Runde und die Offenheit und die Herzlichkeit geben mir das Gefühl, ich gehöre dazu.

Nach David und Ted in Neuseeland ist dies die zweite Begegnung mit für mich fremden Menschen, in deren Familien ich eintauche.

Ich kann mir nicht erklären, warum dies für mich so wichtig ist. Es ist ein Einlassen auf die jeweils anderen, ein Akzeptieren von Kulturen, Meinungen und Lebensweisen. Ich sauge diese Erfahrungen auf wie ein Schwamm.

Egal ob wir bei Weißwein auf der Couch sitzen oder abends zu viert (Maria, Anne, Kim und ich) in der Cocktailbar stehen, es ist die Gemeinschaft, die für mich zählt.

Dass Maria und ich uns ein Bett und obendrein auch noch eine Decke teilen müssen, kommt on top hinzu.

4. Juli, Independence Day.

Der höchste Feiertag in den USA, Unabhängigkeitstag.

Alles ist geflaggt und geschmückt. Auch Anne hat das Wohnzimmer dekoriert.

Wir sind wieder zurück und verbringen einen Abend bei Steaks vom Grill und Tischfeuerwerk.

Nach den beiden ersten Tagen mit vielen Eindrücken sind wir alle drei k. o. und freuen uns, einfach zu relaxen und zu entspannen.

Ich bin mit Paul per SMS in Kontakt, doch die Sehnsucht ist so groß, dass ich ihn anrufe. Irgendwie brauche ich seine Stimme.

»Hallo, mein Schatz, welch eine Überraschung!«

»Hallo Paul, ich wollte deine Stimme hören.«

»Das tut gut. Ich habe heute mit Julia zu Abend gegessen. Sie hat nach dir gefragt und ich soll dich schön grüßen.«

»Echt? Das klingt super. Wie geht es ihr, jetzt wo sie durch das Abitur gerasselt ist?«

»Eigentlich ganz gut. Der Druck ist weg und ich denke, das zusätzliche Jahr wird ihr guttun. Vieles ist auf sie eingestürmt und die Trennung war nicht einfach für sie.«

»Stimmt. Und wie geht es dir dabei, dass sie nun für ein Jahr länger bei dir wohnen bleibt? Eigentlich war ja ab August/September ein einjähriger Auslandsaufenthalt geplant gewesen.«

»Ja, das muss sich alles finden. Mein Töchterchen möchte ja bei mir wohnen bleiben. Wir haben uns diese Wohnung ausgesucht, sie ist groß genug für uns beide und alles andere wird und muss sich finden.«

Ich bin nachdenklich. Eigentlich hat Paul nichts Neues erzählt. Ich freue mich für ihn, dass er mehr Zeit mit seinen Kindern verbringen kann und will. Dennoch habe ich das Gefühl, ich gehöre nicht richtig dazu.

Bin ich ungerecht?

Shopping Day!

Maria, Anne und ich schlendern durch die Einkaufspassagen.

Lippenstifte bei Sephora, Flip-Flops mit Strasssteinchen, Federboa für den nächsten Karneval, vieles wandert in unsere Einkaufstüten.

Ein silbernes Salatbesteck mit grünen Perlmuttgriffen hat es mir besonders angetan.

Soll ich oder soll ich nicht? Gern würde ich es für uns kaufen. Wie so häufig kann ich mich nicht entscheiden.

Und dann wähle ich ganz spontan Pauls Nummer.

»Hallo Klara.« Förmliche Anrede – okay.

»Hallo Paul.«

»Was gibt es? Ist etwas passiert?«

»Nein, nein, ist es nicht. Mach dir keine Sorgen.«

»Okay, gut zu hören.«

»Ich wollte nur nachfragen – ach, auch egal. Wollte mich nur kurz melden und einen schönen Tag wünschen.«

»Danke, lieb von dir.«

»Tschüss.«

»Tschüss.«

Was war das denn?! Völlig betrübt stehe ich im Shopping-Center und kämpfe mit den Tränen. Nur gut, dass Maria und Anne noch in der Parfumabteilung sind.

Vielleicht war er in einem geschäftlichen Termin? Aber das hätte er mir doch sagen können. Nichts leichter als das. Frei nach dem Motto: »Hallo, nett dass du dich meldest, ich bin gerade im Termin. Melde mich später.« Oder einfach gar nicht drangehen, wenn es nicht passt.

Piep – Piep, sie haben eine Kurzmitteilung erhalten.
»Hallo Schatz, konnte gerade nicht sprechen, Julia stand neben mir.«

Nun bin ich total geknickt. Warum kann er nicht mit mir sprechen, wenn seine Tochter in der Nähe ist? Ich genieße es, dass ich wegen des Zeitunterschiedes nun einfach zum Hörer greifen kann und habe mir auch nichts dabei gedacht, ihn einfach anzurufen. War das ein Fehler? Will ich zu viel und zu schnell?
Dränge ich zu sehr?

»Hallo Paul, vielleicht können wir heute Abend skypen?«, schreibe ich zurück.
»Heute Abend geht nicht, ich schlafe das erste Mal mit Tim und seiner Freundin Manuela und Julia in der neuen Wohnung.«

Nun bin ich völlig platt und fühle mich ausgegrenzt.
»Du spinnst doch, Klara«, meldet sich mein Unterbewusstsein. »Das ist völlig normal, dass er mit seinen Kindern diese Dinge unternimmt und er muss dich nicht um Erlaubnis fragen!«

Ich weiß das alles, kann mich aber nur schwer beruhigen.

Das Salatbesteck kauf ich trotzdem!

Aber die Kernfrage bleibt bestehen: Warum habe ich das Gefühl, ich werde ausgegrenzt?

»… only yourself are important!«

Fort Lauderdale lenkt mich ab. Wir fahren durch ein wunderschönes Viertel, das mich ein wenig an Venedig und Amsterdam erinnert. Ganz viele kleine Kanäle und Wasserstraßen gibt es hier. Fast jedes Haus hat einen eigenen Bootsanleger und das entsprechende Wasserfahrzeug ankert davor.

Unglaublich, wie viele große Yachten und Motorboote es gibt. Gigantisch!

Und auch der Strand gefällt mir besser als in Miami. Im Gegensatz zu Miami Beach führt hier keine Straße direkt am Strand entlang.

Die Autos werden auf großen Parkplätzen abgestellt und man läuft die restlichen Meter zum Wasser.

So hat man eine Uferpromenade zum Bummeln und dann den direkten Zugang zum Meer.

»Hier würde ich gern baden gehen.«

»Kein Problem«, antwortet Anne, »wenn du am Freitag deinen Strandtag nehmen willst, dann bekommst du mein Auto und kannst hierherfahren.«

»Wirklich? Das wäre toll. Aber du kannst doch auch mitkommen.«

»Nein danke, seit meiner Hautkrebserkrankung meide

ich die pralle Sonne. Aber wie gesagt, du nimmst mein Auto, ich mache Homework an dem Tag.«

So einfach geht das also. Na, da bin ich mal auf Freitag gespannt. Wenn ich mich recht erinnere, hat Annes Auto kein Navigationssystem!

Marias Wunsch war es, Seafood essen zu gehen. Sie hat ein exquisites Lokal ausgesucht und uns beide eingeladen.

Leider ist es draußen wieder mal zu heiß zum Essen. Der Kellner bietet uns an, wir könnten unter der Berieselung sitzen. Berieselung? Ich schaue fragend in die Runde.

Was bei uns als Heizpilze verwendet wird und wir uns an der Wärme erfreuen, ist hier sozusagen umfunktioniert worden. Ein leichter Sprühnebel verbreitet Kühle, hinterlässt jedoch auch auf der Haut einen feuchten Film, sodass man sich sofort klebrig vorkommt.

Wir haben uns schick gemacht und lehnen dankend ab – und werden drinnen platziert.

Zum Glück haben wir alle unsere Plaids dabei, denn die Temperatur beträgt ca. 17 Grad!

Auch hier wieder die Extreme. Draußen fast 40 Grad und innen Kühlschrank.

Das Essen ist exzellent. Wir genießen Langusten und Hummer und gekühlten Weißwein. Anne und Maria erzählen viel von früher und somit erfahre ich, dass Anne von ihrem Mann verlassen wurde und er die Konten gesperrt hat.

»Wie bist du denn dann klargekommen mit vier Kindern?!«

»Das war eine harte Zeit und ohne Freunde und meinen Bruder hätte ich das nie überstanden.«

»Aber du hast dich nie unterkriegen lassen«, wirft Maria ein.

»Stimmt, aber es war eine harte Zeit. Wir kamen gesellschaftlich von recht weit oben. Mein Mann hat immer sehr viel Geld verdient. Unsere Kinder hatten ihre Debütantenbälle in New York im »Waldorf Astoria«. Wir brauchten uns um nicht sehr viel Gedanken machen. Ich war nie nur Hausfrau und Vorzeigeehefrau, dennoch musste ich mich nicht um den Alltag sorgen.«

»Und dann?«, frage ich. »Wie bist du zurechtgekommen?«

»Weißt du, Klara, in Amerika ist vieles möglich. Der berühmte Spruch »Vom Tellerwäscher zum Millionär« den kann man hier leben. Ich hatte meinen Willen, war gesund und wollte arbeiten. Und so habe ich mich bei den Airlines beworben.«

»Als Stewardess, aber du hattest doch gar keine Ausbildung?«

»Ja, unsere Anne hat sich durchgekämpft«, sagt Maria voller Stolz.

»Ich habe noch eine Ausbildung gemacht.«

»Mit Anfang vierzig?«

»Ja«, Anne lacht, »mit Anfang vierzig. Für mich war es ideal. Die Kinder waren ja schon mehr oder weniger groß. Durch die Fliegerei hat man in den USA viele Vorteile. Ich habe immer Freiflüge und auch deine Angehörigen fliegen für kleines Geld. Dadurch ist Tom Pilot geworden und auch Michelle und Kim haben ihren Weg als Stewardessen gemacht!«

Ich kann den Stolz in Annes Stimme hören und bin beeindruckt.

»Und wie lange hast du als Flugbegleiterin gearbeitet?«

»Bis zu meinem 72. Lebensjahr.«

»Wie lange?!« Ich bin sprachlos.

»Ja, da staunst du,« meldet sich Maria zu Wort, »in Amerika ist das machbar. Wenn du fit bist und arbeiten willst, dann sind selbst im Alter weniger Grenzen gesetzt.«

»Ich wollte aber auch so lange arbeiten. Schließlich habe ich spät angefangen und brauchte auch noch die Jahre für meine Rente.«

»Lebt dein Mann noch?«

»Nein, er ist mittlerweile verstorben.«

»Hattest du noch Kontakt zu ihm?« Annes Geschichte fasziniert mich.

»Nach ein paar Jahren, ja. Wir haben uns auch noch ein paarmal gesehen und haben uns auch ausgesöhnt. Dies war mir wichtig. Nach all dem Streit und den Unstimmigkeiten wollte ich eine Aussöhnung. Nun lebt er nicht mehr und ich kann sagen, dass ich mit mir und unserer Situation im Reinen bin.«

Schön, wenn man so etwas sagen kann. Ob ich auch mal dahinkomme?

Annes Situation ähnelt meiner ein wenig. Ob wir uns deshalb so gut verstehen?

Zu Hause angekommen beschließen wir alle drei, eine Flasche Champagner muss unbedingt noch geleert werden. Es ist Marias Abschiedsabend und das wollen wir feiern.

Doch nicht Maria wird die Hauptperson des Abends, sondern ich.

Irgendwie kommt das Thema auf meine Familie zu sprechen.

»Du erzählst immer nur von deiner Mutter. Ist dein Vater verstorben?«, möchte Anne wissen.

Schwieriges Thema, sehr schwierig!

Maria hat hörbar die Luft eingesogen – sie kennt die ganze Geschichte.

»Ach weißt du, Anne, meine Eltern leben getrennt. Meine Mutter ist in unserem Heimatort sesshaft und wohnt in dem Haus, welches sie und mein Vater gebaut haben. Dort hat sie immer die Familie zusammengehalten und ihre Mutter und auch ihre Schwiegermutter bis zum Tod gepflegt.

Mein Vater lebt bei seiner Lebensgefährtin in der Nähe von Aschaffenburg.«

»Aber deine Eltern sind nicht geschieden?«

»Nein, das ist kein Thema und aus heutiger Sicht auch gut so.«

»Warum? Und warum kommt dein Vater mit keiner Silbe in deinen Erzählungen vor?« Anne will es genau wissen.

»Weil ich meinen Vater am 17. Mai 2008 beerdigt habe«, erwidere ich ganz leise.

Maria ist aufgestanden und öffnet die zweite Flasche Champagner. Ihr ist sofort klar geworden, dies wird ein längerer Abend und emotional mehr als schwierig für mich.

»Okay, verstehe ich nur bedingt. Magst du mehr erzählen?«, fragt Anne feinfühlig.

»Ich bin sehr behütet in unserem kleinen Dorf aufgewachsen. Ich hatte ein Großelternpaar mütterlicherseits und eine Omi väterlicherseits um mich herum. Meine Mama war nicht berufstätig und somit war immer jemand für mich da.

Mein Vater war beruflich schon immer viel unterwegs gewesen, ich kannte das nicht anders. Selten war er bei für mich wichtigen Anlässen dabei.

Dennoch habe ich nichts vermisst, meine Familie hat das aufgefangen.

Als ich 17 Jahre alt war, wurde ich vom einen auf den anderen Tag erwachsen.

Mein Vater hatte wieder einmal eine Affäre und meine Mutter meinte nun, es sei an der Zeit, mich einzuweihen.«

»Oh Gott, wie schrecklich«, meint Anne.

»Schrecklich ja, aber ich konnte im Nachhinein nicht verstehen, warum sie so lange geschwiegen hatte. Mein Vater war wohl schon mehrfach fremdgegangen, ja, er hatte eine richtige ›Masche‹ entwickelt. Er hatte sich eine Geschichte für seine Freundinnen ausgedacht, in der ich bei seiner alten Mutter lebte, die er nicht verlassen konnte! Deshalb hatte er immer eine Ausrede für die Frauen, wenn er wieder nach Hause musste – und dann bei meiner Mutter und mir ankam. Ein halbes Doppelleben sozusagen.«

»Das klingt wie im schlechten Roman«, meldet sich Maria zu Wort.

»Es kommt noch schlimmer. Die anderen Damen haben ihm Geschenke für die arme Tochter mitgegeben, die so allein bei der alten Oma leben muss! Er hat sie mir als seine

Mitbringsel gegeben! Und meine Mutter hat all die Jahre aus Rücksicht auf mich geschwiegen. Als ich das hörte, bin ich ausgeflippt und habe alles in einen Karton gepackt und ihm vor die Füße geworfen!«

»Das heißt, ihr habt ihn zur Rede gestellt?«, will Anne wissen.

»Ja, das haben wir – und er hat zunächst alles abgestritten. Irgendwann war er aber so in die Enge getrieben, dass er es zugegeben hat.«

»Und was ist dann passiert?«, fragt Anne, während Maria immer fleißig weiter Champagner in die Gläser gießt, als ob es was zu feiern gäbe!

»Es war Ferienzeit und wir hatten schon immer ein sehr inniges Verhältnis zu Papas Schwester in Starnberg. Wir sind zu ihr gefahren und haben uns mit ihr beraten. Sie war genauso fassungslos wie wir und auch sie hat ihren Bruder zur Rede gestellt. Das Ende vom Lied war, dass sie sich mit ihm gestritten hat und er sämtliche Schlüssel zu ihrer Wohnung abgeben musste.«

»Und dann, wie ging es weiter? Das liegt doch schon Jahre zurück. Was passierte danach oder 2008?«, kommt der Einwand von Anne.

»Danach passierten einige unschöne Dinge, auf die ich heute nur bedingt stolz bin. Mein Vater war nicht sehr einsichtig und so habe ich spioniert. Ich habe Taschen und Handschuhfächer durchwühlt. Notizzettel gelesen und mit der Dame telefoniert. Die ist natürlich auch aus allen Wolken gefallen und hat ihrerseits meinen Vater zur Rede gestellt. Es war ein einziger Kreislauf. Sehr hart bin ich in dieser Zeit geworden und die Geschehnisse haben mich nie ganz losgelassen.«

»Aber es sollte noch schlimmer kommen«, bemerkt Maria.

»Noch schlimmer?« Anne kann es kaum fassen.

»Meine Mama hat einen starken Glauben und nachdem mein Vater beteuert hatte, es käme nie wieder vor, kehrte auch langsam Ruhe ein. Die Zeit ging dahin, die Großeltern und die Omi verstarben und meine Mutter hatte ihre Aufgaben in der kirchlichen Frauenarbeit gefunden. Tolle Ladys hat sie kennengelernt und zeitweise hatte sie 17 Ehrenämter parallel. Ich war und bin sehr stolz auf sie, dass sie sich diesen Wirkungskreis aufgebaut hat.

Doch dann erkrankte sie an Brustkrebs und mein Vater war nur bedingt für sie da. Es kam mir schon von Anfang an sehr eigenartig vor, aber kurze Zeit später erlitt Klaus, mein Mann, seinen ersten Herzinfarkt.

Ich hatte so viel zu tun mit einer Ehe, die eigentlich schon keine mehr war, dem Dentallabor, dem Restaurantaufbau und dem großen Garten, dass ich wahrscheinlich nicht genügend hinterfragt habe.«

»Du bist auch nicht für alles verantwortlich«, wirft Maria ein.

»Ich weiß, aber das lässt sich immer so einfach sagen.«

»Stimmt, die Erfahrung habe ich auch gemacht. Aber Maria hat recht, Klara«, meint nun auch Anne.

»Ich stimme euch ja zu. Dennoch hatte ich das Gefühl, ich hätte aufmerksamer sein müssen. Sei's drum. Meine Mutter wurde im Jahr 2008 70 Jahre und ein großes Fest war geplant. Mein Vater, eigentlich schon lange im Ruhestand, war auf 400-Euro-Basis noch immer für seine alte Firma und zu dem Zeitpunkt in Polen tätig. Für uns nichts Ungewöhnliches. Er wollte zwei Tage vor dem Fest zu Hause sein, doch wir erhielten den Anruf, dass er mit Herzproblemen in Posen in der Klinik lag. Meine Mutter wollte zuerst ihr Fest absagen, doch alle hatten zugesagt und wir konnten auch so kurzfristig im Hotel nicht mehr stornieren, schließlich war ja nicht sie als Gastgeberin erkrankt.

Und so haben wir sie hochleben lassen und uns alle bemüht, den Tag für sie so schön wie möglich zu gestalten.«

Ich bin fix und fertig vom Erzählen und dem vielen Alkohol. Trotzdem protestiere ich nicht, als Maria die dritte Flasche entkorkt!

»Möchtest du weitererzählen?«, fragt Anne mitfühlend.

»Ja, nun will ich die Geschichte auch zu Ende bringen.«

Es ist wirklich noch mal wie ein Aufarbeiten für mich. Das Erzählen strengt mich ungemein an, dennoch möchte ich Anne die ganze Story erzählen.

»Nach der Feier haben Mama und ich begonnen, Kontakt zu meinem Vater aufzunehmen. Aber es wurde immer schwieriger. Und irgendwann wurde auch ich wieder hellhörig. Vielleicht fragt man als Außenstehender: Warum bist du nicht viel früher misstrauisch geworden? Da kann ich nur sagen: Die Hoffnung stirbt zuletzt. Fakt ist, meine Mama hat ihr Fest mehr oder weniger allein bestritten und wir waren auf der Suche nach meinem Erzeuger!

Dies war eine sehr schwierige Situation für uns. Wir haben ellenlange Telefonate geführt. Keiner konnte oder wollte uns Auskunft geben.«

»Warum nicht?«, will Anne wissen.

»Weil das in Deutschland nicht so einfach ist«, meldet sich Maria zu Wort.

»Das ist richtig. Wenn du in Deutschland Auskunft von einer Behörde möchtest über eine Person, die noch am Leben und im Besitz ihrer geistigen Fähigkeiten ist, dann stößt du sehr schnell an Grenzen. Weder über die Rentenversicherung noch über die Krankenkasse kamen wir weiter. Niemand wollte oder durfte uns Auskunft über die Person Balthasar Schukovia geben!«

»Das kann doch nicht wahr sein!«, erbost sich Anne.

»Doch, ich kann das bestätigen«, mischt sich Maria wieder ein.

»Du kannst mir glauben, Anne. Auch wir waren mehr als entsetzt und mir ist irgendwann der Kragen geplatzt. Was haben wir sonst noch für Möglichkeiten, habe ich meine Mutter gefragt.«

»Und, was war die Antwort?«, fragt Anne.

»Meine Mutter hatte die Idee, zunächst die Kontoauszüge penibel zu durchsuchen. Und tatsächlich stießen wir auf Abbuchungen in dem Zeitraum nach der Feier, die nicht aus Polen kamen. Danach haben wir uns auf die Suche nach Kliniken in dem Raum rund um die Abbuchungen begeben, denn wir gingen davon aus, dass wenigstens der Part mit der Krankheit nicht erlogen war. Fünf blieben übrig. Da unser Nachname nicht gerade alltäglich war, beschlossen wir, dass Mama anruft und sich nach einem Patienten mit eben diesem Nachnamen erkundigt.«

»Ja, und dann?« Anne kann ihre Neugierde nicht mehr verbergen,

»Wir wurden tatsächlich fündig. Eine Klinik in der Nähe

von Aschaffenburg beherbergte einen Patienten mit dem Namen Balthasar Schukovia, dies konnte kein Zufall sein!«

»Aber was habt ihr dann gemacht? Ich kann mich nicht genau erinnern«, will Maria wissen.

»Meine Mama hat mich informiert und ich habe sie am darauffolgenden Wochenende abgeholt. Ich weiß es noch wie heute, wie angespannt wir nach Südhessen gefahren sind. Die ganze Fahrt über habe ich gebetet, dass es sich um eine Verwechslung handelt. Doch als wir auf den Krankenhausparkplatz gefahren sind und seinen Mercedes haben stehen sehen, war eigentlich alles klar …«

»Was war dir klar?«, fragt Anne.

»Na, dass etwas nicht stimmen konnte und er uns erneut belogen hat!«

»Ist es denn so schlimm gekommen?«, fragt sie mitfühlend.

»Noch viel schlimmer. Das Nummernschild stimmte überein. Die Dame an der Rezeption gab uns bereitwillig Auskunft. Und dann kamen wir an auf Station 14, Zimmer 418. Wir haben geklopft und eigentlich gar nicht mehr das »HEREIN« abgewartet! Es war ein Einzelzimmer. Mein Vater saß für seine Verhältnisse quietschvergnügt auf der Bettkante. Rosa Poloshirt, blaue Hose. Vor ihm saß eine Frau, ihm sehr nett zugewandt. Auf dem Nachtspind ein Bild im Silberrahmen mit eben jener Dame, inklusive rotem Rosenstrauß.«

»Das glaube ich nicht«, bringt Anne hervor.

»Das kannst du aber. Es war wie im Film. Meine Mutter hat höflich um ein Gespräch gebeten, während ich gleich aus vollen Rohren um die Freigabe des Mercedes gebeten habe! Ich war einfach so sauer.«

»Oh Gott, das ist ja furchtbar!«, lässt Anne verlauten.

»Nun ja, mit etwas Abstand betrachte ich dies vielleicht ein wenig ebenso. Fakt ist aber, diese Lady gab es schon sehr lange im Leben meines Vaters. Dies ist auch der geografische Grund, warum er immer so schnell zur Stelle war. Was immer in den letzten Jahren in unserer Familie passierte – und er nach Hause kommen musste – er war bei dieser Frau und deren Familie. Nur deshalb konnte er immer so schnell zur Stelle sein! Und alle anderen ließ er in dem Glauben, er wäre von weiß Gott wo angereist!«

»Was für eine Lüge!« Anne ist erbost.

»In der Tat! Warum glaubst du, bin ich so wütend, wenn es um die Erkrankung meines Mannes geht? Mein Vater hat immer behauptet, er sei zu dem Zeitpunkt in Österreich gewesen – unabkömmlich! Dabei war er in der Nähe von Frankfurt in seinem zweiten Leben! Er hätte leicht zu mir kommen können – und wenn es nur zur seelischen Unterstützung gewesen wäre. Es hätte mir so viel bedeutet!«

»Und wie geht es euch heute?«, will Maria wissen.

»Meine Mutter hat damals ungeheuren Mut bewiesen. Sie hat die Geschichte in dem kleinen Dorf öffentlich gemacht – ohne ihn bloßzustellen. Indem sie zwar offen darüber geredet, aber dennoch seinen Namen beibehalten hat, ist sie ein sehr geachtetes Mitglied der Gemeinde geblieben. Durch ihren Glauben hat sie irgendwie Frieden mit ihm und dem Schicksal geschlossen.«

»Und was ist mit dir?«, fragt Anne.

»Ich habe viel Geld für Personal Training ausgegeben. Die schlimmsten Fragen waren die nach Unterstützung. Was wäre gewesen, wenn mein Vater bei der Krebserkrankung meiner Mutter intensiver zugegen gewesen wäre. Was wäre gewesen, wenn er nach dem Herzinfarkt meines Mannes zur Unterstützung an meiner Seite gestanden hätte.«

»Wäre dies für dich hilfreich gewesen?«, will Maria wissen.

»Ich weiß es nicht, aber ich denke schon. Niemand ist in solchen Situationen gern allein. Meine Mutter wollte ich so wenig wie möglich damit behelligen.«

»Aber was war mit deinen Freunden?«, fragt Anne.

»Ach weißt du, mein Freundeskreis war klasse. Sie alle haben mir ihre Hilfe angeboten, als es darum ging, meinen Vater in Polen zu suchen! Nun musste ich ihnen erst einmal die neue Ausgangssituation erklären, was nicht unbedingt leicht für mich war. Ich habe mich sehr geschämt.«

»Das kann ich verstehen«, räumt Maria ein.

»Aber wie ging es weiter?«, fragt Anne.

»Nun ja, als wir an diesem Tag in das besagte Krankenzimmer kamen und die Dame und ein wohl befreundetes Ehepaar vorfanden, haben wir um Gesprächsbedarf mit meinem Vater gebeten. Allein mit ihm kam es bedingt zur Aussprache. Eigentlich hat er uns mehr Vorwürfe gemacht und dann am Ende die Frage aller Fragen gestellt: «Und? Wie soll es jetzt weitergehen?«

»Das ist nicht dein Ernst«, erbost sich Maria.

»Doch, genauso ist es abgelaufen. Ich habe meine Mama angesehen und sie hat nur einen Satz gesagt: ›Balthasar, DU musst entscheiden, was DU willst und wohin DU möchtest.‹

Ich denke im Nachhinein, das war zu viel für ihn. Er wäre gern nach Hause gekommen zu meiner Mutter, aber das hätte er klar kommunizieren müssen. Dazu war er zu feige! Und meine Mutter hat kein zweites Mal nachgefragt – warum auch?!«

»Oh mein Gott«, bringt es Anne auf den Punkt, »was für eine Geschichte! Und dann?!«

»Und dann hat meine Mutter es in dem kleinen Dorf öffentlich gemacht! Danach kam der zweite Herzinfarkt meines Mannes mit Koma und anschließender Reha, daraus resultierend der Verkauf des Labors und des Hauses. Es folgte der Einzug bei meiner Schwiegermutter und die doch sehr schmerzliche Trennung.

Als traurigen Höhepunkt bin ich mit fünf Umzugskisten ins Hotel gezogen!«

2:57 Uhr –wir müssen ins Bett.

Ich bin fix und fertig und brauche ewig im Badezimmer. Vor lauter Tränen kann ich mir nicht die Kontaktlinsen herausnehmen – und der viele Alkohol tut sein Übriges dazu! Wir haben tatsächlich drei Flaschen Champagner geleert!

Maria war schon zweimal an der Tür und hat gefragt, ob alles in Ordnung ist.

Irgendwann liege ich in der Waagerechten. Maria steht noch mal auf und drückt mich ganz fest.

Danke, lieber Gott, für solche Freunde.

Doch irgendwie kann ich nicht schlafen. Mir ist schwindelig, wenn ich nur daran denke, die Augen zu schließen. Und so hole ich den Laptop und tippe noch ein paar Zeilen an Paul.

Ich glaube, sie sind sehr förmlich ausgefallen!

Ich muss ruhiger werden: »... feel your breath!«

Anne geht es schlecht. Fast den ganzen Vormittag hat sie im Badezimmer verbracht. Aber auch Maria und ich kommen nicht so richtig in die Gänge.

Wir haben lange geschlafen und fahren Maria zum Flughafen, um sie prompt eine Stunde später wieder abzuholen! Ihr Flug wurde um fünf Stunden verschoben!

Nach der zweiten Runde zum Flughafen beschließen Anne und ich, bei einem Mexikaner eine Kleinigkeit zu essen. Und als ob uns nicht zu helfen wäre, schauen wir uns an und bestellen Mojito und Caipi!

Unsere Unterhaltung ist angeregt. Es freut mich, dass ich in ihr eine Seelenverwandte gefunden habe.

Mein Jobproblem ist eines der Themen, die mich nach wie vor sehr bewegen.

»Du musst an dich glauben, meine Liebe«, redet Anne auf mich ein, »nur so kannst du etwas erreichen. Sieh mich an, alles ist möglich!«

»Das mag stimmen, aber manchmal ist das sehr schwer.«

»Da gebe ich dir recht. Aber du hast keinen Grund zu zweifeln. Du hast so viel erreicht und bewegt in deinem Leben, du wirst auch noch den restlichen Weg zu Ende gehen.«

Wieder zu Hause entdecke ich eine Mail von Paul mit zwei Bildern. Er hat sich und die Kinder in der neuen Wohnung fotografiert – ich bin glücklich.

Es regnet in Strömen, also kein Beach.

Anne und ich vertrödeln den Vormittag. Es ist fast so wie in Neuseeland. Ich mache meine Wäsche, checke Mails und Bankaccount und schaue schon mal nach meinen Flugzeiten. Alles okay bis dato.

Für den Nachmittag steht Körperpflege auf dem Programm.

Pediküre, Maniküre und Friseur – wir beide haben jede Menge Spaß auf dem Massagesitz bei der Fußpflege!

Wieder zu Hause skypt Paul mich an. Er ist zu Hause und Julia ist auch da. Sie hat gefragt, ob wir miteinander reden können!

»Hallo Julia, nett, dich kennenzulernen.«

»Hallo Klara, gut erholt siehst du aus.«

»Danke, aber das fällt nicht schwer nach zwölf Wochen.«

»So lange bist du schon unterwegs! Dann genieße noch die restliche Zeit.«

»Danke, das mache ich, bis bald.«

»Ja, bis bald, tschüss.«

»Tschüss.« So lernen wir uns kennen!

»Na, wie hat dir mein Töchterchen gefallen?«

»Sehr gut, sehr nett, was man in der Kürze der Zeit feststellen kann!«

»Tim und Manuela sind auch neugierig, wie du aussiehst, und haben nach einem Bild von dir gefragt.«

»Echt? Und welches willst du ihnen zeigen?«

»Na das, was du mir zum Abschied geschenkt hast. Übrigens habe ich mit den drei Damen aus Lingen Kontakt aufgenommen. Ich treffe sie übermorgen in Düsseldorf am Flughafen, bevor sie losfliegen!«

»Nicht wirklich! Du hast sie echt angerufen?«

»Na klar, ich kenne doch Rebecca vom Karneval und die anderen lerne ich dann eben kennen. Ich freue mich und schließlich verbringen sie einen kleinen Teil der Reise mit dir, mein Schatz.«

Ich bin sprachlos. Typisch mein Rheinländer!

Mein letzter Tag in Miami, die Sonne lacht, ich bin mit Annes Auto unterwegs nach Fort Lauderdale an den Beach.

»Hast du alles? Ich habe dir Wasser eingepackt und ein Sandwich gemacht. Hier auf dem Zettel findest du meine und Toms Telefonnummern, außerdem habe ich dir den Weg zum Beach aufgemalt.«

Anne ist die Fürsorge pur.

Zugegeben, ein wenig aufgeregt war ich schon. Die Highways sind zwar sehr breit, aber die Kreuzungen sind ganz anders als in Deutschland angelegt.

Annes Auto hat kein Navigationssystem, aber ich konnte schon immer gut nach Schildern fahren.

Und tatsächlich komme ich ohne Probleme an.

Die Sonne scheint mir ins Gesicht, das Wasser schimmert grünlich wie in der Karibik, der Himmel ist azurblau.

Ich sitze in Annes Strandstuhl direkt am Wasser und genieße das herrliche Wetter.

Ganz ruhig bin ich, lese und lasse die Seele baumeln. Mein Blick gleitet zum Horizont. Es ist sehr warm, die Luft flirrt.

Am Anfang kann ich es gar nicht richtig verstehen, kann es nicht deuten.

Ich sitze einfach da und bin glücklich. Ich schaue aufs Wasser und überlege, an wie vielen Stränden ich gesessen habe oder entlanggelaufen bin.

Es waren einige auf meiner Reise, doch hier bin ich zum ersten Mal einfach relaxed.

Kurz schwimme ich durch die Wellen, aber es zieht mich

sehr schnell wieder auf meinen Strandstuhl – um auszu-
ruhen, und um zu genießen.

Und dann fällt es mir wie Schuppen von den Augen – ich
weine nicht. Ich stehe bzw. sitze an einem Strand und es
kullert nicht eine Träne!
  Ich habe das Gefühl, ich bin mit mir im Reinen, ich bin
angekommen.
  Endlich!

Wieder zu Hause bin ich noch ganz beseelt von meinem
Glück. Anne fragt mich, wie es mir gefallen hat, und ich
kann nur stammeln: »Wonderful und ich habe gar nicht
geweint!«

Rrrring – der vertraute Klingelton hallt durch Annes
Wohnzimmer. Paul ist online.
  Mein Schatz möchte mit mir skypen. Es ist Genuss pur,
dass wir unseren Gesprächsbedarf einfach so ausleben können.
  Heute Morgen haben wir noch sehr intensive und hoch-
erotische Mails ausgetauscht.

»Hallo mein Schatz, wie geht es dir?«
  »Mir geht es gut – und dir offensichtlich auch. Kommst
du vom Strand?«
  »Ja, Anne hat mir ihr Auto geliehen und ich bin nach Fort
Lauderdale gefahren und habe gebadet.«
  »Man sieht dir an, wie gut es dir geht.«
  »Das freut mich. Es geht mir auch gut. Stell dir vor, ich

konnte die Zeit am Strand richtig genießen – und nicht eine Träne ist gekullert!«

»Wow, was für ein Fortschritt. Bist du bereit für eine kleine Führung?«

»Eine Führung? Durch was denn?«

»Durch die neue Wohnung. Herzlich willkommen, mein Schatz. Ich nehme dich nun mit durch mein neues Zuhause. Ein Zuhause, in dem du dich auch wohlfühlen und in dem du nicht nur Gast sein sollst.«

Das haut mich förmlich um. Ich bin überglücklich und strahle über das ganze Gesicht.

Der Highway ist geschlossen, man hat ein Auto mit Sprengstoff gefunden! Wir müssen umdisponieren.

Ich checke noch mal die Flugdaten und stelle fest, dass es unterschiedliche Angaben bei den Abflugzeiten gibt. Eine Dreiviertelstunde hänge ich in der Warteschleife von Continental!

Wir müssen viel früher los und so bleibt nicht viel Zeit, um mit Paul noch mal in Ruhe zu skypen.

Ganz entspannt lehnt er am Balkongeländer und zeigt mir noch mal voller Stolz mit dem iPad seine Wohnung. Eine antike Kommode hat es mir besonders angetan. Darauf würde die Schale ganz besonders gut aussehen!

»Pass auf dich auf in New York und Boston. Ich wünsche dir eine schöne Zeit mit den Mädels!«

»Danke, mein Liebling, ich melde mich, wenn ich gelandet bin.«

»Mach das. Guten Flug und viel Spaß in der Stadt, die niemals schläft.«

»Danke, werden wir haben.«

Anne hat wieder ihre berühmten Sandwiches gemacht, ich bin also bestens versorgt.

Der Abschied ist intensiv. Wir beide sind wirklich seelenverwandt und Anne ist traurig, dass ich fahre.

Aber es ist kein Abschied für lange Zeit.

»Ich komme euch besuchen«, verspricht sie, »vielleicht schon im nächsten Jahr, spätestens in 2013.«

Na, das ist mal ein Wort.

»Vielen Dank für alles, Anne.«

»Immer wieder gern, meine Liebe. Auf bald.«

»Auf bald, ich freue mich.«

»Und denk daran: Du musst an dich glauben!«

»Werde ich, ich verspreche es dir.«

Hello New York.

Ich freue mich auf diese Stadt, bin neugierig und voller Tatendrang.

Leider lande ich in Newark. Schade, ich hätte so gern die Durchsage des Piloten gehört: »Guten Tag meine Damen und Herren, wir befinden uns im Anflug auf New York.« Na ja, man kann eben nicht alles haben.

Ich bin froh, dass wir überhaupt gestartet sind!

Als ungefähr die Hälfte der Passagiere im Flugzeug saßen, gab es schon keine Möglichkeiten mehr, das Handgepäck zu verstauen. Es war aber auch unglaublich. Einige hatten vier oder fünf große Plastiktüten dabei, andere wiederum einen Schrankkoffer!

Die Airline ist selbst schuld, wenn sie dies zulässt – nur hat es uns in dieser Situation nicht viel genützt.

Es ging drunter und drüber. Der Stimmenpegel wurde immer lauter. Der Gang war verstopft von Passagieren und Gepäck, kein Durchkommen mehr für die Kabinencrew.

Auf einmal begann eine Stewardess, ihre Schuhe auszuziehen und über die Sitzreihen zu klettern! Ich habe so etwas noch nie erlebt. Und nicht dass man denkt, dies wären Modepüppchen mit Konfektionsgröße 34 gewesen – nein, das waren schon XXL-Kaliber à la Amerika!

Aber irgendwie hat es diese Kavallerie hinbekommen, dass das Gepäck irgendwo gelandet ist! Über gewisse Sicherheitsvorschriften habe ich mir mal lieber keine Gedanken gemacht!

Piep, piep … SMS von Ursula. Wir haben kein Zimmer! Irgendwie hat das Hotel keine Buchung von uns. Sie sind gut angekommen und sitzen im Hotelrestaurant. Ich soll mich darum kümmern, wenn ich da bin!

Na, die sind ja drollig. Meine Mädels sind seit zwei Stunden vor Ort und haben nichts geregelt.

Aber ich rege mich nicht auf, es wird sich schon finden.

Zunächst bringt mich ein netter Taxifahrer direkt nach New York hinein. Unser Hotel liegt gegenüber von der UNO und ich bestaune die Häuserschluchten und das Gewimmel der gelben Caps auf den Straßen.

Quirlig ist es hier, laut, heiß und stickig! Aber auch pulsierend, aufregend und spannend.

»Entschuldigung, mein Name ist Fritsch-Schukovia.« Na, am besten ich zeige dem Herrn an der Rezeption gleich meinen Pass.

»Wir haben eine Suite für vier Personen gebucht. Hier sind die Buchungsbestätigungen.«

»Das tut mir leid, Madam, aber wir haben keine Buchung von Ihnen.«

»Aber hier sind die Unterlagen.«

»Einen Moment, ich hole meinen Vorgesetzten.«

»Das wäre nett, vielen Dank.«

Parallel versuche ich, meine Bekannte aus dem Reisebüro via Mail zu erreichen. Ich bin ganz entspannt. Irgendwie wird sich die Sache regeln lassen. Wir haben über das Reisebüro gebucht und bezahlt. Wenn wir hier aus irgendwelchen Gründen nicht unterkommen können, dann soll meine Bekannte aus dem Reisebüro uns eine andere Unterkunft besorgen.

»Guten Abend, die Dame. Ich bin der Booking-Manager. Was kann ich für Sie tun?«

»Guten Abend, mein Name ist Klara Fritsch-Schukovia. Ich habe über ein Reisebüro in Deutschland eine Suite für vier Personen bei Ihnen gebucht. Hier ist die Buchungsbestätigung.«

»Das tut mir leid, wir haben keine Buchung auf Ihren Namen. Und dies ist auch nur die Bestätigung Ihres Reisebüros und nicht die unseres Hotels.«

»Entschuldigung, ich habe alles bezahlt und mein Reisebüro hat bei Ihnen gebucht. Warum die Buchung bei Ihnen nicht zu finden ist, ist, mit Verlaub gesagt, nicht mein Problem.«

»Aktuell habe ich aber keine Suite in der Kategorie, die ich ihnen anbieten könnte.«

»Haben Sie denn eine in der nächsthöheren Kategorie frei?«

Der Preis ist mir nicht unbedingt egal, aber ich möchte vermeiden, dass wir heute Abend noch durch New York tingeln müssen. Über die Mehrkosten würde ich mich dann mit dem Reisebüro unterhalten.

»Ja, das hätten wir. Aber wer übernimmt die Mehrkosten?«

»Ach wissen Sie, ich kann Ihnen meine Kreditkarte hinterlegen. Aber ich denke, Sie sollten sich morgen mit meinem Reisebüro in Verbindung setzen. Beziehungsweise versuche ich, dies gerade parallel zu regeln und dann werden wir weitersehen.«

Nachdem ich meine Kreditkarte gezückt habe, ist alles kein Problem mehr. Nicht, dass ich über Mehrkosten erfreut wäre – und die Mädels bestimmt auch nicht, aber fürs Erste ist uns wenigstens geholfen.

BLING – Susanne Karst aus dem Reisebüro meldet sich per Mail. Sie sendet alle Buchungsunterlagen an das Hotel – ich soll mir keine Sorgen machen. Wir telefonieren morgen, wenn ich ausgeschlafen habe.

Wunderbar, alles regelt sich. Und es war so einfach!
Ich habe meinen Standpunkt vertreten, war leise und höflich, habe nach einer Lösung gesucht – und die fürs Erste auch gefunden!

26. Stock, Hotelrestaurant.

Ich bin voller Vorfreude! Über drei Monate haben wir uns nicht gesehen.
Da warten zum einen Rebecca Wagner auf mich. Eine gute Freundin aus Lingen. Sie ist Designerin, hat ein eigenes kleines Atelier. Ihr Mann ist Chefarzt der Kardiologie in Lingen und hat meinen Mann damals – und auch noch heute – betreut. Beide kommen gebürtig aus dem Rheinland und besonders Rebecca ist eine ausgesprochene Frohnatur.
Dann sitzt noch Ursula Reinert mit am Tisch. Steuerberaterin von Beruf. Sie hat einen Tag vor mir Geburtstag, ist auch derselbe Jahrgang. Sie hat einen sehr speziellen, trockenen Humor – aber ich mag sie. Nach meiner Trennung hat sie mich sehr unterstützt. Ganz pragmatisch hat sie meine finanzielle Lage analysiert und mir klar gemacht,

was geht und was geht nicht! Völlig emotionslos – aber das hat mir ungemein geholfen.

Die Dritte im Bunde ist Sabine Schmeling.

Eigentlich kenne ich sie nicht so gut, aber sie ist auch eine Soroptimistin und wiederum eine gute Freundin von Ursula. Als diese von der Reise erzählte, hat Sabine einfach gefragt, ob sie uns begleiten könnte, New York wäre schon immer ein Traum von ihr gewesen.

Alle drei Augenpaare sind neugierig auf mich gerichtet!

»Hallo, meine Lieben, hier bin ich, here I am!«

»Komm her, meine Liebe, lass dich drücken.« Und schon lande ich in Rebeccas Armen. »Oh, tut das gut, dich zu sehen.«

»Ja stimmt, du siehst fantastisch aus«, meint Ursula und auch von ihr werde ich herzlich umarmt.

»Hallo Klara, in der Tat, du siehst blendend aus«, wendet sich Sabine an mich und nimmt mich in den Arm.

Es ist eine sehr emotionale Begrüßung und ich merke, wie sehr ich mich darauf gefreut habe. Ist es doch nach Maria der erste Kontakt wieder zu Freunden aus Lingen.

»Erzähl zunächst mal«, will Ursula wissen, »haben wir ein Zimmer?«

»Ja, das haben wir. Ich habe mein und auch euer abgestelltes Gepäck in die Suite bringen lassen. Hier sind die Schlüssel dafür.«

»Hat sich also alles geklärt«, fragt Rebecca.

»Im ersten Schritt ja. Wir haben eine höhere Kategorie. Ich habe meine Kreditkarte dafür hinterlegt. Susanne Karst vom Reisebüro habe ich bereits angemailt, sie kümmert sich um alles. Fakt ist, wir haben gebucht, das Reisebüro hat die Buchung hier ans Hotel weitergeleitet und eine Bestätigung erhalten. Warum wir hier bei denen nun nicht im System sind, ist nicht unser Problem. Ich wollte uns heute Abend aber fürs Erste ein Zimmer verschaffen und ich denke, dies ist die beste Lösung.«

»Kommen Mehrkosten auf uns zu?« Sabine wendet sich an mich.

»Ich denke nicht. Auf einer Seite wird der Fehler liegen und die sollte für die Differenz aufkommen.«

»Aber du hast doch jetzt deine Kreditkarte hinterlegt!«, wendet sie ein.

»Richtig, aber nur als Garantie. Dies ist ein übliches Procedere und bedeutet nicht, dass von vornherein etwas abgebucht wird«, erläutere ich.

Ich merke schon nach kurzer Zeit, wie ich den dreien um Meilen voraus bin. Während des Essens sind unser Zimmer und die vielleicht zusätzlichen Kosten immer Thema bei den dreien. Ich bin ruhig und abgeklärt. Wir haben gebucht und bezahlt, das andere ist Sache zwischen dem Hotel und dem Reisebüro.

Wir nehmen noch einen Drink in der Rooftop-Bar – gleiche Etage! Der Blick ist sensationell. Obwohl die drei mehr als müde sind, wollen sie doch noch einen kleinen Abriss meiner Reise hören.

Doch ich merke recht schnell, wie anstrengend der Tag für sie gewesen ist, und so gehen wir recht früh zu Bett.

Ich hingegen bin hellwach.

Ursula und Sabine haben das große Schlafzimmer bekommen, Rebecca und ich haben die Schlafcouch im Wohnzimmer in Beschlag genommen.

Rebecca pennt wie eine Tote, ich aber spüre jede Sprungfeder! Wie wäre es wohl in einer Suite in der von uns gebuchten Kategorie gewesen?!

Ich mache das Leselicht an und hole meinen Laptop heraus.

»Sie haben Post!« Das vertraute Fenster ist aufgegangen.

Paul hat mir eine Mail mit drei Bildern gesendet. Auf dem einen ist die Kommode zu sehen, er hat mein Bild darauf platziert und darunter geschrieben: angekommen!

Ich bin total gerührt und eine Träne kullert meine Wangen hinab – aber vor Freude! Wieder eine neue Erfahrung für mich.

Schon gestern am Flughafen hatten wir noch kurz miteinander geskypt. Ich hatte einen WiFi-Counter entdeckt und jeder Passagier hatte 10 Minuten freien Zugang.

Ich hatte es einfach so bei ihm versucht und es hat geklappt.

»Hallo mein Engel, welche Überraschung!«

»Hallo mein Schatz, ich wollte kurz vor dem Boarding noch deine Stimme hören.«

»Mhhm, das tut gut. Schau mal, ich habe im Wohnzimmer noch mal was umgestellt.«

Paul führt mich wieder mit dem Laptop durch die Wohnung. Ist schon irre, ich sitze in Miami am Flughafen und schaue mir in Düsseldorf sein neues Zuhause an.

Und dann sagt er etwas ganz Wunderbares: »Willkommen daheim, mein Liebling. Ich freue mich riesig, wenn du nächste Woche nach Hause kommst und dann mit mir die neue Wohnung inspizierst, denn all dies bedeutet nichts ohne deine Liebe!«

Lagebesprechung im Schlafanzug. Wir haben uns alle im Wohnzimmer getroffen und beratschlagen, was wir wann unternehmen wollen.

Natürlich Stadtrundfahrt mit dem Hop-on-Hop-off-Bus. Central Park steht auf dem Programm, etwas shoppen und Sabine möchte gern ins MoMA. Keine schlechte Idee, doch bei über 30 Grad möchte ich gern Aktivitäten im Freien machen. Rebecca möchte gern nach Soho, wir wollen über die Brooklyn Bridge laufen und eine Fahrt rund um Manhattan auf dem Wasser wäre auch nicht schlecht.

»Was haltet ihr von etwas Kultur unter freiem Himmel?«, frage ich die Damen.

»Wie meinst du das?«, fragt Rebecca zurück.

»Ich habe heute Morgen in dem Magazin hier einen Artikel gelesen. Einmal im Jahr, im Sommer, treten an einem Abend Mitwirkende der MET im Central Park auf, for free!«

»Echt jetzt?« Sabine ist total begeistert.

»Echt! Und der Abend ist morgen! Wollen wir hingehen?«

»Auf jeden Fall«, meint Ursula.

»Selbstverständlich«, meint auch Rebecca.

»Guten Morgen, Frau Fritsch-Schukovia.« Der Herr an der Rezeption spricht mich an. »Wir konnten die Umstände Ihrer Buchung mit dem Reisebüro klären. Für sie ist nun alles in Ordnung, ein Aufpreis ist von Ihnen nicht zu leisten!«

»Vielen Dank für die Info, da werden sich meine Freundinnen aber freuen. Eine schöne Neuigkeit, many thanks.«

»Hallo Mädels«, sie warten auf mich schon vor der Tür, »alles geklärt, wir bleiben in der Suite – keine Mehrkosten!«
Lauter Jubel bricht aus und beschwingt machen wir uns auf die Suche nach Starbucks für einen schnellen Kaffee und nach den roten Bussen.

Es ist heiß, 34 Grad zeigt das Thermometer. Wir sitzen oben auf dem Bus und an jeder Kreuzung stehen Teenager, meistens sind es junge Einwanderer, und schmeißen uns Wasserflaschen nach oben. Im Gegenzug werfen wir ihnen einen Dollar hinunter. Keine Ahnung, wie viel Wasser wir trinken, aber es ist eine Menge!

5th Avenue, wir steigen aus und gehen zu Tiffany! Wir wollen wenigstens sagen, wir waren da gewesen!
Wall Street, Broadway Soho, alles bekommen wir zu sehen. Der heutige Tag dient dazu, einen Überblick zu bekommen.
Ground Zero ist furchtbar. Alles eine riesengroße Baustelle und auf der einen Seite eine Mauer, an der die ganzen Namen der Opfer stehen. Es ist eine beklemmende Atmosphäre.

An Pier 17 liegen wir in Deckchairs und schauen auf die Brooklyn Bridge. Wir lassen die Seele baumeln und relaxen. Viele neue Eindrücke sind heute auf uns eingestürmt, jeder von uns verarbeitet sie auf seine Art und Weise.
Wir essen eine Kleinigkeit im Foodcorner. Ich kenne diese Art von Restaurants schon aus Neuseeland, aber für die drei Ladys ist dies Neuland. Aber so kann jede ihre Vor-

lieben ausleben. Thai, Inder, Mexikaner, Italiener, Japaner, für jeden Geschmack ist etwas dabei.

Denn auch dies habe ich festgestellt. Es ist wieder gar nicht so einfach, sich wieder auf neue Charaktere einzustellen.

In Miami war ich sehr vertraut mit Maria und Anne.

Hier kenne ich Rebecca und Ursula gut, aber eben nicht so gut wie Maria. Und mit Anne habe ich eh eine spezielle Verbindung.

Sabine Schmeling ist eine Bekannte, aber da ich schon immer offen war für neue Menschen in meinem Leben, war ich von Anfang an angetan von der Idee, dass sie die anderen beiden begleitet.

Im täglichen Miteinander kann es aber zu der ein oder anderen Herausforderung kommen.

Aber auch kleine Unstimmigkeiten oder sagen wir mal: »Wie schaffen wir es, alles oder alle Wünsche unter einen Hut zu bringen?«, trüben meine Stimmung nicht.

Vollkommen erledigt, aber restlos begeistert von dem, was wir heute gesehen haben, kommen wir im Hotel an.

Ursula und Sabine sind müde und wollen nur noch duschen und ins Bett.

Rebecca und ich zieht es noch in die Bar im 26. Stock.

Der Abend ist mild und so sitzen wir bei Cocktails in der lauen Nacht, bewundern das Glitzermeer und plaudern.

»Was willst du beruflich machen, wenn du wieder zurück bist?« Rebecca stellt die Frage aller Fragen.

»Keine Ahnung. Ich habe einige Bewerbungen abgesendet, aber bisher nur Absagen erhalten.«

»Oh, das tut mir leid. Auf was für Stellen hast du dich denn beworben? Willst du wieder in die Hotellerie zurück und nach Lingen?«

»Ich habe mich nur auf Assistenzstellen beworben. Zurück in die Hotellerie möchte ich nicht mehr. Es hat eine Menge Spaß gemacht. Aber die Arbeitszeiten sind nicht klasse.«

»Das stimmt«, wirft Rebecca ein. »Du bist zu den meisten Einladungen immer sehr spät gekommen und vieles konntest du gar nicht wahrnehmen.«

»Genau und für eine Beziehung ist es auch nicht gut. Im Nachhinein weiß ich, dass ich Klaus ziemlich viel zugemutet habe. Und meine Beziehung zu Paul möchte ich nicht aufs Spiel setzen. Ich hatte während meiner Reise sehr viel Zeit zum Nachdenken. Gern hätte ich einen Job, der mich erfüllt und mit dem ich auch meinen Lebensunterhalt bestreiten kann. Denn eines ist auch klar, die Gehälter in dieser Berufssparte sind nicht gerade hoch.«

»Und wo sollte der Job sein?«

»Am liebsten im Rheinland. Auf alle Fälle sollte mein neues Zuhause so liegen, dass ich am Wochenende zu Paul nach Düsseldorf fahren kann oder er zu mir. Leider hat sich noch nichts ergeben, was mich auch ziemlich nervös macht. Maria hatte in Miami noch einen anderen Vorschlag.«

»Welchen denn?«

»Sie suchen die Führungskräfte für ihr Ferienzentrum immer über einen Headhunter in Düsseldorf. Sie wird mir mal seine Kontaktdaten senden und meint, ich kann mich gern auf sie berufen, wenn ich mich bei ihm melde.«

»Na, das ist doch eine gute Idee. Und wenn du erst mal

nur einen befristeten Job für ein Jahr oder so hast, ist vielleicht auch nicht verkehrt. Paul und du, ihr müsst euch doch auch erst aneinander gewöhnen.«

»Vielleicht hast du recht. Aber irgendwie brauche ich Sicherheit. Ich habe dir doch berichtet, dass ich sehr viel Geld noch mal an meinen Mann zahlen musste, und nun ist von meiner eisernen Reserve nicht viel übriggeblieben.«

»Meinst du, die teure Reise war ein Fehler?«

»Das habe ich mich eine ganze Weile gefragt. Aber heute kann ich voller Inbrunst sagen: Nein, sie war kein Fehler. Ich habe viel über mich und mein Wesen, meinen Charakter auf diesem Trip gelernt.«

»Ja, du hast dich verändert.«

»Zum Positiven?«

»Ja, unbedingt. Ich habe es schon gemerkt, als du am ersten Abend ins Restaurant kamst. Du hast eine andere Ausstrahlung. Du warst immer die toughe Powerfrau, die auch manchmal ihr Gegenüber mit ihrer Energie überrollt hat. Nun wirkst du, als ob du mehr in dir ruhen würdest. Dies habe ich ganz deutlich an der Situation mit unserem Zimmer gemerkt. In Deutschland hätten wir dies selbst geregelt. Aber wir drei sprechen nicht so gut Englisch und du hast die Situation mit einer Ruhe und Souveränität geregelt, das war schon bewundernswert.«

»Danke, es freut mich, dass du das so siehst.«

»Da gibt es nichts zu danken. Es hat den Anschein, du hast an dir gearbeitet und die vielen unterschiedlichen Situationen auf deiner Reise haben dich verändert. UND – du gefällst mir!«

Lagebesprechung Teil II, wieder im Pyjama!

Empire State Building oder Rockefeller Center – wir können uns nicht entscheiden.

»Okay, Mädels«, Ursula ergreift das Wort, »vom Rockefeller Center blicken wir aufs Empire, ich denke, das ist der schönere Ausblick. Außerdem habe ich im Reiseführer gelesen, dass die Aussichtsplattform größer sein soll.«

Eine Frau, ein Wort, so machen wir es.

Oben angekommen, bin ich sprachlos. Der Ausblick ist irre – anders kann ich es nicht ausdrücken. Was für Hochhäuser, wie riesig ist der Central Park! Wir kommen alle aus dem Staunen nicht heraus.

Wir haben kaum dieses Highlight verarbeitet, da sind wir auch schon auf dem Schiff und fahren den Hudson River rund um Manhattan hinauf.

Wir genießen den Wind auf dem Wasser, verspricht er doch bei 35 Grad ein wenig Abkühlung.

Wir sind durchgeschwitzt, die Sonnencreme klebt im Gesicht, Ursula hat sich eine Blase gelaufen.

Aber wir alle sind uns einig: Central Park heute Abend muss sein.

Kurzer Zwischenstopp im Hotel und dann leisten wir uns ein Taxi. Es ist ein cooles Gefühl, am Straßenrand zu stehen und lässig solch ein gelbes Gefährt heranzuwinken.

Keine Ahnung, was ich mir unter dem Abend vorgestellt habe, auf jeden Fall nicht das!

Ich habe das Gefühl, halb New York ist mit Picknickdecken und Körben in den Central Park gewandert. Ein Polizist regelt den Einlass und ich habe schon die Befürchtung, wir kommen nicht mehr hinein.

Aber es funktioniert. Wir ergattern ein Fleckchen Rasen unweit der Bühne und breiten unsere Jacken aus – wir sind längst nicht so gut vorbereitet wie die anderen.

Und dann beginnt die Aufführung! Insgesamt sind es sechs Künstler aus der MET, die hier ihr Können zum Besten geben. Und es ist wahrlich ein Können! Opernarien aus verschiedenen Aufführungen erklingen und wir sind alle hin und weg.

Die untergehende Sonne scheint uns ins Gesicht und wir genießen die Musik und die Abendstimmung. Es ist phänomenal.

»Wahnsinn«, ist auch das Résumé meiner Freundinnen. Wir liegen auf unseren Jacken, schauen in den Himmel, lauschen der klassischen Musik und erfreuen uns am Hier und Jetzt.

Nach zwei Stunden sind wir total beseelt und nehmen noch einen Drink in unserer Hotelbar zum Ausklang eines tollen Tages.

»Hallo meine NYC-Maus …
ich schicke dir einen späten Gute-Nacht-Kuss in die Stadt, die niemals schläft, und hoffe, ihr habt das Open-Air-Special vollends genossen. Es war sicherlich ein tolles Erlebnis …
Heute war ich nach einer Woche Umzugsauszeit mal wieder im Büro und konnte einiges erledigen. Nach dem Abendessen habe ich ein paar private Dinge erledigt, Onlinebanking gemacht und versucht, endlich mal den neuen Telekom-Router zu konfigurieren – ich

bin gescheitert … :(Nun ist es 00:20 Uhr und ich bin
müde …
Deshalb sage ich dir gute Nacht, mein Schatz, nehme
dich mit unter die Dusche und dann mit unter die
Bettdecke und träume von einer Frau, deren Herz ich
erobern durfte und die meines geöffnet hat, Liebe zu
geben und zu empfangen. Klara, meine Liebe …
Ich fühle dich ganz intensiv bei mir und sage dir leise
ein ›Ich liebe dich‹ ins Ohr …
Dein Paul«

»… it's easy to feel my body and my soul!«

Der Wecker klingelt und klingelt, aber ich kann mich nicht
zum Aufstehen zwingen. Eigentlich wollte ich ganz früh
aus den Federn und in den Central Park zum Joggen. Ein
Punkt auf meiner To-do-Liste, aber es war einfach zu viel
Alkohol gestern.

Wir frühstücken in einem netten kleinen Café und sind
gerüstet für den Tag. Jede von uns ist ausgerüstet mit zwei
Flaschen Wasser und so bummeln wir die 5th Avenue hinunter.

Sabine biegt ab ins MoMA und Rebecca, Ursula und ich
besuchen die St. James Kathedrale.

Es ist angenehm ruhig und kühl in dem Kirchenbau.

Wir sitzen in der vollkommenen Stille – und ich kann
diese genießen.

Es ist so friedlich hier drinnen, hat nichts mit dem ge-
schäftsmäßigen Treiben dort draußen zu tun.

Gar kein Vergleich zu der Kirche in Russel oder der Kapelle auf dem Corcovado.

Ich sitze ganz still in meiner Bank und lasse den Raum auf mich wirken.

»Danke, lieber Gott, dass ich zur Ruhe gekommen bin. Und bitte lass mich einen Job finden.«

Zurück auf der 5th Avenue rufe ich ganz spontan Paul an. Ich muss einfach seine Stimme hören. Ich vermisse unsere Skype-Verabredungen und habe große Sehnsucht nach ihm.

Wir fahren nach Downtown, doch innerlich merke ich, dass ich keine Lust zum Bummeln habe. Ich habe so viele Shopping-Tempel auf meiner Reise gesehen, dass ich hier, wo doch nun wirklich alles geboten wird, einfach keine Lust mehr habe.

Den dreien geht es irgendwie genauso, vielleicht liegt es an der Hitze. Das Thermometer ist heute auf 36 Grad geklettert. Es wird von Tag zu Tag heißer.

Und was machen wir? Wir fahren in den Central Park und legen uns auf die Wiese in den Schatten!

Auf dem Rückweg ins Hotel finden wir das nette, kleine italienische Restaurant, welches Anne mir empfohlen hat, und wir genießen ein exquisites Abendessen.

5:30 Uhr, wieder klingelt der Wecker – und diesmal bin ich fit!

Also nichts wie rein in die Joggingklamotten.

Ich laufe durch die Straßen, biege auf die 5th Avenue ab und laufe in den Central Park.

Es ist ein tolles Erlebnis. Man kann nicht sagen, die Stadt

erwacht (denn sie schläft ja nicht). Aber es ist eine Aufbruchstimmung zu spüren – der Aufbruch in einen neuen Tag.

Glücklich und verschwitzt komme ich im Hotel an und habe für meine Mädels Kaffee mitgebracht.

»Du bist ja verrückt«, meint Ursula.

»Wie kann man so früh nur laufen?«, wundert sich Sabine.

»Danke für den Kaffee«, kommt es von Rebecca.

Wir frühstücken in einer kleinen Bäckerei und gestärkt machen wir uns auf nach Greenwich Village.

Ich möchte unbedingt in dem Feinkostladen »Dean and Deluca« einen Espresso trinken. Paul war schon in diesem Gourmettempel und hat ihn mir wärmstens empfohlen.

Und tatsächlich finden wir ihn und auch Rebecca möchte einen Espresso trinken. Ursula und Sabine streiken. Sie finden den Laden ganz okay, ich hingegen tauche ein in die Welt der Gastronomie und bin restlos begeistert.

»Zwei Espressi bitte.«

»To go?«

»Ja bitte.«

»9 Dollar.«

»Okay.« Ich schlucke.

»Zahlen sie beide?«

»Beide?«

»Ja, dann 18 Dollar!«

Ich bin einer Ohnmacht nahe. 18 Dollar für zwei Espressi to go!

»Hier bitte, Rebecca. Trinke ihn bitte mit Verstand, so viel zahle ich sonst fast für ein Glas Champagner!«

Gestärkt durch das teure Gesöff fahren wir mit der Subway nach Brooklyn und laufen in der Abendstimmung über die Brooklyn Bridge nach Manhattan hinein – ein unvergessliches Erlebnis!

Nun sind wir für heute aber genug gelaufen. Die Mädels streiken und wollen im Hotel bleiben.

»Willst du wirklich noch zum Time Square?«, fragt Rebecca.

»Also, ich kann nicht mehr«, meldet sich Sabine.

»Ich gehe auch ins Bett«, stimmt Ursula zu.

»Das ist doch nicht euer Ernst?«, frage ich ungläubig, »Also, ich bin hier in New York und will den Times Square unbedingt am Abend sehen.«

Leider kann ich die drei nicht dazu bewegen, und so mache ich mich allein auf den Weg. Selbstverständlich mit den guten Ratschlägen von allen!

Ein wenig mulmig ist mir schon, so allein spät abends in New York unterwegs. Aber die Straßen sind voll von Menschen und als ich um die letzte Kurve biege und das riesige Lichtermeer mit den Reklamen vor mir auftaucht, bin ich froh, mich auf den Weg gemacht zu haben.

Ich lasse mich auf der großen Treppe nieder und betrachte das Geschehen. Es zieht mich sofort in seinen Bann. All das Gewimmel und Gewusel sauge ich auf. Das ist für mich Leben.

Auf dem Nachhauseweg telefoniere ich mit Paul. Ich möchte ihm nahe sein und so begleitet er mich auf meinem Weg ins Hotel.

Wir frühstücken noch mal in der kleinen Bäckerei. Sie sieht fast so aus wie die »Magnolia Bakery« aus »Sex and the City« – diese haben wir gestern durch Zufall entdeckt – und brauchten natürlich sofort ein Foto mit uns Vieren davor.

Im Hotel wieder zurück checken wir aus und ich frage nach, ob das Taxi, das ich vor dem Frühstück geordert hatte, mittlerweile angekommen ist.

»Oh yes, Madam.« Der Mitarbeiter an der Rezeption grinst mich an. »Ihr Taxi wartet vor der Tür.«

Komisch, was hat der nur? Eigenartig, dass der so grinst.

»Okay, Mädels, habt ihr alles? Gepäck bitte durchzählen, ich schaue mal nach, wo das Taxi steht.«

»Also, ich sehe weit und breit kein Taxi!« Ursula ist mir nach draußen gefolgt.

»Ich auch nicht«, seufze ich. »Wartet hier, ich gehe noch mal an die Rezeption.«

»Entschuldigung, ich hatte ein Taxi für vier Personen bestellt und sie sagten mir, es würde vor der Tür auf uns warten, Ich sehe aber keins«, wende ich mich an den Rezeptionisten, der mich schon vorhin so blöd angegrinst hat.

»Doch, Madam, es wartet draußen.«

»Da steht kein Taxi, sehen Sie doch selbst nach!« So langsam werde ich ungehalten!

Der junge Mann begleitet uns nach draußen und zeigt mit dem Finger nach links. »Da ist es doch! Hier steht Ihr Taxi!«

»Wollen Sie mich veralbern? Dies ist kein Taxi, dies ist eine weiße Stretchlimousine!«

»Das ist richtig – und Ihr Taxi!«

»Aber das haben wir nicht bestellt – und werden wir auch nicht bezahlen!«

»Das ist der normale Preis, Sie können sich auf mich verlassen. Wir wollten Ihnen einen Gefallen bzw. eine Freude machen, da Sie immer so nett und höflich zu mir und meinen Kollegen waren!«

Ich kann es nicht fassen. Rebecca, Ursula und Sabine sind total begeistert und haben bereits Platz genommen. Sie können ja nicht ahnen, dass solch ein Auto die Höchststrafe für mich bedeutet!

Aber nun ja, aus der Nummer komme ich nun nicht mehr raus – und der gute Mann und seine Kollegen hatten es wirklich nur nett gemeint.

Und so fahren wir mit diesem XXL-Gefährt quer durch New York. An jeder Ampel werden wir bejubelt!

Innen blinkt und glitzert alles. Ich fühle mich wie in einem rollenden Bordell.

Spiegel über Spiegel, eine gut gefüllte Bar, Plüsch- und Lederbänke …

Vielleicht hat die mehr als übergewichtige Mama am Schalter der Leihwagenfirma deshalb so einen Spaß mit uns. Sie kommt von irgendeiner Insel, ist gut bei Stimme und mischt mit ihrem Soulgesang den gesamten Autoverleih auf.

»Warum hast du so ein Spießerauto gebucht, Schwester? Wer mit so einer weißen Karre vorfährt, der muss doch ein anderes Auto buchen! Außerdem reicht der Kofferraum deiner gebuchten Kategorie sowieso nicht aus!«

»Okay, was hast du denn im Angebot?!«

»Wie wäre es mit dem Geländewagen von Cadillac? Ich mache dir auch einen Freundschaftspreis!«

»Was muss ich zuzahlen?«

»70 Dollar.«

»Okay, abgemacht, aber das Navi ist bei dem Preis inklusive.«

»Hört, hört, die weiße Lady handelt! Okay, weil du es bist …«

Und so sitzen wir wenig später in diesem Monster – Auto kann man es eigentlich nicht nennen.

Ursula sitzt vorne neben mir, Rebecca und Sabine haben es sich auf der großen Rückbank bequem gemacht.

Unser Navigationsgerät heißt Yannik – zumindest stellt er sich so vor. Wir haben einstimmig beschlossen, dass eine Frauenstimme gar nicht geht!

Aber Yannik ist mehr als langsam bzw. zeitverzögert. Ursula hat als Sprache »Deutsch« eingegeben, was bestimmt ein Fehler war.

Yanniks Übersetzung ist grauenhaft. Gepaart mit der Zeitverzögerung verfahre ich mich grenzenlos.

Und jede von uns hat mindestens eine Meinung!

Nach einer halben Stunde platzt mir der Kragen!

»Schluss jetzt, ihr macht mich wahnsinnig. Ursula, du bist jetzt mein Copilot, ihr anderen im hinteren Teil des

Wagens genießt die Aussicht. Ursula, kann ich hier links abbiegen?«

»Sorry, keine Chance, du musst auf dem Highway bleiben.«

»Na klasse, dann fahren wir mitten nach Manhattan rein – und das mit dieser Karre!«

Nun werde ich doch etwas nervös. Wir hatten extra die Autovermietung am Airport ausgewählt, um von dort auf der Landstraße nach Boston zu fahren. Nun gondeln wir den ganzen Weg zurück in die Stadt und das bei dem Verkehr!

Zum Glück erinnere ich mich an meine Routine von Auckland und so langsam gewöhnen wir uns auch an das Navigationsgerät.

Mit ca. anderthalb Stunden Verspätung starten wir gen Boston.

Diese Stadt wollte ich unbedingt auf meiner Reiseroute mit dabeihaben. Ich kann es selbst nicht genau erklären. Irgendwann einmal habe ich eine Reportage im Fernsehen über diese 600.000-Einwohner-Stadt gesehen und schon damals war klar, hier möchte ich einmal hin.

Die Fahrt ist wunderschön. Wir fahren an großen Herrenhäusern und traumhaften Gärten und Parks vorbei. Auf einer Seite ist immer der Atlantik zu sehen. Die Sonne lacht vom Himmel, ich öffne das große Schiebedach und lasse den lauwarmen Fahrtwind herein.

Nach der Hektik in New York kommt uns diese Landschaft fast verschlafen vor.

Boston präsentiert sich uns im Abendlicht. Die untergehende Sonne taucht die Hochhäuser in verschiedene Rottöne.

Unser Hotel liegt direkt am Wasser, wir haben von unseren Zimmern einen wunderschönen Blick über den Hafen.

Zum Abendessen laufen wir in die Innenstadt und sind froh, ein kleines Restaurant zu finden, das offen hat.

Die Mädels sind früh müde und so komme ich dazu, mit Paul zu skypen. Anderthalb Stunden sitze ich in der Lobby und berichte von New York. In drei Tagen sehen wir uns wieder, ich kann es noch gar nicht glauben!

1:30 Uhr, ich muss ins Bett!

»... I feel myself!«

Wir sitzen wieder einmal in einem Bus – Sightseeing ist angesagt.

Die Lady an der Rezeption war sehr nett und wir haben, genau wie in New York, den Hop-on-Hop-off-Bus gebucht.

Das eigentliche Zentrum von Boston ist nicht groß, aber die Außenbezirke sind total charmant. Es gibt viele rote Backsteinhäuser mit kleinen Vorgärten, die über und über aus Buchsbäumen und Hortensien bestehen. Das ist sowieso meine Lieblingsblume und bestimmt mit ein Grund, warum mir diese Straßenzüge so gut gefallen.

Das Wetter ist angenehm und so lassen wir uns von der Stimme der Reiseleiterin berieseln. Es hat den Anschein, als ob jede von uns die Stadtrundfahrt auf ihre eigene Art genießt.

In New York haben wir alle wie wild fotografiert, wollten auf gar keinen Fall etwas verpassen. Hier scheint es so, als ob wir uns dem etwas langsameren Modus der Stadt angepasst hätten.

Ich möchte jedoch nicht den Eindruck erwecken, Boston wäre ein verschlafenes Nest – es geht hier halt nur etwas gemächlicher zu.

Harvard hat es uns angetan!

Wir sind restlos begeistert. Dass der gesamte Campus eine Stadt für sich ist, war mir nicht bewusst.

Wir schlendern durch den Park und den riesigen Bookstore, der aufgemacht ist wie eine Unibibliothek.

Ursula findet tatsächlich noch zwei Bücher über das Segeln, welche sie noch nicht gelesen hat!

Mit einem Kaffeebecher in der Hand sitzen wir auf den Stufen, auf denen sonst die Abschlussbilder mit den Studenten gemacht werden. Im Geiste sehen wir die in die Luft geworfenen Hüte vor uns.

Auf dem gesamten Campusgelände stehen Bänke und Liegestühle. Wir entdecken eine Vierergruppe und machen es uns gemütlich.

»Und, wann warst du in Harvard?«, fragt mich Ursula, ganz im stolzen Ton einer Studentin.

»Also, ich 2011«, antworte ich ebenso stolz.

Es macht Spaß, einfach mal herumzualbern und die Zeit vorbeiziehen zu lassen.

Zum Abschluss besuchen wir noch die Cheesecake Factory. Diese Kette kannte ich schon von Miami. Mit Maria und Anne habe ich mich durch diese Kalorienberge gegessen und nun waren meine Mädels dran!

»Der Zuckerkonsum und die Kalorien reichen für die nächsten Jahre«, stöhnt Rebecca.

»Mindestens«, kommt die Antwort von Ursula – knapp und trocken wie immer.

»Aber ich brauche heute Abend noch irgendetwas Herzhaftes«, meldet sich Sabine.

»Wie wäre es mit der tollen Bierbar bei uns am Hafen?«, frage ich.

»Da, wo immer die lange Schlange vor der Tür steht?«, kommt die Gegenfrage von Rebecca.

»Genau die.«

»Okay, können wir ja mal probieren.«

Und so stehen wir zwei Stunden später in der Schlange und werden tatsächlich eingelassen. Doch dies bedeutet noch lange nicht, dass wir einen Tisch haben.

»Für vier – das kann dauern. Mindestens eine Stunde«, lässt uns der Kellner wissen.

»Eine Stunde? Und was machen wir in der Zwischenzeit?«, fragt Ursula.

»Na, Bier trinken«, antworten Rebecca und ich fast wie aus einem Mund.

»Aber die Biere kenne ich gar nicht, die hier angeboten werden«, wirft Sabine ein.

»Na, dann sollten wir alle ein unterschiedliches probieren und bei der nächsten Runde wissen wir schon besser, was uns schmeckt und was nicht«, ist mein Vorschlag.

Auch wenn es hier nur um das Bieraussuchen geht. Ich merke, wie viel offener und neugieriger ich geworden bin. Ich bin hier in Boston und möchte natürlich das essen und trinken, was regional ist – auch wenn es vielleicht nicht unbedingt mein Geschmack ist. Rebecca ist der gleichen Ansicht. Bei Ursula und Sabine hingegen steht immer im Vordergrund, dass ihnen alles schmecken muss, was sie bezahlen.

Aber wir werden uns einig und nach der dritten Runde haben wir auch unseren Tisch – draußen, direkt am Wasser. Wie genial!

Wir genießen fantastische Burger und die vierte und fünfte Runde Bier trinken wir mit Blick auf den Hafen. Gott sei Dank ist es nicht weit bis ins Hotel!

Die Mädels liegen im Bett und ich nutze noch mal die Gunst der Stunde und skype mit Paul.

»Hallo, mein Engel«, höre ich die vertraute Stimme.

»Hallo, mein Schatz. Wie geht es dir?«

»Mir geht es gut. Ich zähle schon die Stunden, wann ich dich wieder in den Arm nehmen kann.«

»Nur in den Arm nehmen?«

»Nein, natürlich nicht. Ich möchte dich verwöhnen und am liebsten die ersten Tage gar nicht aus dem Bett kommen!«

»Uhh, klingt gut, klingt sehr gut.«

»Wie hat dir Boston bisher gefallen?«

»Sehr gut, alles kleiner und überschaubarer. Morgen wollen Ursula und Sabine zum Whale Watching, Rebecca und ich wollen uns einfach durch die Stadt treiben lassen. Es gibt hier so viele entzückende Sträßchen, die wir einfach ablaufen wollen und da, wo es uns gefällt, da bleiben wir.«

»Keine Lust auf Wale?«

»Lust schon, aber morgen ist der letzte Tag in Boston und ich möchte die Stadt aufnehmen. Eintauchen in das Leben hier.«

»Kann ich verstehen. Ich finde es gut, dass ihr auch etwas getrennt voneinander unternehmt. Freust du dich denn ein klein wenig auf zu Hause?«

Ich weiß nicht, ob es das Wort »zu Hause« auslöst, aber auf einmal werde ich schwermütig.

Was genau ist zu Hause für mich? Lingen – nicht mehr. Ladenau war es einmal. Dort wohnt Mama und ich fahre immer wieder gern dort hin.

Aber wo bin ich zu Hause? Dreieinhalb Monate bin ich nun durch die Welt gereist. Wo werde ich ankommen und wo bekomme ich einen Job? An dieser Front hat sich rein gar nichts getan, außer Absagen!

In New York konnte ich dieses Thema ganz gut ausblenden, hier und jetzt in dieser Hotellobby holt es mich mit voller Wucht ein. Sechs Wochen beziehe ich noch Gehalt vom Hotel, wenn ich dann keinen Job habe, muss ich zum Arbeitsamt gehen. Immer noch dieselbe Leier – ich kann mich schon selbst nicht mehr hören!

»Hallo Schatz, bist du noch da? Du sagst gar nichts mehr. Ist alles okay?«

»Ja, alles okay«, bringe ich hervor. Warum sollte ich Paul auch schon wieder mit meinen Problemen belasten?

»Du klingst aber gar nicht so.«

»Doch, doch, alles gut, ich bin nur müde.«

»Na, dann kuschel dich mal ins Bett und träume von uns. Schlaf gut, mein Liebling.«

»Du auch, mein Schatz. Gute Nacht.«

Ich klappe den Laptop zu und bleibe sitzen, einfach so. Ich bin müde und merke das Bier.

Aber es ist nicht nur der Alkohol, der mir zu schaffen macht, das weiß ich genau.

»Du musst an dich glauben«, höre ich die Stimme in mir.

»Ich weiß, du erzählst mir auch nichts Neues.«

»Kann ich ja auch nicht«, meldet sich mein Unterbewusstsein, »Du willst mich anscheinend einfach nicht verstehen! Glaube endlich an DICH!«

Zu viel Bier, zu viele Eindrücke – ich muss ins Bett, sonst lässt die Security die Lady mit dem Laptop und dem schwarzen Buch, die mit sich selbst spricht, noch aus der Hotellobby entfernen.

Der letzte Tag in Boston ist angebrochen. Rebecca war schon früh wach und hat uns aus dem Starbucks unten im Hotel einen großen Latte Macchiato geholt.

Im Bademantel sitzen wir beide nun auf dem riesigen Bett, genießen den Ausblick auf das Meer und die Stadt und quatschen.

Es ist der typische Plausch unter Freundinnen. Fast jedes Thema wird gestreift.

Rebecca hat zwei erwachsene Kinder. Tanja und Dirk sind im Studium und bereiten ihr und Manfred viel Freude.

Sie selbst ist glücklich mit ihrem Atelier und seit Beginn ihrer Ehe ist sie mit Leib und Seele Arztgattin!

Immer hat sie Manfred den Rücken freigehalten, sehr viel Rücksicht genommen und somit auch viele eigene Wünsche hintangestellt.

Nun ist sie seit Ewigkeiten mal in eigener Sache unterwegs und genießt in vollen Zügen.

»Fast wäre ich nicht mitgekommen«, eröffnet sie das Gespräch.

»Wie, nicht mitgekommen?«

»Manfred hat aktuell etwas Stress mit Tanja.«

»Wieso das denn? Ihr habt doch zwei so fantastische Kinder?«

»Tanja möchte ihren eigenen Weg gehen. Sie ist immer noch mit Freddy befreundet und die beiden wollen nun für ein Jahr nach England. Freddy hat ein Jobangebot und Tanja ist mit dem Studium fertig und möchte ihre Englischkenntnisse verbessern.«

»Aber das klingt doch klasse!«

»Ja, aber du kennst doch meinen strukturierten Göttergatten. Ihm wäre es am liebsten, Tanja würde sich hier in Deutschland sofort einen Job suchen, anstatt ein Jahr zu vertrödeln.«

»Aber das ist doch nicht vertrödeln. Sie lernt eine andere Sprache noch besser kennen, taucht in eine andere Kultur ein und sie wird sich doch auch einen Job suchen, oder?«

»Ja, das will sie. Dies geht aber nur vor Ort.«

»Aber das macht doch nichts. Sie hat doch Zeit.«

»In den Augen von Manfred nicht! Und du kennst mich, ich stehe dann wie immer zwischen den Stühlen. Letzte

Woche hat es verbal ziemlich geknallt. Tanja ist Manfred sehr ähnlich und ich habe versucht zu vermitteln!«

»Oh je, arme Rebecca. Und, wie ist der Schlagabtausch ausgegangen?«

»Eigentlich 1:0 für Tanja, sie wird mit Freddy fahren. Manfred hat dann nur mich weiter in die Sache mit einbezogen, in dem er meinte, ich könnte jetzt unmöglich in den Urlaub fahren. Noch dazu ohne ihn!«

»Aha, daher weht der Wind! Ist er eifersüchtig, gönnt er dir die Reise nicht?«

»Das kann man so nicht sagen, aber mein Manfred ist es nicht gewöhnt, dass ich etwas gegen seinen Willen durchsetze.«

»Und, bereust du die Reise?«

»Nie im Leben. Es macht so viel Spaß mit euch und wir haben so viel gesehen und erlebt. Das möchte ich auf keinen Fall missen.«

Es freut mich, dass Rebecca uns auf der Reise begleitet – und ich wäre sehr traurig gewesen, wenn sie den Trip abgesagt hätte. Es zeigt mir aber auch, dass meine Freunde auch das ein oder andere Problem haben.

Rebecca macht sich schon mal im Bad fertig und ich lese per SMS von Paul, dass ich meinen Mailaccount checken soll.

Gesagt, getan und so finde ich im Postfach eine rührende Mail von ihm. Er hat natürlich gestern Nacht gespürt, dass etwas mit mir nicht stimmte.

Ich solle nicht so viel an mir zweifeln und an mich und meine Fähigkeiten glauben.

Aber ganz gerührt stimmt mich der letzte Satz: »… Gemeinsam werden wir alles schaffen.«

Das klingt gut und hilft mir ungemein!

Der letzte Tag entwickelt sich genau so, wie ich ihn mir vorgestellt habe. Rebecca und ich bummeln bei Sonnenschein durch die kleinen Gassen, sitzen im Park auf der Bank und beobachten Schwäne.

Zum Mittagessen sitzen wir draußen in einem entzückenden, kleinen Café, eigentlich ist es eher ein Bistro.

»Zwei Sekt Rosé«, bestellt Rebecca.

»Haben wir etwas zu feiern?«, frage ich.

»Natürlich, heute ist der letzte Tag unserer Reise. Du beendest deine große Tour und ich meine kleine Auszeit. Es war wundervoll und ich genieße unsere Freundschaft.«

»Danke, meine Liebe, es freut mich, dass du dies so empfindest. Auch mir hat es sehr viel Spaß mit dir und euch gemacht.«

»Und nun versprich mir noch, dass du an dich glaubst.« Auch Rebecca greift noch einmal dieses Thema auf. »Viele Wege führen nach Rom. Setze dich nicht so sehr unter Druck, manche Dinge ergeben sich von allein. Auf alle Fälle solltest du den Headhunter kontaktieren, den dir Maria empfohlen hat. Hast du noch mal nach seiner Adresse gefragt?«

»Nein, noch nicht.«

»Also worauf wartest du? Heute Abend kannst du gleich Maria eine Mail schreiben und sie darum bitten.«

Den letzten Abend verbringen wir an der Hotelbar. Wir ergattern einen Tisch draußen mit Blick aufs Meer.

Eigentlich wäre ich gern noch mal ausgegangen, doch Ursula und Sabine sind müde, aber überglücklich vom Wale-Beobachten.

Es freut mich sehr, dass der Ausflug für die Beiden so fantastisch war. Auch wir sind mehr als zufrieden mit unserem Tag und so haben wir vier jede Menge Gesprächsstoff.

»Was wollen wir trinken?«, fragt Ursula. »Also, ich brauch nur Wasser.«

»Wasser, nein, ich möchte einen Weißwein«, sagt Rebecca.

»Ich ein Bier«, meldet sich Sabine zu Wort.

»Haben Sie Sauvignon Blanc?«, frage ich die Bedienung.

»Selbstverständlich. Möchten Sie welchen aus Amerika oder Neuseeland?«

»Gern aus Neuseeland!«

Ich bin happy. Mein Lieblingsweißwein am letzten Abend.

Die drei Mädels plaudern munter untereinander, ich habe mein schwarzes Buch hervorgeholt und schreibe Tagebuch. So vergeht der Abend wie im Flug.

Nun liege ich im Bett und schaue auf das nächtliche Boston.

In 36 Stunden lande ich in Pauls Armen. So ganz kann ich es noch nicht glauben. Morgen ist tatsächlich der letzte Tag meiner Reise. Dreieinhalb Monate war ich vollkommen vogelfrei und bin durch die Welt getrudelt.

I'm on travel, ich weiß nicht, wie häufig ich diesen Satz zu wildfremden Menschen gesagt habe, wenn sie sich danach erkundigt haben, was ich mache.

Dies ist ab übermorgen vorbei. Wie wird es mir ergehen, wenn ich zurück bin? Ich bin neugierig …

Ganz langsam rollt eine Träne meine Wange hinab. Es ist eine Träne der Wehmut, des Glücks und auch der Dankbarkeit.

Wehmut über das Ende der Reise, Glück, dass meine Beziehung zu Paul standgehalten hat, und Dankbarkeit, dass alles gut verlaufen ist.

»… feel your body … feel your breath … only yourself are important!«

Der Wecker klingelt um 5:00 Uhr.

Es ist ein komisches Gefühl. Ein letztes Mal aufstehen.

Wir genießen die Rückfahrt nach New York in vollen Zügen. Der Himmel ist immer noch azurblau, es ist warm. Das Schiebedach ist weit geöffnet, im Radio läuft Country-Musik.

Ganz entspannt finden wir die Leihwagenfirma (wir haben uns inzwischen sehr an Yannik gewöhnt) und fahren mit dem Airport-Shuttle-Train zum Flughafen.

Einchecken, Gepäckaufgabe, alles klappt wie am Schnürchen. Wir haben jede Menge Zeit.

Wir trinken Kaffee zusammen und dann begleite ich die drei zu ihrem Gate.

Sie fliegen nach Düsseldorf und ich nach Frankfurt!

»Warum fliegst du nicht mit uns nach Düsseldorf?«, fragt Ursula.

»Wäre doch auch für Paul einfacher«, meint Sabine.

»Das stimmt. Aber meine Reise habe ich in Frankfurt

begonnen und sollte auch dort enden. So hatte ich meinen Trip geplant und auch gebucht. Eure Flüge sind erst später hinzugekommen.«

Für mich war und ist es außerdem extrem wichtig, dass ich meinen Trip allein zu Ende bringe. Ich habe keine Ahnung, wie es mir die letzten Stunden gehen wird, und will gern allein sein.

»Tschüss, ihr drei, ich wünsche euch einen guten Flug!« Boarding time für Düsseldorf.

»Komm du auch gut nach Hause und noch mal vielen Dank, dass ich dabei sein konnte.« Sabine umarmt mich stürmisch.

»Mach's gut, meine Liebe«, meint Ursula, »und pass auf dich auf.«

»Tschö und viel Spaß mit Paul!« Rebecca lächelt verschmitzt.

Ein letztes Mal Winken, dann sind sie um die Ecke gebogen. Und ich stehe hier allein an einem Flughafen, der gerade umgebaut wird. Ein Kloß macht sich in meinem Hals breit.

Gemütlich ist etwas anderes, doch ich hole meinen Laptop heraus und beginne, meine Mail an den großen Verteiler zu schreiben.

Etwas nervös bin ich schon. Wie wird das Wiedersehen mit Paul verlaufen? Wie wird es überhaupt sein, wenn wir uns wiedersehen? Ist die alte Vertrautheit da? In den Mails, SMS und Telefonaten war sie jedenfalls zu spüren.

»Hallo mein Liebling,

Ich hoffe nicht, dass dich die Schilderung meines ak-tuellen Zustandes zu sehr beschäftigt. Es geht mir von Tag zu Tag besser und ich fühle mich befreit, aber man sieht mir dies im Moment sicherlich noch nicht an, weil die Belastung der vergangenen Wochen – speziell die physische – eben noch in den Knochen steckt.

Die Arbeit, Umzugsplanung – und Umzug selbst, zig Kleinigkeiten, die noch so nebenbei laufen, natürlich die Welt meiner Tochter, das alles war und ist schon sehr viel.

Die kommende Woche habe ich vom allerersten Tag an, an dem du zu deiner Reise gestartet bist, herbei-gesehnt. Unser Wiedersehen bedeutet mir unglaublich viel, der Gedanke daran, dich wieder in den Arm zu nehmen, zu küssen, zu spüren, hat mich all das, was ich bewältigt habe, schaffen lassen.

Wir beide hatten ein großes Ziel auf unserer Reise – LEBEN!!!

Alles, was jetzt kommt, möchte ich sehr, sehr gern mit dir (er)-leben … till the end …

Mein Schatz, genieße die letzten Stunden deiner drei-einhalbmonatigen Reise, unbeschwert, lächelnd, fröh-lich!!!

Ich liebe dich, von der Erde bis zum Mond und wieder zurück, mein lächelndes Glück …

Dein Paul«

Ich habe pünktlich Boarding Time und rufe meine große Liebe an.

»Hallo mein Liebling, ich steige gleich in den Flieger.«

»Hallo Schatz, ich bin schon in Frankfurt und habe im Hotel eingecheckt. Ich bin morgen pünktlich am Flughafen.«

»Ich freue mich …«

»Ich mich auch … guten Flug!«

Ich habe einen sensationellen Gangplatz in der ersten Reihe! Der mittlere Sitz ist frei, am Fenster sitzt ein junger Mann.

Sein Name ist Phillip, wie sich im Gespräch herausstellt, und er ist 15 Monate durch die Welt gereist!

Da komme ich mir mit meinen dreieinhalb Monaten fast klein vor.

Aber er hat die Auszeit nach dem Abitur genommen und nicht wie ich mitten im Leben.

Wir plaudern angeregt und ich merke, wie glücklich ich bin. Ich habe viel erlebt, kann viel berichten und erzählen, bin weltoffen und kann mitreden.

Ich höre Musik, Phil Collins »Going Back«. Ja, ich komme zurück, es steht sogar auf meinem Fußrücken.

Ich muss schmunzeln bei der Erinnerung, als ich in Boston aus der Dusche gekommen bin und Rebecca laut losschrie: »Du hast dich tätowieren lassen!!!«

Ich falle in einen leichten Schlaf und werde gegen 5:30 Uhr wach.

Mein Darm rumort, ganz typisch für mich, wenn ich aufgeregt bin.

Was erwartet mich? Wie werden sich die nächsten anderthalb Monate gestalten? Wie wird es mir ergehen? Ich habe mich schon sehr verändert. Wie komme ich klar? Fragen über Fragen.

Mein Nachbar Phillip ist auch aufgewacht. Nach dem Frühstück fragt er mich: »Na, ein Abschiedsdrink auf das Ende unserer Trips?«

»Gern, warum nicht.«

»Was möchtest du?«

»Baileys auf Eis!«, antworte ich spontan. Keine Ahnung, wie ich darauf komme.

Und so trinken wir zwei auf das glückliche und gesunde Ende unserer Reisen und freuen uns auf alles, was kommt.

»Guten Morgen, meine Damen und Herren, hier spricht Ihr Kapitän. Wir befinden uns im Landeanflug auf Frankfurt. Das Wetter ist leider nicht sommerlich. Es ist bewölkt, leichter Nieselregen, aktuell 17 Grad!«

Hier und jetzt beginnt nun mein neuer Lebensabschnitt. Ich habe großen Respekt vor allem, was kommt. Aber ich bin auch zuversichtlich und glaube an mich.

Ich freue mich auf mein neues Leben, meine neue große Liebe Paul und auf dessen Familie. Ich freue mich, meine Familie wiederzusehen.

Ich bin froh und stolz, dass ich diesen Weg gegangen bin. Er war nicht immer einfach, doch er hat mich bestärkt und bekräftigt. Er hat mich ruhiger werden lassen und gelassener.

Ich habe zu mir selbst gefunden.

Here I am – I'm coming back.

Guten Morgen, Deutschland, guten Morgen, Paul, meine große Liebe, guten Morgen, LEBEN!

Meine Koffer sind die ersten auf dem Band. Ich rufe eben meine Mama und meine Cousine an, um mich in Deutschland zurückzumelden. Mama ist auf meiner Lieblingsinsel Sylt, da, wo für mich alles begann – schon verrückt!

Ganz schnell bin ich durch den Zoll und dann – dann muss ich noch einen Augenblick innehalten, bevor ich durch die Tür in die Ankunftshalle gehe. Mein Herz klopft wie verrückt und ich weiß es ganz genau.

Mein ganzes Leben wird sich verändern, wenn ich durch diese Tür gehe!

Ganz fest greife ich meine Koffer. Das Armband meiner Mutter trage ich ums Handgelenk, meine Kette mit den Erinnerungssteinen hängt um meinen Hals, das blaue Shirt von Paul ist um meine Hüften gebunden.

Die Tür geht auf und auf den ersten Blick sehe ich Paul dort stehen, eine rote Rose in der Hand.

Nicht eine Sekunde habe ich in den dreieinhalb Monaten daran gezweifelt, dass er mich abholt.

»Hallo, mein Engel. Hallo, meine Maus!«

»Hallo, mein Liebling …« Die Tränen des Glücks fließen in Strömen.

EPILOG

Ich stehe in Düsseldorf auf meiner Dachterrasse. Viel ist in den letzten sechs Jahren passiert.

Nach unserer traumhaften Liebeswoche in Wiesbaden sind Paul und ich zusammen nach Düsseldorf gefahren.

Ich habe Kontakt zu dem Headhunter von Maria aufgenommen und prompt einen Termin bei ihm bekommen.

Nach einem einstündigen Gespräch sagte er den Satz, den ich nie im Leben vergessen werde.

»Ich habe einen Job für Sie – ich will Sie haben! Können Sie sich vorstellen, in meiner Agentur zu arbeiten?«

Ich weiß noch, wie verwirrt ich damals war. Personalvermittlung und Headhunting stand nicht auf meiner Berufsliste.

Aber nach Beratschlagung mit Paul, Kerstin und Maria (ist doch eine gute Möglichkeit, in Düsseldorf Fuß zu fassen, von dort aus kannst du dir in Ruhe DEINEN Job suchen) habe ich den Job angenommen – und somit hatte ich einen Vertrag ab dem 1. September 2011, mitten in Düsseldorf!

Paul hatte mit Julia eine tolle Wohnung in Pempelfort gefunden, die auch langsam mein Zuhause wurde. Dennoch wollte ich dort nicht einziehen.

Ich habe mir die Stadt in der Zeit vor meinem Arbeits-beginn zu Fuß und per Rad erobert und wollte auch gern in diesem Stadtviertel bleiben.

Über die Zweitwohnagentur habe ich ein gerade noch erschwingliches, grauenvoll möbliertes Einzimmerappar-tement gefunden und jeden Abend dazu verwendet, meine Traumwohnung zu finden.

Und es hat geklappt! Am 1. Dezember 2011 bin ich in meine Wohnung mitten in Pempelfort gezogen. 64 qm, 2 Zimmer, Küche, Bad, kleiner Frühstücksbalkon und große Dachterrasse! Ich konnte mein Glück kaum fassen. Ich wollte unbedingt in dieses Viertel, hatte auch nur noch hier gesucht – und bin fündig geworden.

Mit Pauls Kindern und deren Partnern verstehe ich mich prächtig. Wir haben uns am Anfang alle viel Raum gegeben. Es gab auch die ein oder andere Situation, die nicht einfach für mich war. Zum Beispiel Sonntagabends, wenn Paul noch etwas mit seinem Töchterchen unternehmen wollte und ich mit meiner Wäsche unter dem Arm (ich hatte in meinem Appartement keine Waschmaschine und keinen Trockner) zu Fuß in mein entsetzliches Appartement gelaufen bin.

Aus heutiger Sicht sage ich: Alles gut, so wie es war und ist.

Durch den Freiraum, den wir uns alle gelassen haben, sind wir heute alle ein gutes Team und verstehen uns blen-dend.

Generell ist Pauls Familie entzückend und umgekehrt ist auch er in meine mehr als liebevoll aufgenommen worden.

Nach zwei Jahren in der Agentur wollte ich mich gern verändern. Es war, wie gesagt, ein guter Einstieg, aber ich wollte raus aus der Vertriebsschiene. Es hatte ein Besitzerwechsel stattgefunden und die Ziele wurden dermaßen nach oben korrigiert, dass ich mich nicht mehr wohlfühlte.

Schon seit längerer Zeit hatte ich mir eine Firma ausgesucht, für dessen Chef ich gern als Assistentin tätig gewesen wäre. Leider war der Job nicht frei! Dies wusste ich ganz genau, schließlich betreute ich die Company.

Irgendwann, als ich wieder einmal zu Gesprächen in deren Räumlichkeiten war, habe ich meinen ganzen Mut zusammen genommen, meine persönlichen Unterlagen auf einen Stick gezogen, und den Chef gefragt, ob er eine Verwendung für mich hätte.

Zunächst hat er mich ungläubig angesehen, meinte dann aber, er würde sich bei mir melden.

Über ein halbes Jahr verging, ich hatte mittlerweile ein Jobangebot eines Wettbewerbers auf dem Küchentisch liegen, dann meldete er sich bei mir.

Er hatte das Unternehmen gewechselt und suchte eine Assistentin! Unglaublich.

Seit drei Jahren arbeite ich nun für ihn in einem internationalen Unternehmen, auch wieder in Düsseldorf.

2013 habe ich endgültig einen Schlussstrich unter meine Vergangenheit gezogen und habe mich scheiden lassen. Mein Exmann ist glücklich in Lingen in einer neuen Wohnung, es geht ihm gut. Er hat seinen Platz im Leben gefunden.

Dieser Schritt war noch einmal extrem wichtig für mich. Geholfen dabei hat mir wieder einmal – Yoga!

Direkt bei mir um die Ecke hat ein neues Yoga-Studio aufgemacht – Bikram-Yoga. Total mein Ding.

Einmal in der Woche, meist am Montagabend, gehe ich für 90 Minuten dort hin und mache Yoga bei 40 Grad!

»… feel your body, feel your soul …«

Mit Paul bin ich glücklich wie am ersten Tag. Nachdem Julia wieder zu ihrer Mama zurückgekehrt war (bei Paul gab es ihr zu diesem Zeitpunkt zu viele Regeln), suchte Paul eine kleinere Wohnung. Er hatte bis dato noch nie allein gelebt und ich fand, nun war es an der Zeit!

Die Altbauwohnung im Stadtteil Derendorf ist klasse. Unsere Familien und Freunde konnten es lange Zeit nicht verstehen, dass wir nicht zusammengezogen sind – aber damals war die Zeit noch nicht reif.

Jetzt, in unserem verflixten siebten Jahr, können wir uns eine gemeinsame Wohnung vorstellen und sind auf die Suche gegangen – natürlich nur in unserem Viertel Pempelfort!

Sehr häufig denke ich an meine Reise zurück – und wie sehr sie mich verändert hat. Sie ist ein Teil meiner Seele geworden.

Die unterschiedlichen Kulturen und interessanten Menschen, die ich kennen lernen durfte, helfen mir in so manchen Alltagssituationen, gelassen zu bleiben und diese zu meistern. Ganz deutlich merke ich dann immer, Reisen bildet und erweitert den eigenen Horizont.

Und eines wird mir von Tag zu Tag bewusster: ich bin angekommen.

Im Rheinland, in meiner Beziehung aber vor allem in mir.

Ich stehe in Düsseldorf auf meiner Dachterrasse. Was mir geblieben ist: ALLES!